suhrkamp taschenbuch 962

Adolfo Bioy Casares, 1914 geboren, publizierte unter so vielen Pseudonymen und so häufig zusammen mit Jorge Luis Borges, daß der Umfang seines Œuvre und sein Anteil an den gemeinsamen Schriften sich kaum mehr ermitteln lassen. Außer den fünf Romanen *Morels Erfindung* 1940, *Fluchtplan* 1945, *El Sueño de los heroes* (Der Traum der Helden) 1954, *Tagebuch des Schweinekriegs* 1969 und *Schlaf in der Sonne* 1973 schrieb er Theaterstücke und zahlreiche Erzählungen.

Ein Außerirdischer, der vielleicht die Menschen erretten könnte, stirbt am kleinlichen Eigennutz gewohnheitsverhafteter Kleinbürger, die keinerlei Veränderung wünschen und sich auch durch das Außerordentliche nicht aus dem Alltagstrott reißen lassen. Ein selbstzufriedener, dem Müßiggang ergebener Schürzenjäger wird Ohrenzeuge der schier nie enden wollenden Liebesnacht eines alten Mannes; der Name des ausdauernden Liebhabers – Merlin – sagt ihm nur dunkel etwas. Ein wissenschaftsbegeisterter Mann in spießbürgerlicher Umwelt versetzt seine Seele in einen Apparat aus zwanzig Zentimeter großen Nickelstäben, um seiner bezaubernden, aber zänkischen und rechthaberischen Frau zu entkommen. Das sind einige der erstaunlichen Situationen in Adolfo Bioy Casares' Erzählungen. Ihren spezifischen Reiz beziehen die Geschichten aus dem Nebeneinander und Gegenüber inkongruenter Elemente; das Großartige zeigt sich Dummköpfen, die nichts damit anfangen können, das Außergewöhnliche versinkt im Morast des Banal-Alltäglichen, das Erhabene liegt dicht neben dem Lächerlichen.

Adolfo Bioy Casares
Die fremde Dienerin

Phantastische Erzählungen

Aus dem Spanischen von
Joachim A. Frank

Phantastische Bibliothek
Band 114

Suhrkamp

Die Erzählungen sind der Originalausgabe Adolfo Bioy Casares, *Historias fantásticas,* Buenos Aires 1972, entnommen.
Redaktion und Beratung: Franz Rottensteiner
Umschlagzeichnung von Tom Breuer

suhrkamp taschenbuch 962
Erste Auflage 1983

Satz: Thiele & Schwarz, Kassel
Druck: Ebner Ulm · Printed in Germany
Umschlag nach Entwürfen von
Willy Fleckhaus und Rolf Staudt

1 2 3 4 5 6 – 88 87 86 85 84 83

Inhalt

Paulina zum Gedenken

Immer schon liebte ich Paulina. In einer meiner frühesten Erinnerungen haben Paulina und ich uns in einer dunklen Lorbeerlaube versteckt, in einem Garten mit zwei steinernen Löwen. Paulina sagte zu mir: Mir gefällt das Blau, mir gefallen die Trauben, mir gefällt der Frost, mir gefallen die Rosen, mir gefallen die weißen Pferde. Da verstand ich, daß mein Glück begonnen hatte, denn in der Vorliebe für diese Dinge konnte ich mich mit Paulina identifizieren. Wir ähnelten einander auf so wunderbare Weise, daß meine Freundin in einem Buch über die endgültige Vereinigung aller Seelen in der Weltseele an den Rand schrieb: *Die unseren haben sich schon vereint.* Die »unseren«, das bedeutete damals die ihre und die meine.

Um mir diese Ähnlichkeit zu erklären, sagte ich mir, daß ich ein hastiger und ungefährer Entwurf Paulinas sei. Ich erinnere mich, daß ich in meinem Heft anmerkte: *Jedes Gedicht ist ein Entwurf der Poesie, und in jedem Ding ist ein Urbild Gottes.* Ich dachte auch: was mich Paulina ähnlich macht, ist meine Rettung. Ich sah (und sehe heute noch) die Identifikation mit Paulina als die beste Verwirklichung meines Seins, als die Zuflucht, in der ich mich von meinen angeborenen Fehlern befreien könnte, von der Schwerfälligkeit, der Nachlässigkeit, der Eitelkeit.

Das Leben war eine süße Gewohnheit, die uns dazu verführte, unsere zukünftige Ehe als etwas Natürliches und Gewisses zu erwarten. Die Eltern Paulinas, die mein vorzeitig gewonnener, und wieder verlorener, literarischer Ruhm unbeeindruckt ließ, versprachen, ihre Zustimmung zu geben, sobald ich meinen Doktor gemacht hätte. Oft stellten wir uns eine geregelte Zukunft vor, mit genug Zeit, um zu arbeiten, um zu reisen und um einander zu lieben. Wir malten sie uns mit solcher Lebhaftigkeit aus, daß wir uns einredeten, wir lebten schon zusammen.

Von unserer Heirat zu sprechen, verleitete uns nicht dazu, einander wie Verlobte zu behandeln. Wir hatten die ganze Kindheit zusammen verlebt, und es bestand weiterhin zwischen uns eine schamhafte Kinderfreundschaft. Ich wagte nicht, die Rolle des Verliebten zu spielen und in ernstem Ton zu ihr zu sagen: Ich liebe dich. Dennoch, wie sehr ich sie liebte, mit was für einer betroffenen und ängstlichen Liebe ich ihre strahlende Vollkommenheit betrachtete!

Paulina gefiel es, daß ich Freunde empfing. Sie bereitete alles vor, bediente die Gäste und spielte heimlich die Hausherrin. Ich gestehe, daß mir diese Zusammenkünfte keine Freude machten. Die wir veranstalten, damit Julio Montero Schriftsteller kennenlernte, bildeten keine Ausnahme.

Tags zuvor hatte mich Montero zum erstenmal besucht. Er schwenkte bei dieser Gelegenheit ein umfangreiches Manuskript und nahm das despotische Recht in Anspruch, das einem das unveröffentlichte Werk auf die Zeit des Nächsten gewährt. Kurz nach dem Besuch hatte ich dieses grobe und beinahe schwarze Gesicht auch schon wieder vergessen. Was die Erzählung betrifft, die er mir vorlas – Montero hatte mich nachdrücklich gebeten, ihm mit aller Aufrichtigkeit zu sagen, ob seine Bitterkeit nicht zu stark wirkte –, so war sie vielleicht bemerkenswert, weil sie eine unbestimmte Absicht verriet, völlig verschiedene Autoren nachzuahmen. Die Grundidee beruhte auf etwas, was sicherlich ein Sophismus war: Wenn eine bestimmte Melodie aus einer Beziehung zwischen der Geige und den Bewegungen des Geigers entsteht, so entstand aus einer bestimmten Beziehung zwischen Bewegung und Materie die Seele jedes Menschen. Der Held der Erzählung baute eine Maschine für die Herstellung von Seelen (eine Art Gestell mit Holzbalken und Stricken). Danach starb er. Man hielt die Totenwache bei dem Leichnam und begrub ihn, er aber war insgeheim in dem Gestell lebendig. Etwa im letzten Abschnitt erschien das Gestell zusammen mit einem Stethoskop und einem Dreifuß mit einem Bein aus Galenit in dem Zimmer, in dem ein Fräulein gestorben war.

Als es mir gelang, ihn von den Problemen seines Stoffes abzubringen, bekundete Montero einen sonderbaren Ehrgeiz, Schriftsteller kennenzulernen.

»Kommen Sie morgen nachmittag wieder«, sagte ich. »Ich werde Sie einigen vorstellen.«

Er bezeichnete sich selbst als einen Wilden und nahm die Einladung an. Vielleicht von der angenehmen Empfindung bewegt, ihn gehen zu sehen, begleitete ich ihn bis zur Haustür hinunter. Als wir aus dem Fahrstuhl stiegen, entdeckte Montero den Garten im Innenhof. Manchmal, im milden Nachmittagslicht, wenn man ihn durch die Glastür betrachtet, die ihn vom

Eingangsflur trennt, beschwört dieser winzige Garten das geheimnisvolle Bild eines Wäldchens auf dem Grunde eines Sees herauf. Abends verwandeln ihn Scheinwerfer mit lila und orangefarbenem Licht in ein gräßliches Bonbonparadies. Montero sah ihn am Abend.

»Ich will ehrlich sein«, sagte er und wandte bedauernd den Blick vom Garten ab. »Von allem, was ich im Haus gesehen habe, ist dies das Interessanteste.«

Am nächsten Tag kam Paulina frühzeitig; um fünf Uhr nachmittags hatte sie schon alles für den Empfang bereit. Ich zeigte ihr eine chinesische Statuette aus grünem Stein, die ich diesen Morgen bei einem Antiquitätenhändler erstanden hatte. Es war ein Wildpferd mit erhobenen Vorderbeinen und wehender Mähne. Der Verkäufer versicherte mir, es versinnbildliche die Leidenschaft.

Paulina stellte das Pferdchen in ein Regal der Bibliothek und rief: Es ist schön wie die erste Leidenschaft eines Lebens. Als ich ihr sagte, daß ich es ihr schenkte, warf sie mir impulsiv die Arme um den Hals und küßte mich.

Wir tranken den Tee im Vorraum des Speisezimmers. Ich erzählte ihr, daß man mir ein Stipendium für ein zweijähriges Studium in London angeboten hatte. Mit einemmal glaubten wir an eine sofortige Heirat, an die Reise, an unser gemeinsames Leben in England (es erschien uns so unmittelbar bevorstehend wie die Heirat). Wir dachten an Einzelheiten der Haushaltsführung, an die beinahe süßen Entbehrungen, die wir auf uns nehmen sollten, an die Aufteilung der Stunden des Studiums, der Spaziergänge, der Ruhe und vielleicht der Brotarbeit; an das, was Paulina tun würde, während ich die Vorlesungen besuchte, an die Kleider und Bücher, die wir mitnehmen wollten. Nachdem wir eine Weile Pläne gemacht hatten, gestanden wir uns ein, daß ich auf das Stipendium würde verzichten müssen. In einer Woche hatte ich meine Prüfungen hinter mir, aber es war schon offensichtlich, daß Paulinas Eltern unsere Heirat aufschieben wollten.

Nach und nach trafen die Gäste ein. Ich fühlte mich nicht glücklich. Wenn ich mit jemandem sprach, dachte ich nur an einen Vorwand, ihn wieder loszuwerden. Ein Thema anzuschneiden, das meinen Gesprächspartner fesselte, war mir unmöglich. Wollte ich mich an etwas erinnern, so fiel es mir nicht ein, oder ich mußte zu lange danach suchen. Beklommen, mit dem Gefühl der Überflüssigkeit und niedergeschlagen, trieb ich von einer Gruppe zur anderen und wünschte nur, daß die Leute gingen, daß wir allein blieben, daß der, ach, so kurze Augenblick kam, in dem ich Paulina nach Hause brachte.

Beim Fenster sprach meine Verlobte mit Montero. Als ich sie ansah, hob sie den Blick und wandte mir ihr vollkommenes Gesicht zu. Ich fühlte, daß es in der Zärtlichkeit Paulinas eine unverletzliche Zuflucht gab, wo wir allein waren. Wie ich mich danach sehnte, ihr zu sagen, daß ich sie liebte! Ich faßte den festen Entschluß, noch an diesem Abend meine kindische absurde Scham aufzugeben, zu ihr von Liebe sprechen. Wenn ich ihr jetzt (seufzte ich) meine Gedanken mitteilen könnte. In ihrem Blick drückte sich eine tiefe, heitere und überraschte Dankbarkeit aus.

Paulina fragte mich, in was für einem Gedicht sich ein Mann so weit von einer Frau entfernt, daß er sie nicht grüßt, als er ihr im Himmel begegnet. Ich wußte, daß das Gedicht von Browning war, und hatte eine unbestimmte Erinnerung an die Verse. Den Rest des Nachmittags verbrachte ich damit, sie in der Oxfordausgabe zu suchen. Wenn man mich nicht mit Paulina allein ließ, war es mir lieber, etwas für sie zu suchen, als mit anderen Konversation zu machen; aber ich war ungewöhnlich geistesabwesend, und ich fragte mich, ob mein Unvermögen, das Gedicht zu finden, nicht ein Vorzeichen sei. Ich blickte zum Fenster hin. Luis Alberto Morgan, der Pianist, mußte meine Unruhe bemerkt haben, denn er sagte zu mir:

»Paulina zeigt Montero gerade das Haus.«

Ich zuckte die Schultern, verbarg mit Mühe meinen Ärger und tat, als interessierte ich mich wieder für das Buch von Browning. Aus den Augenwinkeln sah ich, wie Morgan mein Zimmer betrat. Ich dachte: er wird sie holen. Gleich darauf erschien er wieder mit Paulina und Montero.

Endlich ging jemand, dann brachen gleichgültig und langsam andere auf. Es kam ein Augenblick, in dem nur noch Paulina, ich und Montero zurückblieben. Da rief Paulina, wie ich befürchtet hatte:

»Es ist schon sehr spät. Ich gehe.«

Montero mischte sich rasch ein:

»Wenn Sie erlauben, begleite ich Sie nach Hause.«

»Ich werde dich auch begleiten«, antwortete ich.

Ich sagte es zu Paulina, sah aber Montero an. Ich redete mir ein, daß ihm dieser Blick meine Verachtung und meinen Haß verriet.

Als wir unten ankamen, bemerkte ich, daß Paulina das chinesische Pferdchen nicht bei sich hatte. Ich sagte:

»Du hast mein Geschenk vergessen.«

Ich fuhr in die Wohnung hinauf und kam mit der Statuette zurück. Die beiden betrachteten, an die Glastür gelehnt, den Garten. Ich nahm Paulinas Arm und ließ nicht zu, daß sich Montero ihr von der anderen Seite näherte. Im Gespräch überging ich ihn auffällig.

Er war nicht beleidigt. Als wir uns von Paulina verabschiedeten, bestand er darauf, mich nach Hause zu begleiten. Unterwegs sprach er über Literatur, vermutlich aufrichtig und voll Hingabe. Ich sagte mir: der Literat ist er; ich bin ein müder Mann, der leichtfertig nur eine Frau im Kopf hat. Ich betrachtete das Mißverhältnis zwischen seiner körperlichen Kraft und seiner literarischen Schwäche. Ich dachte: ein Panzer schützt ihn; was sein Gesprächspartner fühlt, dringt nicht zu ihm durch. Ich beobachtete haßerfüllt seine lebhaften Augen, seinen struppigen Schnurrbart, seinen kräftigen Hals.

In dieser Woche sah ich Paulina beinahe nie. Ich studierte viel. Nach dem letzten Examen rief ich sie an. Sie beglückwünschte mich mit einem Überschwang, der mir nicht natürlich erschien, und sagte, sie werde am späten Nachmittag vorbeikommen.

Ich hielt Siesta, nahm langsam ein Bad und wartete auf Paulina, während ich in einem Buch über die »Faust«-Fassungen Müllers und Lessings blätterte.

Als ich sie sah, rief ich:

»Du bist verändert.«

»Ja«, antwortete sie. »Wie wir einander kennen! Ich brauche nicht erst zu sprechen, damit du weißt, was ich empfinde.«

Wir sahen einander in einer Ekstase der Seligkeit in die Augen.

»Danke«, antwortete ich.

Nichts bewegte mich so sehr wie Paulinas Eingeständnis der innigen Übereinstimmung unserer Seelen. Vertrauensvoll überließ ich mich dieser Freude. Ich weiß nicht, wann ich mich (ungläubig) fragte, ob sich in Paulinas Worten nicht ein anderer Sinn verbarg. Bevor ich diese Möglichkeit noch in Betracht gezogen hatte, begann Paulina mit einer verworrenen Erklärung. Ich hörte plötzlich:

»Wir waren schon an jenem ersten Nachmittag Hals über Kopf ineinander verliebt.«

Ich fragte mich, wer verliebt gewesen sei. Paulina fuhr fort:

»Er ist sehr eifersüchtig. Er hat nichts gegen unsere Freundschaft, aber ich habe ihm geschworen, dich eine Weile nicht zu sehen.«

Ich hoffte noch auf die unmögliche Aufklärung, die mich beruhigt hätte. Ich wußte nicht, was sich in meiner Miene ausdrückte. Ich wußte nicht, wie überwältigend mein Schmerz war. Paulina sagte:

»Ich gehe. Julio wartet schon auf mich. Er kam nicht mit herauf, um uns nicht zu stören.«

»Wer?« fragte ich.

Gleich darauf fürchtete ich – so, als wäre nichts geschehen –, Paulina könnte entdecken, daß ich ein Heuchler sei und daß unsere Seelen einander nicht so nahe waren.

Paulina antwortete ungezwungen:

»Julio Montero.«

Die Antwort konnte mich nicht überraschen, dennoch erschütterte mich an diesem schrecklichen Nachmittag nichts so sehr wie diese beiden Wörter. Zum erstenmal fühlte ich mich Paulina fern. Beinahe voll Verachtung fragte ich sie:

»Werdet ihr heiraten?«

Ich weiß nicht mehr, was sie mir antwortete. Ich glaube, sie lud mich zu ihrer Hochzeit ein.

Dann war ich allein. Alles war so absurd. Es gab keinen Menschen, der schlechter zu Paulina (und mir) paßte als Montero. Oder täuschte ich mich? Wenn Paulina diesen Mann liebte, war sie mir vielleicht nie ähnlich gewesen. Ein Widerruf genügte mir nicht, ich entdeckte, daß ich viele Male die entsetzliche Wahrheit geahnt hatte.

Ich war sehr traurig, aber ich glaube nicht, daß ich Eifersucht empfand. Ich legte mich auf das Bett, auf den Bauch. Als ich eine Hand ausstreckte, berührte ich das Buch, das ich eine Weile vorher gelesen hatte. Ich warf es voll Abscheu weit von mir.

Ich verließ das Haus, ich wollte umhergehen. An einer Straßenecke sah ich ein Karussell. Es erschien mir an diesem Nachmittag unmöglich weiterzuleben.

Jahrelang erinnerte ich mich an sie, und da ich die schmerzlichen Augenblicke der Trennung (weil ich sie mit Paulina erlebt hatte) der späteren Einsamkeit vorzog, ging ich sie in Gedanken immer wieder durch und untersuchte sie gründlich und erlebte sie noch einmal. Bei dieser angstvollen Grübelei glaubte ich, neue Deutungen für die Geschehnisse zu entdecken. So fiel mir, zum Beispiel, in der Stimme Paulinas, als sie mir den Namen ihres Geliebten nannte, eine Zärtlichkeit auf, die ich anfangs ergreifend fand. Ich dachte, daß das Mädchen Mitleid mit mir hatte, und ihre Güte rührte mich, wie mich früher ihre Liebe gerührt hatte. Dann dachte ich genauer nach und folgerte, daß diese Zärtlichkeit nicht mir galt, sondern dem ausgesprochenen Namen.

Ich nahm das Stipendium an und beschäftigte mich still mit den Reisevorbereitungen. Man erfuhr trotzdem davon. Am letzten Nachmittag besuchte mich Paulina.

Ich fühlte mich ihr entfremdet, aber als ich sie sah, verliebte ich mich wieder in sie. Ohne daß Paulina es sagte, begriff ich, daß sie heimlich gekommen war. Ich. Ich nahm, zitternd vor Dankbarkeit, ihre Hände. Paulina rief:

»Immer habe ich dich geliebt. Irgendwie habe ich dich mehr geliebt als jeden anderen Menschen.«

Vielleicht glaubte sie, einen Verrat begangen zu haben. Sie wußte, daß ich nicht an ihrer Treue gegenüber Montero zweifelte, aber so, als wäre sie verärgert darüber, daß sie Worte ausgesprochen hatte, die – wenn nicht für mich, so doch für einen imaginären Zeugen – eine treulose Absicht bedeuteten, fügte sie rasch hinzu:

»Natürlich zählt das, was ich für dich empfinde, nicht. Ich bin in Julio verliebt.«

Alles andere, sagte sie, sei ohne Bedeutung. Die Vergangenheit war eine verlassene Gegend, in der sie auf Montero gewartet hatte. An unsere Liebe, oder Freundschaft, erinnerte sie sich nicht.

Danach sprachen wir nur noch wenig. Ich begleitete sie im Fahrstuhl hinunter. Als ich die Haustür öffnete, schlug uns Regen entgegen.

»Ich werde ein Taxi suchen«, sagte ich.

Mit plötzlich bewegter Stimme rief mir Paulina zu:

»Leb wohl, Geliebter!«

Dann überquerte sie laufend die Straße und verschwand in der Ferne. Ich wandte mich traurig um. Als ich den Blick hob, sah ich einen Mann, der sich im Garten versteckt hatte. Der Mann richtete sich auf und drückte die Hände und das Gesicht an die Glastür. Es war Montero.

Strahlen von lila und orangefarbenem Licht kreuzten sich vor einem grünen Hintergrund mit dunklem Gebüsch. Das gegen die feuchte Glasscheibe gepreßte Gesicht Monteros sah weißlich und entstellt aus.

Ich dachte an Aquarien, an Fische in Aquarien. Dann sagte ich mir mit frivoler Bitterkeit, daß Monteros Gesicht an andere Ungeheuer denken ließ: an die Fische, die auf dem Grund des Meeres leben und durch den Wasserdruck verformt sind.

Am Morgen des nächsten Tages ging ich an Bord. Während der Reise verließ ich kaum meine Kabine. Ich schrieb und studierte viel.

Ich wollte Paulina vergessen. Während meiner beiden Jahre in England mied ich alles, was mich an sie erinnern konnte: von Begegnungen mit Argentiniern bis zu den wenigen Nachrichten aus Buenos Aires, die die Zeitungen brachten. Allerdings erschien sie mir im Traum so eindringlich und wirklich, daß ich mich fragte, ob meine Seele nicht nachts die Entbehrungen wettmachte, die ich ihr im Wachsein auferlegte. Ich wich der Erinnerung an sie hartnäckig aus. Gegen Ende des ersten Jahres gelang es mir, sie aus meinen Nächten zu verbannen und sie, beinahe, zu vergessen.

Am Nachmittag meiner Rückkehr aus Europa dachte ich wieder an Paulina. Angstvoll sagte ich mir, daß im Haus die Erinnerungen vielleicht zu lebendig sein würden. Als ich meine Wohnung betrat, empfand ich eine Gemütsbewegung und blieb ergriffen stehen; ich dachte an die Vergangenheit und an das Übermaß der Freude und des Kummers, das ich erlebt hatte. Dann kam mir eine beschämende Erkenntnis. Nicht geheime Mahnmale unserer Liebe rührten mich, die immer wieder in meinen verborgensten Erinnerungen erschienen waren; mich bewegte vielmehr das helle, klare Licht, das durch das Fenster einfiel, das Licht von Buenos Aires.

Gegen vier Uhr ging ich auf die Straße hinunter und kaufte ein Kilo Kaffee. In der Bäckerei erkannte mich der Meister wieder, er begrüßte mich mit lärmender Herzlichkeit und teilte mir mit, daß ich ihn schon lange – mindestens seit einem halben Jahr – nicht mehr mit meinen Einkäufen beehrt hätte. Nach diesen Liebenswürdigkeiten bat ich ihn, eingeschüchtert und resigniert, um ein halbes Kilo Brot. Er fragte mich wie immer:

»Grau oder weiß?«

Wie immer antwortete ich:

»Weiß.«

Ich kehrte nach Hause zurück. Es war ein kristallklarer und sehr kalter Tag.

Während ich den Kaffee zubereitete, dachte ich an Paulina. Gegen Ende des Nachmittags tranken wir oft eine Tasse schwarzen Kaffee.

Wie in einem Traum ging ich von einer heiteren und gelassenen Gleichgültigkeit zur Erregung über, zum Wahnsinn schließlich, der die Erscheinung Paulinas hervorbrachte. Bei ihrem Anblick fiel ich auf die Knie nieder, verbarg das Gesicht in ihren Händen und weinte zum erstenmal den ganzen Schmerz, sie verloren zu haben, aus.

Ihre Ankunft ging so vor sich: Drei Schläge ertönten an der Tür; ich fragte mich, wer der Störenfried sein mochte; ich dachte, daß nun seinetwegen der Kaffee kalt wurde; ich öffnete zerstreut.

Dann – ich weiß nicht, ob die verflossene Zeit sehr lang oder sehr kurz war – befahl mir Paulina, ihr zu folgen. Ich begriff, daß sie mit der Überzeugungskraft der Tatsachen die alten Fehler unseres Verhaltens korrigieren wollte. Mir scheint (aber ich begehe nicht nur wieder die gleichen Fehler, sondern bin auch diesem Nachmittag untreu), daß sie sie mit allzu fester Entschlossenheit korrigierte. Als sie mich aufforderte, sie an der Hand zu nehmen (»Die Hand!« sagte sie. »Jetzt!«), überließ ich mich dem Glück. Wir sahen einander in die Augen, und wie zwei zusammenströmende Flüsse vereinigten sich auch unsere Seelen. Draußen, auf das Dach, gegen die Mauern, schlug Regen. Ich deutete diesen Regen – der die ganze von neuem auftauchende Welt war – als eine panhafte Erweiterung unserer Liebe.

Die Erregung hinderte mich jedoch nicht daran festzustellen, daß Montero die Redeweise Paulinas angesteckt hatte. In manchen Augenblicken hatte ich, wenn sie sprach, den unangenehmen Eindruck, meinen Rivalen zu hören. Ich erkannte die charakteristische Schwerfälligkeit der Sätze; ich erkannte die naiven und mühseligen Versuche, den genauen Ausdruck zu finden; ich erkannte, noch schamhaft aufkeimend, die unverwechselbare Vulgarität.

Mit Mühe konnte ich mich darüber hinwegsetzen. Ich betrachtete das Gesicht, das Lächeln, die Augen. Das war Paulina, ganz und vollkommen. Darin hatte man sie mir nicht verändert.

Dann, während ich sie im quecksilbrigen Halbdunkel des Spiegels betrachtete, der in den Rahmen mit Girlanden, Kränzen und schwarzen Engeln eingefaßt war, erschien sie mir anders. Es war, als entdeckte ich eine andere Ausführung Paulinas, als sähe ich sie auf eine neue Art. Ich war dankbar für die Trennung, die meine Gewohnheit, sie zu sehen, unterbrochen, sie mir aber schöner wiedergegeben hatte.

Paulina sagte:

»Ich gehe. Julio wartet auf mich.«

Ich entdeckte in ihrer Stimme eine seltsame Mischung aus Verachtung und Angst, die mich bestürzte. Voll Melancholie dachte ich: zu anderen Zeiten hätte Paulina niemanden verraten. Als ich aufblickte, war sie gegangen.

Nach einem Augenblick des Zögerns rief ich sie. Ich rief sie immer wieder, ging zur Haustür hinunter, lief durch die Straße. Ich fand sie nicht. Als ich umkehrte, war mir kalt. Ich sagte mir: »Es ist frisch geworden. Es war nur ein kurzer Platzregen.« Die Straße war trocken.

Als ich nach Hause kam, sah ich, daß es neun Uhr war. Ich hatte keine Lust auszugehen, um zu essen. Die Möglichkeit, einem Bekannten zu begegnen, schüchterte mich ein. Ich machte mir ein wenig Kaffee, trank zwei oder drei Tassen und aß einen Bissen Brot.

Ich wußte nicht einmal, wann wir uns wiedersehen würden. Ich wollte mit Paulina sprechen. Ich wollte sie bitten, mir zu erklären ... Plötzlich erschreckte mich meine Undankbarkeit. Das Schicksal bescherte mir alles Glück, und ich war nicht zufrieden. Dieser Nachmittag war der Höhepunkt ihres und meines Lebens. Paulina würde es so verstanden haben. Ich selbst hatte es verstanden. Deshalb hatten wir kaum miteinander gesprochen. (Sprechen, Fragen stellen, das hätte in gewisser Weise bedeutet, uns zu unterscheiden.)

Es erschien mir unmöglich, bis zum nächsten Tag warten zu müssen, um Paulina zu sehen. Mit allmählicher Erleichterung beschloß ich, noch diesen Abend in das Haus Monteros zu gehen. Sehr bald gab ich aber den Gedanken wieder auf; ohne vorher mit Paulina gesprochen zu haben, konnte ich die beiden nicht besuchen. Ich entschied mich dafür, einen Freund aufzusuchen – Luis Alberto Morgan schien mir der geeignetste zu sein – und ihn zu bitten, mir zu erzählen, was er von dem Leben Paulinas während meiner Abwesenheit wußte.

Dann wieder dachte ich, daß es das beste sei, ins Bett zu gehen und zu schlafen. Ausgeruht, würde ich alles mit mehr Verständnis sehen. Andererseits wollte ich auch nicht, daß man mit mir leichtfertig über Paulina sprach. Als ich mich ins Bett legte, hatte ich den Eindruck, in eine Falle zu gehen (vielleicht erinnerte ich mich an schlaflose Nächte, in denen man nur im Bett bleibt, um nicht zuzugeben, daß man wach ist). Ich löschte das Licht.

Ich wollte nicht mehr über das Verhalten Paulinas nachgrübeln. Ich wußte zu wenig, um die Lage zu begreifen. Da ich aber in meinem Hirn kein Vakuum schaffen und nicht zu denken aufhören konnte, wollte ich mich in die Erinnerungen an diesen Nachmittag flüchten.

Ich wollte weiterhin das Gesicht Paulinas lieben, obgleich in ihren Handlungen etwas Fremdes und Feindseliges war, das mich von ihr entfernte. Das Gesicht war das gewohnte, das reine und wunderbare, das mich vor dem verwünschten Erscheinen Monteros geliebt hatte. Ich sagte mir: Es gibt eine Treue in den Gesichtern, an der die Seelen vielleicht nicht teilhaben.

Oder war alles Täuschung? War ich vielleicht eine blinde Projektion meiner eigenen Neigungen und Abneigungen? Hatte ich Paulina nie gekannt?

Ich wählte ein Bild aus diesem Nachmittag aus – Paulina vor der dunklen, schimmernden Tiefe des Spiegels – und versuchte, es mir zu vergegenwärtigen. Als ich es undeutlich sah, hatte ich eine plötzliche Erleuchtung: ich ahnte, warum ich Paulina vergaß. Ich wollte mich der Betrachtung ihres Bildes widmen. Phantasie und Gedächtnis sind launische Fähigkeiten: ich sah das etwas unordentliche Haar, eine Falte des Kleides, das verschwommene Halbdunkel, das sie umgab, aber meine Geliebte löste sich auf.

Viele Bilder, von einer ununterdrückbaren Energie belebt, zogen vor meinen geschlossenen Augen vorüber. Plötzlich machte ich eine Entdeckung. Wie am dunklen Rand eines Abgrunds zeigte sich in einer Ecke des Spiegels, rechts von Paulina, das kleine Pferd aus grünem Stein.

Die Erscheinung befremdete mich nicht, als sie auftrat; erst nach einigen Minuten erinnerte ich mich, daß sich die Statuette nicht im Haus befand. Ich hatte sie vor zwei Jahren Paulina geschenkt.

Ich sagte mir, daß es sich um eine Überlagerung anachronistischer Erinnerungen handelte (die älteste – die an das Pferd; die jüngste – die an Paulina). Die Frage war geklärt, ich war beruhigt und sollte nun einschlafen. Da stellte ich eine beschämende und, im Lichte dessen, was ich später erfuhr, erschütternde Überlegung an: »Wenn ich nicht gleich einschlafe«, dachte ich, »werde ich morgen übernächtigt aussehen und Paulina nicht gefallen.«

Kurz darauf bemerkte ich, daß meine Erinnerung an die Statuette im Spiegel des Schlafzimmers nicht zu rechtfertigen war. Ich hatte sie nie ins Schlafzimmer gestellt. Im Haus hatte ich sie nur im anderen Zimmer gesehen (im Regal oder in den Händen Paulinas oder in den meinen).

Erschrocken wollte ich diese Erinnerungsbilder noch einmal sehen. Der Spiegel, umgeben von Engeln und hölzernen Girlanden, erschien wieder, Paulina in der Mitte und das Pferdchen rechts. Ich war nicht sicher, daß er das Zimmer widerspiegelte. Vielleicht spiegelte er es auch wider, aber auf eine unbestimmte und summarische Weise. Das Pferdchen bäumte sich jedoch deutlich sichtbar im Regal der Bibliothek. Die Bibliothek nahm den ganzen Hintergrund ein, und seitlich in der Dunkelheit bewegte sich ein weitere Person, die ich im ersten Augenblick nicht erkannte. Dann bemerkte ich mit geringem Interesse, daß diese Person ich war.

Ich sah das Gesicht Paulinas, ich sah es ganz (nicht nur teilweise), wie mir entgegengestrahlt durch die ungewöhnliche Eindringlichkeit seiner Schönheit und seiner Traurigkeit. Ich wachte weinend auf.

Ich weiß nicht, seit wann ich geschlafen hatte. Ich weiß nur, daß der Traum nichts erfunden hatte. Er hatte unmerklich meine Vorstellungen fortgesetzt und die Szenen des Nachmittags getreulich reproduziert.

Ich sah auf die Uhr. Es war fünf. Ich wollte früh aufstehen und auch auf die Gefahr hin, Paulina zu verärgern, zu ihr gehen. Dieser Entschluß besänftigte nicht meine Angst.

Um halb acht stand ich auf, nahm ein langes Bad und zog mich langsam an.

Ich wußte nicht, wo Paulina wohnte. Der Hausmeister lieh mir das Telefonbuch und das Adreßbuch. In keinem war die Anschrift Monteros angegeben. Ich suchte den Familiennamen Paulinas; auch er war nicht zu finden. Immerhin stellte ich fest, daß in dem früheren Haus Monteros andere Leute wohnten. Ich dachte daran, die Eltern Paulinas nach der Adresse zu fragen.

Ich hatte sie seit langem nicht gesehen (als ich von der Liebe Paulinas zu Montero erfuhr, brach ich den Umgang mit ihnen ab). Nun müßte ich ihnen, um mich zu entschuldigen, meinen Kummer schildern. Dazu fehlte mir der Mut.

Ich beschloß, mit Luis Alberto Morgan zu sprechen. Vor elf Uhr konnte ich aber nicht bei ihm erscheinen. Ich streifte durch die Straßen, ohne etwas zu sehen oder indem ich für einen Augenblick aufmerksam auf die Form eines Mauersimses oder auf den Sinn eines zufällig gehörten Wortes achtete. Ich erinnere mich, daß auf dem Platz der Unabhängigkeit eine Frau, die Schuhe in einer Hand und ein Buch in der andern, barfuß durch das feuchte Gras ging.

Morgan empfing mich im Bett, vor dem Mund eine riesige Tasse, die er mit beiden Händen hielt. Ich sah darin eine weißliche Flüssigkeit, in der einige Brotbrocken schwammen.

»Wo wohnt Montero?« fragte ich ihn.

Er hatte schon die ganze Milch getrunken. Nun nahm er die Brotstücke vom Boden der Tasse.

»Montero ist im Gefängnis«, antwortete er.

Ich konnte mein Erstaunen nicht verbergen. Morgan fragte:

»Wie? Das wußtest du nicht?«

Er stellte sich zweifellos vor, daß ich nur von dieser Einzelheit nichts wußte, aber aus Freude am Reden berichtete er mir alles, was geschehen war. Ich glaubte, die Besinnung zu verlieren, in einen plötzlichen Abgrund zu stürzen. Da hörte ich diese förmliche, unbarmherzige und klare Stimme, die unfaßbare Dinge mit der ungeheuerlichen und festen Überzeugung berichtete, daß sie bekannt seien.

Morgan teilte mir folgendes mit: Da er den Verdacht hegte, daß Paulina mich besuchen werde, versteckte sich Montero im Garten des Hauses. Er sah sie hinausgehen, folgte ihr, machte ihr auf der Straße Vorhaltungen. Als sich Neugierige versammelten, stieg er mit ihr in ein Taxi. Sie fuhren die ganze Nacht die Costanera und an den Seen entlang, und am frühen Morgen erschoß er sie in einem Hotel in El Tigre. Das war jedoch nicht in der Nacht vor diesem Morgen geschehen, sondern in der Nacht vor meiner Abreise nach Europa: es war vor zwei Jahren geschehen.

In den schrecklichsten Augenblicken des Lebens verfallen wir in eine Art von schützender Unverantwortlichkeit, und anstatt an das zu denken, was uns widerfährt, richten wir unsere Aufmerksamkeit auf Nebensächlichkeiten. Ich fragte in diesem Augenblick Morgan:

»Erinnerst du dich noch an die letzte Gesellschaft bei mir zu Hause, vor meiner Abreise?«

Morgan erinnerte sich. Ich fragte weiter:

»Als du bemerktest, daß ich besorgt war, und in mein Schlafzimmer gingst, um Paulina zu holen – was tat da Montero?«

»Nichts«, antwortete Morgan mit einer gewissen Lebhaftigkeit. »Nichts. Allerdings, jetzt fällt es mir wieder ein: er betrachtete sich im Spiegel.«

Ich kehrte nach Hause zurück. Im Eingang traf ich den Hausmeister. Gleichgültigkeit vortäuschend, fragte ich ihn:

»Wissen Sie, daß Fräulein Paulina tot ist?«

»Wie sollte ich es nicht wissen?« antwortete er. »Alle Zeitungen berichteten von dem Mord, und ich habe schließlich vor der Polizei ausgesagt.«

Der Mann betrachtete mich forschend.

»Ist Ihnen nicht gut?« sagte er und trat ganz nah an mich heran. »Möchten Sie, daß ich Sie begleite?«

Ich dankte ihm und floh hinauf. Undeutlich erinnere ich mich, daß ich mit einem Schlüssel hantierte, daß ich auf der anderen Seite der Tür einige Briefe aufhob, daß ich mit geschlossenen Augen bäuchlings auf dem Bett lag.

Dann stand ich vor dem Spiegel und dachte: »Gewiß ist, daß mich Paulina gestern abend besuchte. Sie starb und wußte, daß ihre Ehe mit Montero ein Irrtum gewesen war – ein furchtbarer Irrtum – und daß wir die Wahrheit waren. Sie kehrte vom Tode zurück, um ihr Schicksal zu vollenden, unser Schicksal.« Ich erinnerte mich an einen Satz, den Paulina vor Jahren in ein Buch geschrieben hatte: *Unsere Seelen haben sich schon vereint.* Ich dachte weiter: »Gestern abend endlich. In dem Augenblick, in dem ich ihre Hand nahm.« Dann sagte ich mir: »Ich bin ihrer nicht würdig. Ich habe gezweifelt, ich war eifersüchtig. Um mich zu lieben, kam sie aus dem Tod zu mir.«

Paulina hatte mir vergeben. Nie hatten wir uns so sehr geliebt. Nie waren wir einander so nah gewesen.

Ich erging mich in dieser siegreichen und traurigen Liebestrunkenheit, als ich mich fragte – besser gesagt, als mein Hirn, angeregt durch die einfache Gewohnheit, Alternativen vorzuschlagen, sich fragte –, ob es nicht eine andere Erklärung für den Besuch vom Vorabend gab. Dann traf mich wie ein Blitzschlag die Wahrheit.

Ich wollte mich davon überzeugen, daß ich mich wiederum irrte. Zu meinem Unglück erhellte, wie es immer geschieht, wenn die Wahrheit erscheint, meine schreckliche Erklärung die Tatsachen, die geheimnisvoll zu sein schienen. Diese ihrerseits bestätigten die Erklärung.

Nicht unsere arme Liebe hatte Paulina dem Grab entrissen. Es gab keinen Geist Paulinas. Ich hatte ein gräßliches Phantom der Eifersucht meines Rivalen umarmt.

Der Schlüssel zu dem Vorgefallenen ist in dem Besuch verborgen, den mir Paulina am Vorabend meiner Abreise abstattete. Montero folgte ihr damals und wartete im Garten auf sie. Er stritt die ganze Nacht mit ihr, und da er ihren Erklärungen nicht glaubte – wie hätte auch dieser Mann die Reinheit Paulinas verstehen sollen? – tötete er sie am Morgen.

Ich stellte ihn mir in seiner Zelle vor, wie er über diesen Besuch nachgrübelte und ihn sich mit der grausamen Hartnäckigkeit der Eifersucht ausmalte.

Das Bild, das in das Haus trat, was dann dort geschah, war eine Projektion der grauenhaften Phantasie Monteros. Ich entdeckte es in diesem Augenblick nicht, denn ich war so bewegt und so glücklich, daß ich nur den Willen hatte, Paulina zu gehorchen. Es fehlt jedoch nicht an Beweisen. Da war, zum Beispiel, der Regen. Während des Besuchs der echten Paulina – am Abend vor meiner Abreise – hörte ich den Regen nicht. Montero, der im Garten stand, spürte ihn unmittelbar auf seinem Körper. Als er sich uns vorstellte, glaubte er, wir hätten ihn gehört. Deshalb hörte ich es gestern abend regnen. Danach stellte ich fest, daß die Straße trocken war.

Ein weiterer Beweis ist die Statuette. Einen einzigen Tag nur hatte ich sie im Haus gehabt: als ich sie bekam. Für Montero aber blieb sie so etwas wie ein Symbol des Ortes. Deshalb war sie gestern abend erschienen.

Ich erkannte mich im Spiegel nicht, weil sich Montero kein deutliches Bild von mir machte. Ebensowenig stellte er sich das

Schlafzimmer genau vor. Nicht einmal Paulina kannte er. Das von Montero projizierte Bild benahm sich auf eine Art und Weise, die Paulina nicht eigen ist. Außerdem sprach sie wie er.

Diese Phantasien auszubrüten ist die Qual Monteros. Was mich quält, ist wirklicher. Es ist die Überzeugung, daß Paulina nicht zurückkehrte, weil sie von ihrer Liebe enttäuscht war. Es ist die Überzeugung, daß ich nie ihre Liebe war. Es ist die Überzeugung, daß Montero Aspekte ihres Lebens sehr gut bekannt waren, die ich nur indirekt gekannt hatte. Es ist die Überzeugung, daß ich, als ich sie in dem vermeintlichen Augenblick der Vereinigung unserer Seelen an der Hand nahm, einer Bitte Paulinas gehorchte, die sie nie an mich gerichtet und die mein Rivale sehr oft gehört hatte.

Leidenschaften

Der erste meiner Freunde war Eladio Heller. Ihm folgten Federico Alberdi, für den die Welt klar und ohne Glanz war, die Brüder Hesparrén, der Bock Rauch, der jedermanns Fehler entdeckte; viel später kam dann Milena dazu. Wir trafen uns in der 11.-September-Straße, im Haus der Eltern Hellers, einem *Chalet* mit einem Dach aus französischen Ziegeln und einem Garten, der uns riesengroß erschien: mit Ziegelsplitt bedeckte rote Pfade liefen dort um grüne Beete, wo kränkliche Rosenstökke im Schatten fülliger, dunkler Magnolien wuchsen; diese sind in meiner Erinnerung mit schneeweißen Blüten schwer beladen. Unser Lieblingsaufenthalt war die Garage am hinteren Ende, genauer gesagt das Auto, das dort eingestellt war, ein Stoddart-Dayton, der unaufhörlich umgebaut und wieder zerlegt wurde. Damals, bevor wir Milena kennenlernten, bestand die Familie Heller aus dem Vater, dem Besitzer des Stoddart-Dayton, einem Herrn mit einem langen fahlgelben Staubmantel, seiner Frau, Doña Visitación, klein, lebhaft, redselig, immer bereit, für das Ihre zu kämpfen, und Cristina, der Schwester, immer makellos wie ihre beiden blonden Zöpfe, immer Heller auf den Fersen wie ein besorgter, opferbereiter Schutzengel, immer vornehm, bis irgendein Ärger – mit den Jahren ergab sich der Anlaß dazu immer häufiger – seine Fracht bitterer Gemeinheiten entlud. Kurz vor dem Verschwinden des Vaters – er fuhr für eine Woche zu einem Rotariertreffen nach Santiago de Chile, und danach hörte man nichts mehr von ihm – wurde Diego geboren, der zu klein war, um mit uns zusammenzusein.

Eladio Heller zog uns an und stieß uns ab mit seinem Reichtum und seinen Erfindungen. Eines Abends hörte ich zu Hause nicht auf, die aufziehbare Eisenbahn zu rühmen, die Señor Heller Eladio geschenkt hatte. An einem anderen Abend derselben Woche schüttelte ich voll echter Empörung den Kopf und sagte, der Zustimmung meiner Eltern gewiß:

»Das ist nicht recht, das ist nicht recht. Eladio muß irgend etwas gesagt haben; jedenfalls erschien heute Señor Heller mit einer riesengroßen Schachtel, einem neuen Geschenk, einer neuen Eisenbahn: einer elektrischen.«

Am nächsten Abend kam ich bekümmert nach Hause. Ich sagte:

»Dieser Eladio ist unverbesserlich. Jetzt hat er die beiden Lokomotiven auseinandergenommen.«

(Bald entdeckten wir, daß es, um dem Zusammenleben Wärme zu verleihen, nichts Besseres gibt, als einen Abwesenden zu verleumden.)

Meine Mutter sagte intuitiv:

»In diesem Jungen steckt ein Extremist mit Bart und so weiter, ein Anarchist.«

Mein Vater bestätigte:

»Er zerstört, um zu zerstören. Das wird wieder so ein radikaler Präsident.«

Bevor noch vierundzwanzig Stunden vergangen waren, mußte ich in einer Art von peinlichem Gegenmanöver zugeben:

»Die beiden Lokomotiven funktionieren. Der elektrischen hat er die Feder eingesetzt, der anderen den Elektromotor. Sie funktionieren perfekt.«

In der Garage in der 11.-September-Straße sah ich das erste Sprechfunkgerät meines Lebens und den ersten Sender. Wenn Heller nur mit Holz und Metall gearbeitet hätte, wäre so manches unangenehme Gerede vermieden worden; tatsächlich fanden wir aber in der Garage oft Blutspuren. Die Liebe zur Mechanik und zu den Naturwissenschaften läßt uns gelegentlich auf abscheuliche Abwege geraten. Heller war gerade zwölf oder dreizehn Jahre alt geworden, als er sich vornahm, die Funktionsweise der Brieftauben zu verbessern. Er öffnete ihnen den Schädel und wollte sie vervollkommnen, indem er Kristalldetektoren einpflanzte, über die man die Tauben durch Funk fernsteuern könnte. Ich werde nie diese armen Vögel vergessen, die noch eine Weile schwerfällig im Keller des Hauses umherflatterten.

Milena lernten wir auf einem Ball kennen, der für sie wie für uns der erste und für lange Zeit der letzte war. Das Fest faszinierte uns, aber noch mehr faszinierte uns Milena. Als wir sie, allzu bald, sagen hörten: »Nur die Gesellschaftsgecken gehen auf Bälle«, verstanden wir voll Kummer, daß wir keinen anderen mehr besuchen würden. Dieser, daran erinnere ich mich noch gut, fand zum Neuen Jahr im Belgrano-Klub statt. Nie traf das besser zu: ein neues Jahr, ein neues Leben. Mit Milena wurde alles anders. Wenn ich heute zurückblicke, möchte ich sagen, daß wir unter ihrer Fuchtel einen Sprung rückwärts machten, daß wir unser pathetisches Streben, erwachsen zu sein, aufgeben und uns in die ausgelassenen Vergnügungen der mutwilligen Banden stürzen mußten. Mir ist die ganze Dummheit und Schlechtigkeit, zu der solche Banden führen, sehr wohl bekannt, aber ich bin auch noch nicht so alt, um die Freuden zu vergessen, die wir der unseren verdankten: zweifellos die der Kameraderie, die der Gefahr vor allem und dann die Lust, von Milena befehligt zu werden, Geheimnisse mit ihr zu teilen, auf ihrer Seite zu stehen.

Milena hatte braunes Haar – sie trug es sehr kurz –, eine dunkle Haut, große grüne Augen (sie verachtete die blauen Augen der »Irinnen« von Buenos Aires) und von blauen Flecken bedeckte Hände. Sie war hochgewachsen und kräftig. Niemals hatten wir einen weniger anpassungsfähigen und aggressiveren Menschen kennengelernt. Selbstverständlich machte sie die Neigungen, die Bräuche, die Familie, die Freunde, die Welt eines jeden von uns schlecht. In ihrer Gegenwart wagten wir nie, Meinungen zu äußern, obwohl die Art, wie sie uns mißhandelte, etwas Einnehmendes hatte, denn sie tat es mit unglaublicher Vitalität und voll Elan. Sie war zäh, tapfer, starrsinnig, wo es um ihre Eigenliebe ging, und ich glaube, sehr edelmütig. Ich für mein Teil habe nie ein lebhafteres Mädchen gesehen. Unlängst bemerkte Federico Alberdi:

»Sich in eine so unbequeme Frau zu verlieben, ist das schlimmste Unglück. Man kann sie nie vergessen. Die vernünftigen Frauen erscheinen einem vergleichsweise trübselig.«

Tatsächlich bewunderte sie damals ausgerechnet der Bock, der noch nicht seine jetzigen Gesäßbacken von doppelter Breite entwickelt hatte. Heller vernachlässigte sein Studium, um ihr nachzulaufen, Alberdi liebte sie, die beiden Hesparrén und ich hätten unser Leben für sie gegeben. Aus Angst, sie zu verärgern, sprach niemand von Liebe, denn Milena lehnte diese Leidenschaft als lächerliche Schwäche ab. Wer uns über unsere Empfindungen aufklärte, war Hellers Schwester. Eines Nachmittags, als wir in der Garage auf unsere Freundin warteten, sagte Cristina:

»Ihr Armen, warum wollt ihr es leugnen? Ihr seid doch alle in Milena verliebt.« Und schon zornig, fügte sie hinzu: »Wie Hunde, die hinter einer Hündin her sind.«

Dabei fällt mir ein: ich muß von Marconi berichten, einem kaffeebraunen, langhaarigen und langohrigen Pudel, den Heller aus dem *Institut Pasteur* mitbrachte. Ich glaube, Heller war ins Institut gegangen, um sich über den Metschnikoffschen Bazillus zu erkundigen, der ihn damals interessierte. Der krummbeinige Hesparrén und ich begleiteten ihn. Wo auf einmal der Hund herkam, weiß ich nicht mehr. Sein Herr hatte ihn dort gelassen, weil er befürchtete, daß er tollwütig sei. Da er nicht wieder abgeholt wurde, obwohl er nicht die Tollwut hatte, wollte man ihn opfern. Während man uns das erklärte, sah der Hund Heller mit tieftraurigen Augen an. Heller fragte, ob er ihn nicht mitnehmen dürfe. »Das ist nicht so einfach«, antwortete man ihm. Es war schwieriger, ihn zu verschenken, als ihn zu töten, aber sie gaben nach. Vom ersten Augenblick an liebten Heller und der Hund einander sehr. Milena meinte dazu:

»Es ist nicht hygienisch. Immer stecken sie zusammen. Das ist nicht normal. Er ist sonst so ein Faultier, aber ob es regnet oder donnert, um nichts gibt er seinen Spaziergang mit dem Hund auf. Wenn ich ihn mit der Leine in der Hand neben einem Baum stehen und darauf warten sehe, daß der andere das Bein wieder senkt, dann weiß ich, daß er uns, seine Freunde, alle blamiert. Eines Tages kaufe ich mir eine Katzenfalle und dann ade Marconi.«

Heller lieferte sich nie ganz aus. Wenn Milena mit uns zusammen war, war er wohl auch bei ihr, aber in der Einsamkeit seines Zimmers studierte er Medizin und Physik.

»Während unsereins schläft«, ereiferte sich Milena, »studiert er. Was studiert er? Das elende Zeug, das Gott in der Dunkelheit des Körpers versteckt hat, damit es niemand sieht.«

Eines Abends sagte ich endlich die Worte, die auszusprechen nicht einmal die Brüder Hesparrén den Mut gehabt hatten. Sobald ich ihr sagte, daß ich sie liebte, ging mit Milena eine wunderbare Veränderung vor sich. Ich gestehe, daß sie für uns unberechenbar war. Wir lernten sie nie wirklich kennen. Wie sie mich mit ihrer Herbheit fasziniert hatte, so bezauberte sie mich nun mit ihrer Sanftheit. Schade, daß ich so jung war, daß ich mir die Frauen so empfindsam vorstellte, daß ich so vorsichtig zu Werke ging, denn bevor ich mir nur den geringsten Preis erobern konnte, kam im Dezember die Zeit, mit meiner Familie nach Necochea zu fahren, und ich kann mich solchen Verpflichtungen nicht entziehen. Der Urlaub wurde mir ein wenig verdorben durch die Befürchtung, daß einer der beiden Hesparrén, höchstwahrscheinlich der Lange, meine Abwesenheit ausnützen könnte. Die Neuigkeit, die ich dann erfuhr, lautete aber anders.

Ich kam an einem Samstag zurück. Am Sonntag traf ich mich mit den Freunden um zwei Uhr nachmittags in den Barrancas, um zu einem Fußballmatch zu gehen.

»Warum kommen Heller und Milena nicht?« fragte ich.

»Weißt du's noch nicht?« antwortete der Bock Rauch. »Sie sind sehr beschäftigt, jetzt wo sie sich miteinander verlobt haben.«

Ich war nicht sicher, ob ich recht gehört hatte.

»Sich verlobt haben?« wiederholte ich. »Milena und Heller?« Der Bock versicherte:

»Sie hat ihn ausgewählt, weil er am meisten Geld hat.«

»Dafür schlage ich ihm die Fresse ein«, sagte mit drohender Sanftmut der lange Hesparrén.

»Nein«, sagte der Krummbeinige und packte den Bock am Hals. »Ich schlage sie ihm ein.«

Alberdi mischte sich ein:

»Der Bock denkt immer das Schlechteste. Was ist schon dabei?« fragte er. »Warum ärgert ihr euch plötzlich, wenn ihr zwanzig Jahre lang nichts gegen sein Geld gehabt habt? Außerdem ist es eine anziehende Eigenschaft, Geld zu haben: eine der vielen Hellers.«

Ich wandte mich an Alberdi. In flehendem Ton – ich weiß nicht, was ich erflehte, das Glück meiner Freunde ist eine Hoffnung für mich – fragte ich:

»Glaubst du, daß sie glücklich sein werden?«

Alberdi antwortete ohne zu zögern:

»Nein.«

Die Angelegenheit besprechend, gingen wir über den Platz, endlos um den Block des Castillo de los Leones herum, bis wir zuletzt vor der Mauer der Chacarita standen. Ich glaube, ich erinnerte mich an das Match, das wir sehen wollten, erst wieder, als ich am nächsten Morgen die Zeitung aufschlug.

Sie heirateten Mitte des Jahres. Beinahe augenblicklich brachten Dienstmädchen und Lieferanten Nachrichten, die leider Alberdis Voraussage bestätigten. Was wir zu sehen bekamen, wenn wir unsere Freunde in dem Haus in der 11.-September-Straße besuchten, wo sie zusammen mit Doña Visitación und Cristina wohnten – Diego war mit einem Stipendium in die Vereinigten Staaten gefahren –, dementierte diese Nachrichten nicht. Wir sagten uns, mit dem ersten Kind werde alles ins Lot kommen. Sie hatten dann vier, aber es gab keinen Frieden.

Milena brachte anscheinend alle außer Heller gegen sich auf. Der ging mitten unter den Streitereien umher wie ein Gespenst, natürlich wie ein Gespenst, das gnadenlos verfolgt und angegriffen wurde, über dessen Schatten zwei Parteien aufeinanderstießen: Milena auf der einen, Doña Visitación und Cristina auf der anderen Seite, in ständigem Kampf.

»Sosehr er sich dem auch zu entziehen versucht«, bemerkte Alberdi, »er kann so nicht studieren.«

»Was Milena ärgert«, antwortete der Krummbeinige, »ist ja gerade, daß er sich zurückzieht. Nichts erbittert einen mehr, als sich mit einem Gespenst zu streiten.«

»Warum sucht sie Streit? Warum läßt sie ihn nicht in Ruhe?« fragte, wie zu sich selbst sprechend, Alberdi.

»Warum läßt sie sich nicht scheiden?« fügte der Bock hinzu.

Dieses Gespräch fand auf der Straße statt. Seitdem Heller und Milena verheiratet waren, gingen wir nur noch gelegentlich in das Haus in der 11.-September-Straße, und um uns zu unterhalten, blieben wir lieber auf der Straße, als in unseren Häusern oder im Café oder im Klub eingeschlossen zu sein.

»Wißt ihr, warum sich Milena nicht scheiden läßt?« fragte der Bock. »Des Geldes wegen.«

Der Bock war eher gehässig als gemein. Die von Alberdi ausgedrückte Wahrheit besänftigte unsere Entrüstung:

»Milena liebt das Geld nicht um des Geldes willen, sondern um die Kinder zu erziehen.«

»Der Störenfried in dieser Ehe ist der Hund«, bemerkte der Krummbeinige. »Milena hatte ihn zum Tode verurteilt. Durch ein Wunder blieb er am Leben. Jetzt sagt sie, daß er alt ist, daß es unhygienisch ist, einen so alten und obendrein noch fetten Hund im Haus zu haben. Wir werden sehen, was daraus noch wird.«

Der lange Hesparrén nahm mich am Arm und führte mich beiseite.

»Ich glaube«, flüsterte er, »daß der Augenblick zu handeln gekommen ist. Alberdi ist nicht der geeignetste, denn mit seiner reinen Vernunft geht er Milena auf die Nerven. *Du* müßtest den beiden erklären, daß sie ihre Kindereien aufgeben sollen. Heller muß man klarmachen, daß er nicht so starrsinnig sein darf: letzten Endes hat er doch, zum Teufel noch einmal, eine prachtvolle Frau. Wenn ich an seiner Stelle wäre, ich schwöre dir, ich würde meine Zeit nicht damit verlieren, im *Testut* Anatomie zu studieren. Milena muß man klarmachen, daß sie mit einer Leuchte der Wissenschaft verheiratet ist. Mit ein wenig Ermutigung ihrerseits kann Heller auf dem Gebiet der Wissenschaft unseres Landes ein Mann von Rang werden.«

Ich widersprach ihm nicht und verpflichtete mich zu nichts. Als ich wieder daheim war, nahm ich den Primuskocher mit in mein Zimmer, bereitete mir einige Tassen Mate und dachte allein und auf eigene Rechnung nach bis spät in die Nacht hinein. Ich nahm in diesem Fall wie immer bedingungslos Partei für Milena, aber ich konnte Heller nicht verurteilen, denn ihn traf keine Schuld. Obwohl Milena die Hälfte der Schuld oder mehr trug, konnte ich auch sie nicht verurteilen, denn mit ihrer bewundernswerten Ungeduld würde sie in mir augenblicklich einen Überläufer oder Verräter sehen. Was die übrige Hälfte der Schuld anging, müßte ich mit Hellers Mutter und Cristina sprechen; aber gewiß wäre ich nicht derjenige, der diesen Damen nahelegen würde, sich nicht einzumischen. Ich schlief erleichtert ein.

Am nächsten Morgen hörte ich, kaum daß ich die Augen aufgemacht hatte, am Telefon die Stimme des Bocks mit dieser Geschwollenheit, die sie immer an sich hat, wenn sie eine schlechte Nachricht verbreitet.

Er sagte zu mir:

»Es scheint, daß der arme Heller nun vollends den Verstand verloren hat. Er soll gestern abend an einer spiritistischen Sitzung teilgenommen haben. Jetzt fehlt nur noch, daß er Freimaurer wird.«

Ich lasse mich nicht so leicht von Gerüchten beeinflussen, weshalb ich sofort die Hesparrén anrief. Der Krummbeinige kam an den Apparat. Ich sagte:

»Heller soll gestern bei einer spiritistischen Sitzung gewesen sein.«

»Ja«, antwortete er gähnend. »Jetzt fehlt nur noch, daß er Freimaurer wird.«

Zwei übereinstimmende Zeugenaussagen! Ich war halb krank. Ich wußte, was für Sitzungen das waren, denn ich hatte vor Jahren, und zwar ausgerechnet in Begleitung Hellers, eine im Spiritistischen Zentrum von Belgrano R. besucht. Es war ein unvergeßlicher Anblick gewesen, wie da ein etwas plumpes Spiegeltischchen aus dunklem Mahagoniholz Schritt für Schritt die Treppe herunterkam. Als ich feststellte, daß qualifizierte

Leute – unter uns befanden sich ein Oberarzt vom Rawson-Hospital und ein Funktionär der Partei für Öffentliche Gesundheit – übereinstimmend der Meinung waren, daß sich das Tischchen aus eigener Kraft bewegte, bekam ich es wahrhaftig mit der Angst zu tun. Die Erschütterung führte zu einer langen Krise, die mein geistiges Gleichgewicht gefährdete. Wie kann man die Bestrebungen, die täglichen Verpflichtungen, den Ehrgeiz, der den Menschen antreibt, ernst nehmen, wenn es ein anderes Leben gibt, wenn wir uns unter Geistern bewegen? Alberdi und Heller, ich erinnere mich noch, als wäre es heute erst geschehen, erklärten mir, um mich zu trösten, daß gerade die Gewißheit eines Jenseits die Tiefe der Gefühle und der Sehnsüchte rechtfertige. Dem einen antwortete ich, daß er das Tischchen nicht gesehen habe, und dem anderen, daß er es schlecht gesehen habe oder daß er ihm die Bedeutung abspreche, um mich aufzumuntern.

Ich rief noch einmal bei den Hesparrén an. Diesmal sprach ich mit dem Langen.

»Ich habe erfahren, daß Heller bei einer spiritistischen Sitzung war. Da ich selbst verzweifelt sein müßte, um noch einmal eine solche Sitzung zu besuchen, frage ich mich, ob Heller nicht verzweifelt ist. Ich werde deshalb noch heute tun, worum du mich gestern gebeten hast.«

Es war ein strahlender Septembermorgen. Als ich in sein Haus kam, war Heller schon fortgegangen. Milena sprach mit mir im Halbdunkel des Empfangszimmers. Das Zimmer – es spielt noch eine Rolle in unserer Geschichte – ist in Blau gehalten. Den Boden bedeckt ein blauer Teppich mit gelben Blumen, die Wände eine blaue Tapete mit gelben Rosetten und Kleeblättern in senkrechten Streifen. Auf dem Kaminsims steht eine große Terrakottabüste von Gall, dem mit den Gehirnwindungen; dahinter hängt ein sehr hoher Spiegel, der zeigt, daß die Büste innen hohl ist. An derselben Wand steht rechts ein Bücherschrank. Er ist mit Glastüren verschlossen, die durch ein Gitternetz aus vergoldeter Bronze verstärkt sind. Zur Linken hängt ein Gemälde. Es stellt einen Schwimmer dar, der zwischen Felsen einen goldenen Becher vom Meeresgrund heraufholt. Dazu kommt selbstverständlich eine Menge von Tischen, Stühlen und Sesseln. An der Decke hängt ein Lüster aus vergoldetem Holz, und ein rundes Tischchen trägt eine Lampe mit einem Schirm aus blauer Seide mit Glasperlen. Ich erinnere mich an mehrere Statuen (einen Merkur in Lebensgröße oder nicht ganz so groß, einen heiligen Martin wie der auf der Plaza, nur kleiner) und an einige Gemälde (Julia Gonzaga, die schöne Italienerin, die halbnackt zu Pferde mit ihren Damen über einen Hügel flieht; drei schiefe Türme, von denen einer der von Pisa zu sein scheint; eine Vestalin in einer Höhle, die eine Kerze erhellt und so weiter). Daß ich, um mich zu setzen, in diesem mit Möbeln vollgestopften Raum ausgerechnet einen so niedrigen und zerbrechlichen Stuhl aussuchte, war kein zufälliges Mißgeschick, sondern ein verhängnisvoller Umstand, der meine Beziehung zu Milena symbolisierte. Sie spielte ruhig und zerstreut mit einer kleinen Mumie aus Terrakotta, die sie von einem der Tische genommen hatte. Ich wußte nicht, was ich mit meinen Händen anfangen sollte. Schließlich sagte ich:

»Darf ich, ohne unverschämt zu erscheinen, besser gesagt, ohne eine Unverschämtheit zu begehen, einiges sagen, was . . . Nun, also . . .«

(Wenn ich jetzt über all das nachdenke, entdecke ich, daß Milena mich nicht kennt. Bei ihr spreche ich nicht, ich denke nicht einmal klar, ich bin eingeschüchtert. Wenn ich ihr zuriefe: »Es gibt einen anderen in mir, der nicht so ein Tölpel ist!« – ich würde sie nicht überzeugen.)

»Was du willst«, antwortete sie.

»Also, ich glaube nicht, daß man ständig im Streit leben soll . . .«

»Meinst du Eladio und mich? Unmöglich, anders zu leben!«

»Er wird wohl Fehler haben, wer hat keine?, aber du kannst nicht leugnen, daß du mit einem Genie verheiratet bist.«

»Das ist eben das Schlimme. Eine Frau braucht kein Genie, sondern einen Ehemann. Die Kinder brauchen kein Genie, sondern einen Vater.«

Der Zorn verlieh ihr Beredsamkeit. Ich wollte schon lächeln, als ich an die Gefahr einer falschen Deutung dachte, während Milena die Mumie in der Hand hielt: es wäre recht schmerzhaft gewesen, die Terrakotte an den Kopf zu bekommen. Ich sah mich um. Ich beabsichtigte ein Ablenkungsmanöver, wie es in der militärischen Fachsprache heißt.

»Du hast recht«, sagte ich. »Du mußt ja ersticken in diesem Haus. Warum tauschst du nicht einige Möbel aus?«

»Einige Möbel austauschen? Wozu? Ich sehe sie nicht. Ich glaube, ich sah sie, als ich das erstemal hierherkam. Jetzt benutze ich sie. Mir die Mühe machen, sie gegen andere auszutauschen? Ich bin doch nicht verrückt. Wenn sie schöner wären, würde ich sie sehen und sie würden mich stören. Als ich kam, waren diese Möbel im Haus, und für mich werden sie es auch immer bleiben.«

Zweifellos war Milena nicht wie andere Frauen. Das Ablenkungsmanöver mußte ein Ende haben, fand ich. Ich ging wieder zum Angriff über:

»Ich verstehe wirklich nicht, warum ihr nicht in Eintracht lebt. Heller ist ein friedfertiger und vernünftiger Typ.«

»Richtig, aber ich bin ein heftiger und launischer Typ. Wie alle gibst du mir die Schuld. Es fällt dir nicht ein, daß er nur friedfertig ist, weil ihn alles kalt läßt, daß er vernünftig ist, weil er ein Heuchler ist, daß ich heftig und launisch bin, weil er mich wütend macht. Wenn du die sanfte Stimme hörtest, die er sich zulegt, um vernünftig zu sein, würdest du nicht so albern daherreden. Soll ich dir etwas sagen? Ich mißtraue allen, die viel denken. Das Leben gefällt ihnen nicht. Sie denken so viel über das nach, was sie nicht kennen, daß ihnen monströse Irrtümer unterlaufen.«

»Heller ist kein Monstrum.«

Milena sagte, er sei sehr wohl ein Monstrum, sie nahm mich an der Hand, half mir, von meinem wackeligen Stuhl aufzustehen, und führte mich in die Garage. Sie zeigt auf ein Gerät, das auf einer Konsole stand, und befahl:

»Stell dich an diesen Apparat.«

Ich sah ihn mißtrausch an.

»Er wird dich nicht beißen«, versicherte sie.

Das Gerät bestand aus zwei Stäben, vermutlich aus Nickel, etwa zwanzig Zentimeter hoch und oben durch einen dünnen Metallstreifen miteinander verbunden. Ich trat einen Schritt darauf zu. Milena ermutigte mich:

»Noch etwas näher.«

Ich gehorchte.

»Noch näher«, wiederholte sie. »Bis du es beinahe berührst. Was spürst du jetzt?«

Wie sollte ich ihr sagen, daß ich mich in diesem Augenblick an einen weit zurückliegenden Besuch im *Institut Pasteur* erinnerte, ihn wiedererlebte ist das richtige Wort. Ich beschwor in meiner Erinnerung nicht nur das Gebell, sondern den Geruch, ja die Haare, die an meinem Anzug hängengeblieben waren, und den hoffnungsvollen, aber sehr traurigen Blick eines Hundes herauf. Milena fragte beharrlich:

»Was spürst du?«

»Was ich spüre? Was ich spüre? Einen Hund vielleicht.«

»Du irrst dich nicht. Um dieses großartige Werk zu schaffen« – der Sarkasmus war nicht zu überhören –, »das heißt, damit man vor diesem Gerät einen Hund spürt, studierte Eladio jahrelang, er vernachlässigte Frau und Kinder und opferte den Freund.«

Ein wenig verwirrt antwortete ich:

»Soviel ich weiß, ist keinem unserer Freunde etwas geschehen.«

»Ich sagte nicht Freunde, ich sagte Freund. Seinen besten Freund. Du wirst es mit eigenen Augen sehen.«

Sie nahm mich wieder an der Hand und öffnete die kleine Tür des Nebenraums. Ich sah hinein.

»Marconi«, murmelte ich wie im Traum.

An einer Stange oder an einem Haken (ich konnte es nicht genau unterscheiden) hing das Fell des armen Hundes.

»Was ist das?« fragte ich.

»Du siehst es ja. Jetzt ist Eladio zu Paul gegangen, um Gift zu kaufen und das Fell zu gerben. Wie auf dem Land, wenn ein Schaf eingeht.«

»Heller liebte ihn sehr. Er muß an Altersschwäche gestorben sein.«

»Nein«, antwortete sie hart. »Er starb für die Wissenschaft«, wie Eladio sagte. Ich fand ihn ekelhaft, ich sagte, ich würde ihn töten, aber ich habe ihm nie weh getan. Eladio liebte ihn sehr, aber vor allem wollte er, daß einer, der an das Gerät tritt, einen Hund spürt.«

»Deshalb hat er ihn getötet?«

»Deshalb, denn er ist ein Monstrum. Ein Monstrum und pervers.«

Ich sagte:

»Ich fürchte, es ist die Wahrheit.«

Ich küßte ihr Gesicht.

»Wartest du nicht auf ihn?« fragte sie.

»Nein.«

Ich glaube, sie lächelte, als ich ging. Draußen in der hellen Vormittagssonne zitterte ich ein wenig. »Was für eine Erleichterung, nicht in diesem Haus zu sein«, dachte ich. »Arme Milena. Durch Hellers Schuld erlebt sie einen Alptraum.«

Ich traf mich täglich mit den Freunden, um über die Angelegenheit zu sprechen. Ich weiß heute so wenig wie damals, was wir hätten tun können, aber ich hielt unsere Zusammenkünfte für notwendig. Ich stand offen auf Milenas Seite, verteidigte sie so ohne Vorbehalt, daß sogar der lange Hesparrén, der immer zu den Frauen hielt, zu sagen schien: »So weit kann ich dir nicht folgen.« Ebensowenig teilten die anderen Freunde meine Überzeugung, daß die ganze Schuld bei Heller lag. Angesichts meiner Strenge schüttelte der Bock nachsichtig den Kopf. Er erlaubte sich, mich daran zu erinnern, daß niemand so ganz und gar schlecht ist. Ich blieb unerschütterlich, wie vom Schicksal getrieben. Wieviel Zeit verging? Etwas mehr als eine Woche, etwas weniger als zwanzig Tage. Ich erinnere mich noch genau: es war Abend, es war heiß, wir waren in den Barrancas von Belgrano. Ich redete und redete:

»Wenn wir ihn lassen, macht er mit Milena, was er mit dem Hund gemacht hat. Letzten Endes liebte er ihn mehr. Ich sage euch, ich werde ihn zurechtweisen und ihm erklären, daß er ein Ungeheuer ist.«

Der Bock traf mit seiner wichtigtuerischen Miene ein. Er neigte den Kopf, um Alberdi etwas zuzuflüstern. Der rief:

»Das kann nicht sein!«

»Was kann nicht sein?« fragte ich.

Alberdi antwortete nicht gleich, so als hätte er Mitleid mit mir.

»Was kann nicht sein?« wiederholte ich beharrlich. »Warum sagt ihr nichts?«

Alberdi antwortete:

»Es scheint, daß Heller tot ist.«

»Gehen wir in die 11.-September-Straße«, befahl der krummbeinige Hesparrén.

Unsere Schritte dröhnten, als trügen wir Holzpantinen. Sie werden unschwer erraten, was ich dachte: »Warum geschieht das *mir*?« (Der Tod Hellers als Umstand meines Lebens gesehen, als Vergeltung dafür, daß ich ihn so hart verurteilt hatte.) Auch dies: ein verspätetes Verständnis für den unersetzlichen toten Freund, seine ständig schöpferische Intelligenz, seine Liebenswürdigkeit.

Warum hatte ich nicht begriffen, daß Heller mit Milena und uns anderen lebte wie ein Erwachsener unter Kindern?

Im Empfangszimmer hatten sich schon Besucher versammelt, als wir ankamen. Einer nach dem andern umarmte Milena. Wir bildeten einen Kreis um sie. Alberdi fragte:

»Wie ist das gekommen?«

»Er war nicht krank«, antwortete Milena.

»Was dann?« fragte der Bock.

»Stellt euch nichts Sonderbares vor. Er hat nicht Selbstmord verübt. Er hat einfach aufgehört zu leben. Er ist es müde geworden, der Arme, mit mir zu streiten, und hat zu leben aufgehört.«

Sie schlug die Hände vors Gesicht. Die Kinder umarmten sie. Ich hatte sie nie zuvor in ihrer Rolle als Mutter gesehen. Dieser Zustand kam mir bei Milena ebenso absurd vor wie der eines Toten bei Heller, so absurd und so entsetzlich. Wir gingen ins Arbeitszimmer, wo man unseren Freund aufgebahrt hatte. Ich betrachtete ihn zum letztenmal. Ich weiß nicht, wie viele Stunden ich auf einem Stuhl saß. Im Morgengrauen, als sich die Leute nach und nach verabschiedeten, begann ich zwischen der Wand, an der das Porträt Julia Gonzagas hing, und dem Kamin hin und her zu gehen. Im selben Rhythmus pendelten meine Gedanken hin und her. In eine Mutter verwandelt, stieß mich Milena ab, dann wieder rührte sie mich, zog mich an, flößte mir Achtung ein. Was den Tod Hellers betraf, so schrieb ich ihn meiner Treulosigkeit zu, ich sah ihn als grenzenloses Unheil. Dann wieder sagte ich mir, daß jeder Tod Teil eines natürlichen Prozesses ist, der Ordnung der Dinge angehört wie die Geburt, die Jugend, das Greisenalter, daß er nicht dramatischer ist und nicht ungewöhnlicher als die Jahreszeiten.

Es waren nur noch wenige übriggeblieben: wir und die Hausbewohner. Gedankenlos lehnten wir uns an den Kamin. Vom anderen Ende des Zimmers her sagte Milena:

»Ihr werdet euch schön wärmen am erloschenen Kamin.«

Cristina antwortete:

»Es ist kalt.«

»Ihr habt kein Blut in den Adern«, entgegnete Milena aufbrausend und setzte sich an meine Seite.

Einige Augenblicke später ging sie hinaus, kam mit Holz zurück und machte Feuer im Kamin. Mit einem Blick auf Cristina rief sie:

»Es ist wirklich kalt.«

Cristina machte Kaffee. Sie bot die erste Tasse Milena an.

Leise sagte der Bock zu mir und Alberdi:

»Wie seltsam, wenn sie jetzt in Frieden lebten. Wie seltsam, wenn wir entdeckten, daß es Heller war, der fortwährend Streit stiftete.«

»Vielleicht leben sie jetzt in Frieden, aber das würde nicht beweisen, daß vorher Heller die Ursache des Streits war«, meinte Alberdi. »Es würde bedeuten, daß Milena und den anderen die Augen aufgingen, als er starb.«

An den folgenden Tagen schienen einige mehr oder weniger plötzliche Veränderungen in ihrem Verhalten Alberdis Ansicht zu bestätigen. Der krummbeinige Hesparrén sagte zu mir:

»Hast du es bemerkt? Die Frauenzimmer sind menschlich geworden. Milena, die Schleicherin Cristina oder Doña Visitación, diese Hexe im Taschenformat, fangen Streit an, und plötzlich weiß man nicht, wie ihnen geschieht: sie werden sanfte Täubchen und sogar vernünftig.«

Es stimmte. Ich gestand ihm nicht, daß ich in mir selbst ähnliche Veränderungen bemerkte. Wenn ich Milena ansah, sagte ich mir: »Man muß es ausnutzen, daß Heller tot ist, daß sie allein ist.« Und plötzlich schämte ich mich für soviel Niedertracht und hegte nur noch freundschaftliche Gefühle für sie. Der lange Hesparrén faßte zusammen:

»Ich beobachte das immer wieder. Jeder ist drauf und dran zu tun, was ihm gerade paßt, dann kommt die Erinnerung an Heller dazwischen, und der Betreffende bremst scharf ab. Drücke ich mich verständlich aus?«

Damals kam Diego aus New York zurück, wo er nach dem Ablauf des Stipendiums noch einige Jahre gearbeitet hatte. Milena sagte: »Daß paßt mir gerade«, und begann vom ersten Augenblick an, mit ihm zu streiten. Ich glaube, wir alle suchten Eladio in ihm, wir wollten Züge unseres Freundes in der Art seines Bruders zu sein, zu denken, ja sich zu bewegen, wiederentdecken. Wir fanden einen vortrefflichen jungen Mann, der Eladio nicht ähnelte, weil er jedermann ähnelte. In diesem Punkt waren wir uns einig, der Bock, die beiden Hesparrén und ich und sogar Alberdi. Als ich Diego mit Eladio verglich, entdeckte ich einen merkwürdigen Umstand: Diego war es, der einen ständigen Ausdruck von Intelligenz an sich hatte. Wenn man mich fragte, wie denn Eladio dreinsah, würde ich sagen: irgendwie eben. Der Blick Diegos dagegen verwirrte einen durch seine Lebhaftigkeit und Aufgewecktheit, außer in Augenblicken, in denen er zerstreut war. Niemand dachte aber, daß solche Augenblicke einen schwachen Verstand verrieten.

Es war nun schon Mitte November geworden. Die Hitze war so drückend, daß ich nicht weiß, wie ich mir eines Nachmittags, als wir auf der Tribüne zerschmolzen, um in der prallen Sonne ein Fußballspiel zu sehen, den Kopf erkälten konnte. Nach einigen Tagen, als es schon besser zu werden begann, kam ein Sonntag, und warm angezogen ging ich mir wieder ein Match ansehen. Ich kam nach Hause zurück mit einem Schädel, als hätte man mir eine Ladung heißen Portland-Zement darübergegossen. Ich erlitt tatsächlich einen Rückfall und bekam eine Grippe mit Fieber und Schüttelfrost. In solchen Krisen zeichne ich mich durch eine bewundernswerte Ruhe aus: ich beschloß, der Welt den Rükken zu kehren und bis zur völligen Genesung den Kopf nicht unter der Decke hervorzustrecken. Anfangs war diese strenge Ruhe auch notwendig, aber dann fand ich einfach Geschmack daran, im Bett zu liegen. Warum soll ich es leugnen? Ich habe es schon immer gut verstanden, nichts zu tun. Eines Nachmittags lag ich da wie ein Pascha, hörte mir ein Fußballspiel an, das schreiend im Radio übertragen wurde, die Zeitungen vom Vortag lagen auf dem Boden, die neuen auf dem Bett, das Telefon hatte ich in Reichweite, damit ich, wenn mir ein Vorwand einfiel, Milena anrufen konnte, als ein Besucher eintrat: Diego.

Da ich bemerkte, daß er nervös war, fragte ich ihn, was geschehen sei.

»Nichts«, sagte er, aber es war ihm weiter diese, offen gestanden, lästige Nervosität anzumerken.

»Du hast doch etwas. Wenn du es auch abstreitest, du hast doch etwas«, sagte ich beharrlich.

Er antwortete nach einer Weile:

»Ich war mit Eladio zusammen.«

Die Antwort irritierte mich außerordentlich. Ich erwiderte ihm:

»Spiel nicht den Verrückten.«

»Ich spiele nicht den Verrückten.«

»Was dann?«

»Ich sage dir die Wahrheit. Eladio erscheint mir.«

»Ein Gespenst?« fragte ich. »Das Haus in der 11.-September-Straße macht dem Castillo de los Leones Konkurrenz?«

»Ich weiß nicht, was im Castillo de los Leones vorging«, sagte Diego, »aber in der 11.-September-Straße erscheint Eladio. Bei diesem Kreuz!«

»Ach was«, brummte ich und drehte mich auf die andere Seite.

»Bei diesem Kreuz!« wiederholte Diego.

»Hast du ihn gesehen?« fragte ich.

»Nein, gesehen habe ich ihn nicht, aber er spricht zu mir.«

»Jeanne d'Arc«, murmelte ich und wandte mich wieder ab.

»Sie ... sie ... Milena beschimpft mich, sie beleidigt mich, und wenn ich ihr antworten will, hält mich Eladio zurück.«

Ich wurde unsicher: ich hatte den unverwechselbaren Klang der Wahrheit vernommen.

»Hast du Milena davon erzählt?«

»Nein. Sag auch du ihr bitte nichts. Eladio bittet mich, ihr nichts zu sagen.«

»Was sagte Eladio sonst noch?«

»Daß er mir etwas Wichtiges erklären wird, aber was willst du, ich habe Angst, ich flüchte auf die Straße oder ich klammere mich an die anderen, damit er mich in Ruhe läßt.«

»Offen gesagt, ich hätte keine Angst. Hast du Edgar Allan Poe gelesen?«

Sein Gesicht nahm wieder den Ausdruck der Verwirrtheit an. Er war noch ein kleiner Junge, ein ehrlicher kleiner Junge. Ich sagte:

»Ich weiß schon, du hast *Die schönste Geschichte der Welt* gelesen.«

Gekränkt antwortete er:

»Ich lese keine Geschichtchen. Wenn du es mir auch nicht glaubst: mit so etwas Lächerlichem gebe ich mich nicht ab.«

»Ich finde es nicht lächerlich, Geschichten zu lesen. Natürlich ist es eine Ablenkung ...«

»Ich verstehe!« rief er. Sein Gesicht nahm den lebhaften, intelligenten Ausdruck an. »Du willst sagen, daß man ein Hobby haben muß im Leben.«

»Ja, warum nicht?« antwortete ich, um ihn nicht zu verärgern.

»Dann verstehen wir uns ja. Ich habe ein Hobby. Die Fotografie. Versprich mir, daß du dir die Kamera ansiehst, die ich aus den Vereinigten Staaten mitgebracht habe. Ein phantastischer Apparat. Ich bin kein As als Fotograf, aber ich bin nicht schlecht. Vor allem habe ich die Liebe zur Sache, die doch das Wichtigste ist, nicht wahr? Wenn ich zerstreut bin und dieses Gesicht habe – ich kenne mich vollkommen –, darfst du nicht glauben, daß ich nur geistesabwesend bin. Nein, ich denke dann nach: bei diesem Licht müßte man die und die Belichtungszeit und die und die Blende einstellen. Was ich niemandem erzähle ist, daß ich, um zu üben, eine Unmenge Platten vergeudete, indem ich tausendmal mit Feuereifer jeden Schund fotografierte, der mir vor die Linse kam.«

Ohne die beiden Hesparrén und Alberdi, die wie eine Rettungsmannschaft eintrafen, hätte uns das Thema Fotografie, wer weiß, wie lange noch, beschäftigt.

Ich sagte kein Wort von dem, was mir Diego berichtet hatte. Vielleicht bemerkte ich es nicht gleich, aber ich war ganz gedankenverloren. In schlaflosen Nächten dachte ich, daß sich hier die Gelegenheit bot festzustellen, ob es ein anderes Leben gibt. Ich überlegte: »Ich würde nicht erschrecken wie im Spiritistischen Zentrum. Schließlich ist der Geist ein Freund. Ich werde vor Heller keine Angst haben. Ich habe ihn vor kurzem noch gesehen. Daß er jetzt nicht mehr da ist, ist das Seltsame – nicht, daß er erscheint.« Ich nahm meinen Mut mit so gutem Erfolg zusammen, daß ich mich eine Woche später in der 11.-September-Straße vorstellen konnte. Ich trank mit Milena im Garten Tee. Wie Sie verstehen werden, nahmen weder die Toten noch die Erscheinenden unsere Aufmerksamkeit in Anspruch. Nie hatte ich solchen Tee getrunken, nie hatte ich Toast mit einem solchen Himbeergelee gegessen, nie hatte ich eine Frau betrachtet, die mir so gefiel. Beim Abschied beschloß ich, nicht nachzugeben, bis ich mit Milena verheiratet war. Natürlich kam der Tag, an dem man nach Necochea abfuhr, und es entspricht nicht meinem Charakter, meine Familie allein reisen zu lassen.

In Necochea nahmen mich die Sonne und das Meer in Anspruch. Ich will sagen: wenn Sie sich sieben Stunden täglich am Strand sonnen und viermal am Tag mit der Gefräßigkeit eines Wildschweins essen und dann in das Halbdunkel Ihres Hotelzimmers zurückkehren, schlafen Sie auch. Aber der Mensch gewöhnt sich an alles, und nach der Zeit der Akklimatisierung begann ich über die Erscheinungen Eladios nachzudenken, über die Wichtigkeit, sie so bald wie möglich zu überprüfen und so fort. Ich kürzte die Sommerfrische nicht ab, aber ich ertrug sie nur voll Unruhe.

Gleich am Tag nach meiner Ankunft in Buenos Aires traf ich um zwei Uhr nachmittags in den Barrancas zufällig Diego. Er trug einen kleinen Vulkanfiberkoffer in der Hand und rief:

»Entschuldige – ich bin wie wahnsinnig.«

»Wo willst du hin?« fragte ich.

»In die Avenida Vértiz, um von dort aus ins Zentrum zu fahren.«

»Gehen wir in die Llao-Llao-Bar, um etwas zu trinken, was meinen Durst löscht. Ich begleite dich dann ins Zentrum.«

Bildete ich es mir nur ein, oder überschattete so etwas wie Ungeduld sein Gesicht? Warum wollte mir Diego ausweichen? Fragen dieser Art beschäftigten mich, während wir uns in der Bar an einen Tisch setzten.

»Ich muß diesen Omnibus nehmen!« rief er und legte eine ungewöhnliche Betonung auf das Wort *diesen;* gleichzeitig deutete er mit einer heftigen Gebärde durch das Fenster auf das Fahrzeug. »Ich bin wie wahnsinnig.«

»Wie wahnsinnig? Darf man den Grund erfahren?«

»Vor lauter Eile. «

»Soll sich der Omnibus beeilen. Darf ich von etwas anderem sprechen?«

Er antwortete mit einem erzwungenen Lächeln.

»Sprechen wir von Eladio«, sagte ich.

Wieder fiel dieser Schatten über sein Gesicht, Diego konnte sich nicht verstellen. Ich dachte: er ist ein armer Kerl. Ich dachte auch: er riecht nach Hund.

Ich fragte weiter:

»Ist er wieder erschienen?«

»Er hat zu mir gesprochen. Oft hat er zu mir gesprochen. Jedesmal, wenn ich ins Empfangszimmer ging.«

»Warum immer im Empfangszimmer?«

»Weil er dort war.«

»Versteckt?«

»In einem Apparat, einem kleinen Apparat aus zwei ungefähr zwanzig Zentimeter hohen Nickelstäben.«

»Wie der von Marconi«, murmelte ich.

»Du weißt das?«

Ich zuckte die Schultern, um anzudeuten, daß das ohne Bedeutung war, und bat ihn mit einer Handbewegung weiterzusprechen.

»Ich ging jede Nacht hinunter, wenn die anderen schliefen«, berichtete er. »Eladio rief mich. Auf irgendeine geheimnisvolle Weise (durch Gedankenübertragung oder was immer es war) rief er mich. Ich wäre am liebsten davongelaufen und ging dennoch. Dann faßte ich Zutrauen zu ihm. Du wirst es mir nicht glauben, aber ich schätzte schließlich diese Augenblicke der Verbindung mit ihm. Ich fühlte, daß ich bei meinem Bruder war.«

»Wenn ich mich recht erinnere, wollte dir Eladio etwas Wichtiges erklären. Hat er es getan?«

»Er hat es mir erklärt. Natürlich fällt die Sache nicht in mein Fachgebiet. Wenn es etwas mit der Fotografie zu tun hätte ...«

»Schade, daß es auch noch andere Themen gibt.«

»Dies hat eher etwas mit dem Funk zu tun. Eladio sagte mir, daß er diese Apparate jahrelang verbesserte. Er wollte eine Seele auf sie übertragen, wie man einen Ton auf eine Antenne oder ein Bild auf eine Fernsehantenne überträgt. Als Versuchsobjekte verwendete er Tiere, die aber alle verendeten. Es scheint, daß es etwas Einzigartiges in den Seelen gibt und daß sie sich eben von einem Ton und einem Bild unterscheiden. Paß gut auf. Er sagte zu mir: Du kannst mehrere Kopien von demselben Bild haben oder einen Ton auf einer Platte aufnehmen, aber wenn du die Seele eines Hundes oder einer Katze auf den Apparat überträgst, stirbt das Tier. Er sagte die folgenden Worte, die mir seltsam erschienen: Sie stirbt *in* dem Hund oder *in* der Katze und lebt im Apparat weiter. Für ein armes Tier, erklärte er mir, ist das neue Leben so gut wie nichts, es ist so etwas wie eine allgemeine Blindheit. Aber ein Mensch im Apparat kann denken. Deutlicher gesagt: was der Apparat von einem Menschen aufnimmt, ist die Fähigkeit zu denken. Diese Fähigkeit bleibt nicht isoliert wie die Seele eines Hundes, weil es die Gedankenübertragung gibt. Ohne den Mund zu öffnen, verstehst du?, unterhielt man sich mit Eladio. Außerdem übte er einen wohltuenden Einfluß im Haus aus: fing Cristina an, mit Milena zu streiten und waren die beiden in seiner Nähe, überredete er sie dazu, sich zu vertragen, ohne daß sie etwas von seiner Einmischung ahnten. Es scheint, daß er oft unser aller Denken beeinflußte.«

Diego stand auf.

»Erkläre mir mehr«, sagte ich.

»Jetzt muß ich gehen«, versicherte er, »sonst komme ich zu spät. Oder es geschieht etwas noch Schlimmeres. Verlange nicht, daß ich noch mehr sage. Was noch fehlt, ist sehr unangenehm.«

»Setz dich und sprich«, befahl ich.

Er blickte sich nervös um, betrachtete mich verlegen, sah voller Angst nach draußen. Als er sich auf den Stuhl fallen ließ, fragte er:

»Weißt du, daß sie sich nicht allzu gut mit Milena vertragen haben?«

»Wer weiß das nicht?«

»Dann kann ich leichter sprechen. Es gibt Dinge, die man lieber verschweigen möchte.« Er seufzte. »Eladio sagte mir, daß er ursprünglich geplant hatte, eine schriftliche Monographie über seine Erfindung zu hinterlassen. Er fand, sie sei etwas Großartiges, und wollte sie der Menschheit mitteilen.« Diego senkte die Stimme. »Aber er sagte, Milena habe ihn so gequält, daß er es nicht mehr aushalten konnte, und nach einem Streit übertrug er seine eigene Seele auf den Apparat.«

Ich dachte laut:

»Zuvor hatte er den Hund Marconi übertragen, um ihn ebenfalls vor Milena zu retten.«

»Nein, hier irrst du dich. Er übertrug ihn, um ihn zu retten, aber nicht vor Milena, sondern vor dem Alter. Der Hund ging an Altersschwäche ein.«

Ich rümpfte unterdessen die Nase und dachte: Marconi hat dir seinen ganzen Geruch vererbt. So ein Hundegeruch! Ich rief:

»Was für ein Glaube an die Erfindung, was für ein Mut, die eigene Seele zu übertragen. Und was für eine Verzweiflung gehört zu einer solchen Flucht!«

»Er sagte, er gebe sich damit zufrieden weiterzudenken. Weiterzudenken sei besser, als tot zu sein. Die Unsterblichkeit sei als Denken gesichert. Ich wiederhole seine Worte aus dem Gedächtnis, aber ich irre mich nicht. Er sagte, der Mensch sei eine seltsame Verbindung von Materie und Seele, und Zerstörung und Tod drohten immer durch die Materie. Dann berichtete er mir Punkt für Punkt, wie er vorgegangen war. Er versteckte den Apparat in dem – hohlen – Kopf der Büste Galls, die auf dem Kaminsims im Empfangszimmer steht, und übertrug dann seine Seele. Was er verlor, dachte er, gewann er an Sicherheit. Er vertraute darauf, daß Milena die Möbel und die übrigen Gegenstände im Zimmer nicht austauschen werde. Dann kehrte ich aus den Vereinigten Staaten zurück. Er rief mich. Er sprach zu mir. Er wollte mir vom Apparat aus die Monographie über die Erfindung diktieren. Ich sollte die Erfindung retten, sie beschützen, ihn selbst retten.«

Diego schlug die Hände vors Gesicht. So saß er eine Weile schweigend da. Ich sah ihn erschrocken an und fragte mich: Weint er? Was werden die Leute denken? Was soll ich tun? Als er die Hände sinken ließ, drückte sein Gesicht Entschlossenheit aus und die siegreiche Müdigkeit, die eine überwundene Krise hinterläßt.

»Milena sagte, ich solle nicht mehr an all das denken«, erklärte er.

»Milena?« fragte ich, wütend über das, was ich ahnte. »Sagtest du mir nicht, Milena dürfe nichts erfahren? Hat dir Eladio nicht gesagt, daß du ihr nichts sagen sollst?«

»Ja, anfangs beherrschte Eladio mich auch. Er verlor seine Macht, als ich mich in Milena verliebte.«

»Du hast dich in Milena verliebt?«

»Findest du das so unglaublich? Fragst du dich, wie ich mich in einen Dummkopf verlieben konnte? Ich dachte zuerst auch, sie sei dumm, aber wenn du Vertrauen zu mir hast, dann glaub mir: sie ist impulsiv, sie ist streitsüchtig, aber dumm ist sie nicht.«

»Dafür habe ich sie nie gehalten«, entgegnete ich zornig.

»Das freut mich«, antwortete er und drückte mir die Hand. Sie selbst hat entdeckt, daß ich sie liebe. Sie hat es durch die vielen Fotos erraten, die ich von ihr machte. Warum würdest du mich so oft fotografieren, fragte sie, wenn du nicht in mich verliebt wärst?«

Ich murmelte:

»Wie scharfsinnig.«

»Das war sie nicht immer. Die Arme hatte felsenfest an den Tod Eladios geglaubt. Du ahnst nicht, wie sie sich gestern abend aufregte, als ich ihr die Sache mit dem Apparat erkärte.«

»Warum hast du ihr das erklärt?«

»Das Schlimme ist, daß ich nichts vor ihr verbergen kann. Du machst dir keine Vorstellung, wie erregt sie war. So wütend habe ich sie noch nie gesehen. Zuerst glaubte sie mir nicht, dann schrie sie unter wildem Gelächter, in einen zwanzig Zentimeter hohen Apparat aus Nickel zu übersiedeln, um in ihm weiterzuleben, das sehe ihm ganz und gar ähnlich. Sie fragte mich, ob ich den Abgrund der erbärmlichen Resignation, der Blindheit für alle

Schönheiten des Lebens begriffe, den eine solche Tat enthülle. Sie behauptete, Eladio gehöre einer furchtbaren Art von Menschen an, die viel denken, alles verstehen, sich nicht ärgern, nichts empfinden, einer Art von Menschen, die außerstande sind zu erkennen, daß etwas so Sonderbares wie die Tatsache, daß einer in einem zwanzig Zentimeter hohen Nickelapparat weiterleben will, abscheulich ist. Sie behauptete, daß Leute dieses Schlages keine Achtung vor dem Leben, vor der natürlichen Ordnung hätten, daß sie weder die schönen Dinge bewunderten noch die häßlichen verabscheuten. Sie werde nicht dulden, sagte sie, daß ein Mensch – und sei es aus eigenem Willen und sei es Eladio – sich zu dieser lächerlichen Unsterblichkeit erniedrige. Ich versuchte sie mit dem Argument zu beruhigen, daß Eladio von seinem Apparat aus einen guten Einfluß auf uns alle ausübe. Du wirst es mir nicht glauben wollen: als ich ihr sagte: ›Dich selbst hat er zweifellos oft bei denen Streitigkeiten mit meiner Mutter und Cristina besänftigt‹, da wurde sie noch zorniger und schwor, daß sich Eladio nicht über sie und Gott lustig machen werde.«

»Was wollte sie damit sagen?«

»Du weißt, wie die Frauen sind. Mit all ihrem Scharfsinn versteht Milena nicht (und es ist besser, es ihr nicht zu erklären), daß Eladios Erfindung nicht gegen sie gerichtet war.«

»Was geschah dann?«

»Sie fragte mich, wo der Apparat sei. Da ich nicht antwortete, kam sie auf mich zu und hob die Hand, um mich zu ohrfeigen, aber sie besann sich und sagte: ›Schon gut. Ich werde dich nicht bitten, mir zu helfen.‹ Nie sah ich sie so entschlossen, so schön, so edel. Sehr bald führte sie der Instinkt ins Empfangszimmer. Wie ein hungriges Raubtier suchte sie, ich weiß nicht, wie lange, eine Stunde vielleicht, während ich in die Garage flüchtete und darüber nachdachte, wie ich Eladio retten könnte. Aus dem Empfangszimmer hörte ich ein Poltern und erriet, daß die Büste Galls heruntergefallen war. Ich lief hinüber, aber ich kam schon zu spät. Auf dem Boden lag zwischen den Trümmern der Büste der Apparat, zerbrochen. Milena war dabei, ihn mit den Füßen vollends zu zerstampfen. ›Wir kämpften Leib an Leib‹, sagte sie keuchend zu mir. ›Wer war stärker: Eladio, um mich fernzuhalten, ich, um ihn zu finden? Ich war die stärkere. Das war unser letzter Streit.‹ Sie warf sich weinend in meine Arme. Kurz darauf sagte ich, da ich feststellte, daß sie Fieber hatte, sie müsse zu Bett gehen. Sie phantasierte die ganze Nacht. Heute morgen ging es ihr wieder gut, aber ich erlaubte ihr nicht aufzustehen. Ich benahm mich ihr gegenüber wie ein Schuft. Ich machte mir den Umstand zunutze, daß sie im Bett lag, lief in die Garage, legte den Apparat Marconis in diesen Koffer, und du hieltest mich auf, als ich zur Bank unterwegs war, um ihn im Tresor aufbewahren zu lassen.«

Er sah bekümmert auf die Uhr und fügte hinzu:

»Jetzt ist es zu spät. Die Bank hat schon geschlossen. Ich gehe damit nicht nach Hause zurück. Wenn Milena nur nicht ausgeht, um mich zu suchen ... Ich muß Eladios Erfindung retten!«

»Wenn du willst, bewahre ich sie auf«, schlug ich vor.

Er nahm mein Angebot erleichtert an. Ich machte mich mit dem Köfferchen (und dem Geruch, den ich absurderweise Diego zuschrieb) auf den Heimweg. Zuerst faßte ich den Entschluß, nur mit Alberdi über diese Dinge zu sprechen, aber dann sah ich ein, daß allen das gleiche Recht zustand, so daß wir alle, Alberdi, die beiden Hesparrén, der Bock Rauch und ich, uns noch am selben Abend zu Ehren unseres Freundes am Apparat des Hundes aufstellten.

Der Krummbeinige meint, daß die Zukunft groß ist und daß sie uns jemanden bescheren wird, der über den Apparat nachdenkt und die verlorene Erfindung wiederentdeckt. Alberdi schüttelt ungläubig den Kopf. Ich lade jede Persönlichkeit von Rang und Namen, die durch unser Viertel kommt, zu mir ein, um ihr den Apparat zu schenken. Heute ist er nur eine Kuriosität in dieser bescheidenen Wohnung. Über Milena ist noch zu sagen, daß sie mich nicht mehr grüßt. Sie hat Diego geheiratet, und ich weiß sehr wohl, daß ich sie vergessen sollte.

Die Schattenseite

Sobald du über die Straße gehst,
bist du auf der Schattenseite.
Más acá, más allá
Juan Ferraris, 1921

So sehr war ich das Lärmen der Seefahrt gewohnt, daß ich beim Erwachen aus der Siesta die Stille des Schiffes hörte. Ich blickte durch ein Bullauge hinaus. Unter mir sah ich das ruhige Wasser und in der Ferne, verschwenderisch im grünen Pflanzenwuchs, die Küste, wo ich Palmen und wohl auch Bananenstauden erkannte. Ich zog meinen Zwillichanzug an und ging an Deck.

Wir hatten angelegt. Auf der Backbordseite lag der Hafen mit Negern, die auf dem Pflaster hin und her rannten; zwischen den Schienen die hohen Kräne und die endlosen grauen Schuppen; dahinter breitete sich die Stadt aus, eingeschlossen von Hügeln mit steilen, bewaldeten Hängen. Das Schiff nahm, wie ich bemerkte, rasch Ladung auf. An Steuerbord – sofern Steuerbord die rechte Seite ist, wenn man mit dem Gesicht zum Bug steht – erkannte ich die Küste wieder, die ich durch das Bullauge betrachtet hatte: eine Insel, die mich an Handelsniederlassungen erinnerte, in denen ich nie gewesen war, an Gegenden aus den Romanen Conrads. Ich muß einmal etwas über einen Mann gelesen haben, der durch die allmähliche Erschlaffung des Willens, gegen das Verlangen seiner Seele, an einem solchen Ort bleibt, auf der malaiischen Halbinsel, auf Sumatra oder Java. Ich sagte mir, daß ich, sobald ich hier an Land ging, die Welt solcher Bücher betrat, und ich erlebte einen Schauder der Freude und der Furcht: einen Tropfen nur von jedem, denn ich glaubte nicht recht an all das. Das monotone Knattern des Motors einer Art von Beiboot, das auf die Insel zuhielt, zog meine Aufmerksamkeit auf sich. Das Boot steuerte ein Neger, der einen Käfig aus Weidengeflecht mit einem blauen und grünen Vogel in die Höhe hielt. Lachend rief er uns auf dem Schiff kaum hörbare Worte zu, die ich nicht verstand.

Als ich den Rauchsalon betrat (ein Schild an der Tür bezeichnete ihn so und dazu noch als *Fumoir* und *Smoking Room)*, bemerkte ich mit Erleichterung das Halbdunkel, die Kühle, die

Stille. Der Barmixer schenkte mir mein übliches Glas Pfefferminzlikör ein.

»Es ist unglaublich«, sagte ich. »Ich werde das hier aufgeben, um in die Hölle dort unten zu gehen. Alles für den Tourismus.«

Ich begann eine langatmige Tirade über den Tourismus als einziges allgemeines Glaubensbekenntnis, als mich der Barmixer unterbrach.

»Es sind schon alle von Bord gegangen«, sagte er.

»Mit einigen Ausnahmen«, wandte ich ein.

Ich blickte mit einem Nicken zu dem Tisch hinüber, wo der alte General Pullman, ein Exilpole, eine Patience legte.

»Für ihn ist das Leben zu Ende«, sagte der Mann an der Bar, »aber der General wird es nicht müde, sein Glück mit den Karten zu versuchen.«

»Nur mit den Karten«, antwortete ich.

Ich schlürfte den Pfefferminzlikör, bis die grünen Eiswürfel auf dem Boden des Glases kristallklar wurden, dann murmelte ich: »Setzen Sie ihn auf meine Rechnung«, und machte mich bereit, an Land zu gehen. Neben der Laufplanke las ich in Kreidebuchstaben auf einer Schiefertafel, daß wir am nächsten Morgen um acht wieder ausliefen. »Endlich einmal Zeit genug«, sagte ich mir. »Ich werde nicht befürchten müssen, das Schiff zu versäumen.«

Ich beschattete die Augen mit einer Hand, denn draußen war das Licht zu weiß, und setzte den Fuß auf festen Boden. Nach der Zollabfertigung, während ich vergeblich einen Mietwagen suchte und ein Neger das Wort »Taxi« mit negativen Gebärden wiederholte, brach ein Platzregen los. Längs der Lagerhäuser erschien eine alte, offene Straßenbahn (offen an den Seiten, aber natürlich mit einem Dach). Um nicht naß zu werden, stieg ich ein. Auch der Schaffner, ein barfüßiger Neger, wollte nicht durchnäßt werden; er benutzte nicht das Trittbrett, um die Fahrscheine zu verkaufen, sondern stieg auf die Sitze und über die Rückenlehnen und kletterte so innen im Wagen hin und her. Der Regenguß war sehr bald wieder vorüber. Das milchig-weiße Licht hatte sich nicht einen Augenblick verändert. Durch eine Seitengasse kam schwankend ein Neger mit einer Ladung Farben auf dem Kopf herunter. Interessiert sah ich genauer hin: die Last bestand aus einem mit Orchideen bedeckten Sarg. Der Neger war ein Leichenzug.

Das Geschrei auf der Straße betäubte mich (zweifellos fiel es mir besonders auf, weil mir die Sprache und der Tonfall fremd waren). Die Stadt, die schon längs der ganzen Strecke dicht bevölkert gewesen war, quoll jetzt von Menschen über.

»Das Zentrum, ja?« fragte ich den Schaffner.

Wer weiß, was er mir erklärte. Ich sprang von der Straßenbahn ab, weil ich eine Kirche sah und mir vorstellte, daß es darin kühl war. Am Eingang umringten mich Bettler, deren Gesichter mit blauem, weißlichem und rotem Wundschorf bedeckt waren. Endlich kam ich vorn an einen goldbeladenen Altar. Ich streifte durch die Seitenschiffe, entzifferte mühsam Grabinschriften. Trotz des Marmors überzeugten mich die Toten dieses Ortes von der Einsamkeit und Armut des Todes. Um meine Niedergeschlagenheit zu vertreiben, verglich ich sie mit den Bewohnern von Ortschaften, die man aus dem Fenster eines vorbeifahrenden Zuges sieht.

Wieder auf der Straße, ging ich zu Fuß in der Fahrtrichtung meiner Straßenbahn weiter. Die Stadt hatte einen gewissen Zauber mit ihren viktorianischen Gebäuden aus einer so ganz anderen Zeit. Kaum hatte ich dies gedacht, als ich einen modernen Pavillon von beträchtlichen Ausmaßen und schäbigem Aussehen zu Gesicht bekam, der noch nicht beendet und schon veraltet war. Ich sagte mir, daß es ein für eine Ausstellung errichtetes Bauwerk sein mußte, eines jener provisorischen Werke, die nur aus bürokratischer Nachlässigkeit stehen bleiben. Vor dem Pavillon bildeten auf einem Sockel schwärzlich grüne Kreise und Halbkreise ein Monument aus Bronze und Hohlräumen von unbestimmt traurigem Aussehen. Unbehagen überkam mich, und um es scherzhaft abzutun, stellte ich mir vor, ich sei ein Bürger der Stadt. »Ich werde einen Brief an die Zeitung schreiben«, sagte ich mir, »damit man endlich diese Überreste der Ausstellung zur Feier unseres ersten Jahrestages der Unabhängigkeit und Diktatur beseitigt, die nicht zum Stil der Stadt passen.« So unberechenbar ist die Seele, daß mich dieser alberne Scherz von meiner Niedergeschlagenheit erlöste.

Ich blieb vor einem Schaufenster stehen, in dem neben Fröschen, Riesenkröten und Eidechsen eine bewundernswerte Sammlung präparierter Schlangen ausgestellt war.

»Wo bekommt man die her?« fragte ich einen Herrn, der ganz so aussah, als gehörte er der britischen Kolonie an.

»Irgendwo«, antwortete er auf englisch. »Hier nicht mehr.«

Die Klänge eines flotten Marsches tönten zu mir herüber. Ich erkannte eine Menschenansammlung und ging, ohne zu denken, auf den Wegen eines kleinen Parks mit üppig blühenden Baumgruppen in ihrer Richtung. Von einer Holzbrücke aus sah ich in einem schmalen Bach, der sich zwischen ausgemauerten Felsen, Pflanzen und Wiesen hinschlängelte, gelbliche Blasen in dem grünlichen, trüben Wasser. »Das ist nichts für mich«, dachte ich. »Zu viele Schlangen, zu viele Blumen, zu viele Krankheiten. Schrecklich, wenn man da etwas erwischt und bleiben muß.« Ich ging rasch weiter. Eine Militärkapelle, deren weiße Gamaschen ich nie vergessen werde, malträtierte Trompeten und Trommeln vor einer kleinen Büste. Ich dachte: »Das beste ist, ich gehe zurück auf das Schiff und lege mich mit dem kleinen Roman von Rider Haggard, den ich im Lesesalon entdeckt habe, auf einen Diwan.«

In diesem Augenblick kam mir der Zweifel, ob ich nicht vor einer Weile meinen Freund Veblen gesehen oder mich an ihn erinnert hatte. Mit ihrem urwaldartigen Gewirr konnten die lärmenden, ständig wie ein Kaleidoskop wechselnden trügerischen Straßen unter dieser fieberheißen Sonne freilich jeden Anblick vortäuschen, aber der des Engländers Veblen schien doch der am wenigsten wahrscheinliche zu sein. »Niemand wäre hier so fehl am Platz«, sagte ich mir. »Ich werde mich an ihn erinnert haben; seine Anwesenheit hier wäre absurd.« Ich wollte zum Schiff zurückkehren, hatte aber ein wenig die Orientierung verloren. Ich sah mich nach einem Polizisten um. Es war auch einer da – die zu weite Uniform hatte etwas von einem geborgten Kostüm an sich –, aber er stand unerreichbar an einer Stelle, wo die Autos rasch aneinander vorbeifuhren.

»Zum Hafen?« fragte ich einen Zeitungsverkäufer.

Der Mann sah ratlos drein. Kleine Mädchen – vielleicht waren es auch Frauen und Prostituierte – zeigten mir lachend eine Richtung an. Der Gedanke, daß ich zum Schiff zurückkehrte, genügte, um mir frische Kraft zu geben. Ich war noch keine vierhundert Meter gegangen, als ich an einem Kino vorbeikam, das auf vielen Plakaten *Das große Spiel* ankündigte. Minuten vorher wäre ich weitergegangen, denn die Wahrheit ist, daß ich in dem kleinen Park erschrocken war. Ich fühlte mich offenbar nicht wohl; ich schrieb den Tropen eine unwiderstehliche, verwirrende Wirkung auf bestimmte Beuteobjekte zu, unter denen ich mich unseligerweise befand.

Da ich nun aber wieder ein normaler Mensch war, blieb ich stehen, um die Plakate zu lesen. Ein wenig aufgeregt stellte ich fest, daß man an diesem Abend die ursprüngliche Fassung von *Das große Spiel* mit Françoise Rozay, Pierre Richard Vilm und Charles Vanel in den Hauptrollen gab. Mir war wie einem Bibliophilen zumute, der rein zufällig in einer drittrangigen Buchhandlung das lang gesuchte kostbare Werk entdeckt. Aus irgendeinem unklaren Grund oder auch einfach deshalb, weil ich ihn gesehen hatte und meine Freunde nicht, war der Film jahrelang mein Lieblingsthema in allen Gesprächen gewesen. Wenn man mich abends ins Kino mitnehmen wollte, fragte ich immer mit einer gewissen Anmaßung: »Wird man mir so etwas wie *Das große Spiel* zeigen?« Als dann die neue Fassung gedreht worden war, verlor ich, wie ich zugeben muß, ein wenig mein klares Urteil, ich schimpfte auf ein Werk, das möglicherweise seine Verdienste hatte, und prangerte es als Beispiel für den allgemeinen Niedergang an.

Die Vorstellung begann um halb sieben. Obwohl es erst knapp fünf Uhr war, hatte ich Lust zu warten, denn ich hatte von diesem Film, der mir als ein glücklicher Augenblick meines Lebens in Erinnerung geblieben war, einen großen Teil der Handlung vergessen. (Manche werden sagen, der Umstand, daß zu unseren schönsten Erinnerungen ein Kinofilm gehören kann, werfe ein merkwürdiges Licht auf das Leben. Sie haben recht.) Während ich noch unschlüssig war, ob ich bleiben sollte oder nicht, begann ich weiterzugehen. Ich stieß auf ein anderes Kino, das sich »Myriam« nannte und einen Film brachte, der den Plakaten nach zu urteilen von armen Leuten, alten Hütten, Nähmaschinen und einer Pfandleihe handelte. Da ich meine Gutwilligkeit als Tourist wiedergewonnen hatte, sah ich mir alles genau an, und ein sonderbarer Umstand fiel mir auf: der Zuschauerraum hatte zwei Eingänge, einen vorderen und einen seitlichen, von einem Café aus. Ich betrat das Café, weil mich wieder der Durst quälte. Vor einem Marmortisch ließ ich mich auf einen Stuhl fallen, und als schließlich die Bedienung kam, bestellte ich einen Pfefferminzlikör. In der linken Wand befand sich der Eingang zum Halbdunkel des Kinos, halb versteckt durch einen Vorhang aus verschlissenem grünem Samt. Ab und zu wellte sich der Vorhang, bewegt durch das Kommen und Gehen von Frauen, die zum größten Teil Negerinnen waren und allein eintraten, aber in Begleitung wieder herauskamen. Neben der Theke, an der rechten Wand, unterhielten sich zwei oder drei Frauen mit einem Papagei, der immer mit einem Gekrächze antwortete. Hinten erweiterte sich das Lokal zu einem sauberen Hof mit orangefarbenen Fliesen, der nicht überdacht und von drei dunkelvioletten Mauern eingeschlossen war. Schmale Türen in diesen Mauern trugen Schildchen mit einer Nummer. Eine Gießkanne in der Hand, ging zwischen den Tischen des Cafés sehr still ein Mann umher, der offensichtlich Gärtner war, einen riesigen Strohhut, einen blauen Drillichanzug und Leinenschuhe trug. Mit einer dünnen Akaroinlösung begoß er die lockeren Dielenbretter des Fußbodens und färbte schwarz, was staubig und grau war. Offen gesagt, der Pfefferminzlikör, den man mir hier servierte, war schlechter als der auf dem Schiff.

Der Engländer Veblen fiel mir wieder ein. Ich konnte ihn mir nur an den zivilisiertesten Orten vorstellen – New York war für ihn schon der Dschungel –, in Heilbädern wie Aix-les-Bains oder Evian, in Monte Carlo, in der Via Veneto in Rom, im achten Pariser Arrondissement oder im Londoner *West End*. Man soll aus meinen Worten aber nicht schließen, Veblen sei ein Snob, obwohl er etwas davon an sich haben mußte, denn er täuschte Abscheu vor allem vor, was sich vom Kanon seiner Sitten und Gebräuche entfernte, selbstverständlich nur im Scherz (denn anders manifestiert sich, seltene Exemplare ausgenommen, der Snobismus nicht). Die Wahrheit ist, daß er immer eine Art Doppelleben führte, eines, dessen eine Hälfte, wenn wir sie nicht einem launischen Snobismus zuschreiben, ziemlich unerklärlich bleibt: mein Freund verstand etwas von Katzen, und mehr als einmal sah ich ihn auf unglaublichen Illustriertenfotos, umgeben von alten Damen, die ihn bei seiner Aufgabe als Juror der Königlichen Katzenausstellung dieser oder jener Gegend unterstützten. Diese Tätigkeit beeinträchtigte nicht sein übriges Leben. Veblen war ein belesener Mann, bei dessen Erziehung mehr als der Wille die Neigung eine Rolle gespielt hatte; er war ein Kenner des weltlichen Zweigs der Architektur und der französischen dekorativen Kunst des 18. Jahrhunderts, sehr beschlagen in den Werken Watteaus und Fragonards. Manchen zufolge fehlte es ihm auch nicht an Verständnis für die moderne Malerei von 1920 an bis in die sechziger Jahre hinein.

Der Mann mit dem Strohhut hatte seine Berieselungsrunde durch den Raum beendet und ruhte sich nun auf einem Stuhl an einem der Tische aus. Plötzlich sah ich zwischen seinen Beinen eine Katze sitzen, eine Hauskatze, soviel ich davon verstehe, mit weißem Fell und großen kaffeebraunen und schwarzen Flecken. Wir betrachteten einander, ich und die Katze. Sie hatte eine Gesichtsmaske aus zwei Hälften, das eine Auge befand sich in der schwarzen, das andere in der weißen. »Das ist ein Tiergarten«, sagte ich mir. »Ein Papagei, eine Katze, ein Schwan.« Ich sagte ein *Schwan*, denn als der Mann das Taschentuch hervorholte, um sich die Stirn zu trocknen, entdeckte ich auf der linken Seite seines Hemdes eine Stickerei, die dieses Tier darstellte. »Was für Erinnerungen«, murmelte ich, ohne etwas zu begreifen. Wahrnehmbar, wenn auch noch undeutlich drängten sich in mir Erinnerungen an eine ganze Epoche meiner Jugend. Ja, überlegte ich, ich war doch sicher, daß Veblen eine ebensolche Stickerei hatte. Denn die Katze sah mich unaufhörlich an, als wollte sie mir etwas mitteilen; ich senkte den Blick. Als ich ihn wieder hob, lag der Strohhut auf dem Tisch, und das Gesicht des Mannes trug die Züge des Engländers Veblen. Ich dachte, wie seltsam es war, in einem Menschen das Gesicht eines anderen wiederzufinden. Die Zufälle der Reise zeigten mir vielleicht, daß es, über die Welt verstreut, mehrere Exemplare des gleichen Gesichts gab.

»Bruder!« rief Veblen und kam mit ausgebreiteten Armen auf mich zu.

»Bruder!« antwortete ich.

Wir umarmten uns gerührt. Er hatte einen herben Geruch an sich.

Ich sah ihn verblüfft an, noch unsicher, ein wenig benommen angesichts des schwindelerregenden Geheimnisses, das dieses vertraute Gesicht barg. Wir identifizieren das Gesicht mit der Person; vor mir hatte ich das Gesicht Veblens, nicht aber die anderen Lebensumstände Veblens. Ich überlegte rasch: Bei meinem Freund waren diese Umstände – Kleidung, Auftreten, Orte, an denen er sich aufhielt, die ein wenig pedantische und anmaßende Haltung – die Hauptmerkmale der Persönlichkeit. (Andere Umstände angenommen, trifft etwas ähnliches wahrscheinlich auf jeden Menschen zu.)

Man hätte uns sehen sollen, zwei Männer vorgeschrittenen Alters, die einander in den Armen hielten und den Tränen nahe waren. Als ich sagte, seine Verkleidung sei sehr gut gelungen, antwortete er lächelnd:

»Du hast recht, ich bin zu beneiden, aber ich schwöre, du fragst mich mit erstaunten Augen, was mit mir geschehen ist.«

»Und das ist auch kein Wunder«, antwortete ich. »Ich hätte nie erwartet, dich hier zu treffen.«

»Es klingt wie ein Roman, nicht wahr? Möchtest du, daß ich dir berichte, was ich erlebt habe?«

»Natürlich, *Inglés*.«

»Dann«, fuhr er fort, »bestellst du mir wie in den Romanen ein Glas, und ich erzähle dir die Geschichte, während ich mich betrinke.«

»Was möchtest du?« fragte ich, nachdem ich den Kellner gerufen hatte.

»Mir ist alles recht«, sagte er.

Er saß da und sah mich an. Der Kellner brachte ein Glas und eine Flasche.

»Soll ich sie dalassen?« fragte er in seiner Sprache.

»Lassen Sie sie da«, antwortete Veblen.

Ich nahm die Flasche mit beiden Händen und roch an der Öffnung: ein stark alkoholischer Geruch, der mir bald süßlich, bald bitter vorkam. Ich betrachtete das Etikett: eine Landschaft mit verschneiten Bergen, der Mond und eine Spinne in ihrem Netz waren darauf zu sehen. Ich las den Namen: *Silvaplana*.

»Was ist das?« fragte ich.

»Ein Gebräu, das man hier serviert«, antwortete er. »Ich empfehle es dir nicht.«

»Soll ich etwas anderes bestellen, *Inglés*?«

»Wo denkst du hin! Mir ist alles recht«, wiederholte er. »Das Ganze begann in Evian, es wird drei Jahre her sein, oder noch etwas früher in London. Ich war damals ein glücklicher Mann, und Leda liebte mich. Wußtest du von meiner Geschichte mit Leda?«

»Nein«, sagte ich. »Ich wußte nichts davon.«

Meine Antwort erleichterte ihn nicht.

»Ich lernte sie in London kennen, auf einem Ball. Ich war sofort von ihr fasziniert, und als ich ihre langen weißen Handschuhe sah, sagte ich zu ihr – ich sollte solche Dummheiten nicht erzählen –, sie sei der Schwan, sie sei Leda. Sie lachte, ohne mich zu verstehen. Ich versichere dir, sie war die Jüngste und die

Schönste auf dem Ball. Wie soll ich sie beschreiben? Sehr korrekt und makellos, mit schweren blonden Locken und blauen Augen. Sie selbst enthüllte mir eine Grenze ihrer Vollkommenheit: sie hatte schmutzige Knie. ›Wenn ich sie wasche – oder wenn ich meine beste Unterwäsche anziehe – verfolgt mich das Pech mit Männern.‹ (Tatsächlich drückte sie sich sehr ungeniert aus.) Sie war sehr fröhlich. Ich habe nie eine Frau gekannt, die das Leben so sehr amüsierte. Das Leben ist nicht das richtige Wort: ihr Leben, ihre Liebschaften und ihre Betrügereien. Ohne Zweifel war sie ausgesprochen egozentrisch. Sie hatte keine Geduld zum Lesen, und von dem, was man Kultur nennt, verstand sie kein Wort; aber wenn du dir vorstellst, sie sei dumm gewesen, irrst du dich. Mir hat sie jedenfalls so manches zu denken gegeben. Sie verstand sich auf ihre Spezialität. Sie hatte über die Liebe nachgedacht, über die Liebschaften, über die Eigenliebe der Männer und Frauen, über Täuschungen und Intrigen, über das, was die Menschen sagen, und über das, was sie verschweigen. Glaube mir, wenn ich ihr zuhörte, mußte ich an Proust denken. Als sie sechzehn Jahre war, hatte man sie mit einem alten österreichischen Diplomaten verheiratet, einem gebildeten, schlauen und mißtrauischen Mann, den sie mit der größten Leichtigkeit betrog. Es scheint, daß der Mann glaubte, eine Art Kätzchen geheiratet zu haben. Er behandelte sie von Anfang an als Herr und Gebieter, er wollte sie erziehen und führen. Und von Anfang an versuchte sie, ihn zufriedenzustellen, vor allem durch Täuschungen. Da die Eltern meinten, daß der Mann Leda nicht gewachsen war – in diesem Krieg, in dem sie sich ihm entzog und er sie unterwarf –, bewachten sie sie wie zwei weitere eifersüchtige Ehemänner. Glaube nicht, daß sie bei all diesen Bemühungen ihre Fröhlichkeit verlor oder die Zuneigung zu den Eltern oder zu dem Österreicher. Sie liebte alle, sie belog alle. Es war bewundernswert, mit was für einer Begeisterung sie ihre komplizierten Schwindeleien plante.

Bevor sie mich ihrem Mann vorstellte (später traf ich ihn dann oft genug), am Beginn unserer Liebe, fragte ich sie eines Abends: ›Wird er keinen Verdacht schöpfen? Immer sieht er uns zusammen.‹ Ich erinnere mich, daß sie antwortete: ›Sei unbesorgt. Mein Mann ist einer von diesen sehr männlichen Typen, die sich auf die Physiognomie der Frauen verstehen, sich aber nie an das Gesicht eines Mannes erinnern, weil sie es gar nicht sehen.‹

Was mich an ihr so fesselte – abgesehen von ihrer Schönheit, ihrer Jugend, ihrem Zauber, ihrer Intelligenz (die zwar von besonderer Art und beschränkt, aber sehr scharf und viel klarer als meine war) –, das war die unglaubliche, aber oft bewiesene Tatsache, daß sie in mich verliebt war. Sie erzählte mir alles, sie verschwieg mir nichts, so als wäre sie sicher – ich achtete sie, gab die Reife ihres Urteils zu, erlaubte mir nicht zu zweifeln (zweifelte aber doch ein wenig) –, so als wäre sie sicher, daß sie gegen mich niemals diese phantastische Maschinerie der Schwindeleien anwenden werde. Ich war dankbar für die Großzügigkeit des Schicksals, und eines Nachts sagte ich, von Liebe und Eitelkeit berauscht, zu ihr: ›Auch wenn du mich betrögst, müßte ich dich bewundern.‹ Ich glaubte wirklich, das dazu nötige philosophische Naturell zu besitzen. Andererseits konnte Leda nichts Böses tun, das nicht in erster Linie anmutig gewesen wäre.

Ich vergesse Lavinia«, sagte der Engländer Veblen, während er den Kopf der Katze streichelte, die zwischen seinen Beinen saß. »Lavinia, Ledas Kätzchen, war eine Hauskatze mit einem sehr weichen Fell, das kaffeebraun und schwarz gefleckt war, und sie hatte eine in zwei Hälften geteilte Gesichtsmaske, die eine schwarz, die andere weiß, Mit diesem Aussehen einer Katze armer Leute hatte sie Ledas Seele. Du weißt nicht, wie ähnlich die beiden waren. Sehr gewinnend und falsch, betrog sie dich fortwährend, und wenn du den Betrug entdecktest, bezauberte dich das Tierchen. Sie war heikel und dem Schmutz feind. Nach dem Fressen mußte sich das Fräulein, wie jede große Dame, den Schnurrbart putzen. Eines Tages empfing sie mich mit Beweisen der Zuneigung, was mir außerordentlich schmeichelte, denn ich begriff, daß mir Lavinia eine Zutrittsgenehmigung zum Haus erteilte. Als ich dann den blauen Anzug in die chemische Reinigung geben mußte, wurde mir klar, daß mich die Katze mit ihrer Herzlichkeit umgarnt hatte, um meine Hose als Serviette zu benutzen. Nichts war für Lavinia von Bedeutung, nichts außer Leda. Vielleicht war Leda ebenso, auch sie kannte nur eine einzige Liebe.

Ich erinnere mich nicht mehr, wer, Leda oder ich, als erster davon sprach, zusammen einige Tage irgendwo in Frankreich zu verbringen. Mit Sicherheit weiß ich nur, daß es Leda war, die sich für Evian entschied. Diese Wahl überraschte mich, denn ich glaubte Leda zu kennen und nahm mit Sicherheit an, sie würde einen ausgesprochen mondänen Ort aussuchen; ein wenig war ich auch enttäuscht, denn ich hatte mich schon mit meiner Freundin am Arm in Monte Carlo und Cannes Staat machen sehen. Ich besann mich und sagte mir: ›Was will ich mehr? Wir werden nicht von Fest zu Fest gehen, ich ständig in Angst wegen ihrer unvermeidlichen Eroberungen. Ich werde sie für mich allein haben.‹

Miteinander von der Reise zu sprechen, die wir unternehmen wollten, war eines der angenehmsten Dinge jener Zeit. Dennoch, als die Einzelheiten und Daten feststanden, als alles wirklich wurde, war ich wenig geneigt, unser Leben in London zu unterbrechen. Da aber weder ich noch sonst jemand den Wünschen Ledas widerstand, bekam ich bald wieder Lust zu reisen. Dann ergaben sich Schwierigkeiten. Die Eltern waren mißtrauisch und sahen die Reise nur noch ungern. Was noch schlimmer war: der Mann sprach davon, seine Frau zu begleiten. Von solchen Zwischenfällen berichtete mir Leda, denn die anderen hüteten sich, vielleicht instinktiv, vor Fremden Verdacht und Besorgnis zu äußern. Die Eltern, zwei alte Heuchler, sprachen sich, um mich zu täuschen, für die Reise aus, und der Ehemann bat mich mit offensichtlicher Hinterhältigkeit, ich möge ihn doch während Ledas Abwesenheit nicht allein lassen, denn wer würde ihn schon einladen, wenn sie nicht da war. Diese Komödien verärgerten die junge Frau, die als große Lügnerin vor mir dazustehen fürchtete. Die Vorbereitungen gingen weiter, und da sie ständig bei der Modistin, bei der Maniküre, beim Friseur, mit Einkäufen beschäftigt war, blieb meiner Freundin nicht eine Minute am Tag für mich übrig. Die Nächte verbrachte sie selbstverständlich bei der Familie. ›Zum Glück gibt es das Telefon‹, seufzte ich resigniert. Ich muß zugeben, daß Leda immer die Gelegenheit zu einem raschen Gruß am Telefon fand. Die Hoffnung auf diese Reise, die uns zuerst trennen und schließlich vereinen sollte, entfernte sich allmählich immer weiter. Als aber alles verloren schien, verkündete Leda: ›Wir fahren, mein Liebster. Leider werden uns meine Kusine Adelaida Brown-Sequard und meine kleine Nichte Belinda begleiten. Ohne sie gibt es kein Evian. Du und ich, wir reisen getrennt und treffen uns im Hotel Royal. Damit du nicht ganz allein fliegen mußt, überlasse ich dir Lavinia. Du wirst sie mitnehmen. Ich vertraue dir an, was ich am meisten liebe . . . nach dir, Liebster.‹ Ich war glücklich, ich war mutlos, ich faßte mich wieder. Innerlich sagte ich mir melancholisch: ›Leda mit einer Nichte! *On aura tout vu.*‹

Da ich vorausfliegen sollte, befürchtete ich, um die Wahrheit zu sagen, eine Zeit mit der Katze in Evian verbringen zu müssen, aber wir änderten unsere Pläne: sie flog zuerst, und als ich mit Lavinia in Genf landete, erwartete uns Leda auf dem Flugplatz.

Unser Auto kam am Spätnachmittag in Evian an. Ich weiß nicht, woher plötzlich das unruhige Verlangen kam, das Eintreffen im Hotel hinauszuzögern. Ich hätte gern die Fahrt verlängert und (pathetisch, wie einander Liebende umarmen, die das Schicksal trennt) Leda an meiner Seite gehabt, die mir, auf ihrem Sitz gerade aufgerichtet, die Einzelheiten ihrer Reise schilderte, wenn ich mich recht erinnere. ›Warum bist du so schön?‹ sagte ich, ergriff sehnsüchtig ihre Hände und verlieh meinen Worten einen besorgten Ton. Obwohl sie auf jeden Vorwurf empfindsam reagierte, überging sie den in meiner Frage verborgenen und nahm nur das Lob ihrer Schönheit entgegen.

Geschmeichelt richtete sie sich noch gerader auf, und der lange Hals, die Frisur, die wirklich unglaublichen Augen ließen sie mir einen Augenblick lang als Vogel erscheinen. Aber wenn auch meine Begleiterin ein Vogel war: sie war Leda, die Frau, die ich liebte, und zum erstenmal schmerzte mich ihre Schönheit, und sie schien mir sehr fern zu sein. ›Steigen wir aus‹, sagte ich an der Parkeinfahrt. ›Gehen wir zu Fuß zum Hotel.‹ Um jedem Einwand zuvorzukommen, erklärte ich: ›Die arme Lavinia braucht Bewegung.‹ Wir gingen schweigend, und plötzlich hörte ich, was ich befürchtet hatte: ›Wir haben unsere Zimmer in verschiedenen Stockwerken, Liebster. Heute nacht schlafen wir nicht zusammen. Morgen vielleicht . . .‹ Ich sagte nichts.

Der Herr an der Rezeption reichte mir den Meldeschein zur Unterschrift und nannte mir meine Zimmernummer. ›Auf der Seeseite?‹ fragte ich. ›Auf der Seeseite‹, antwortete er. ›Ah, nein‹, sagte ich. ›Ich möchte eines auf der Bergseite, das nach Süden geht.‹ – ›So eine Verrücktheit!‹ protestierte Leda. Ich hielt mich für sehr geschickt und fragte: ›Könnte ich in demselben Stockwerk ein Zimmer mit Ausblick auf den Berg haben?‹ – ›Warum nicht?‹ antwortete der Herr. Fröhlich begann Leda von Terrassen zu sprechen, auf denen wir frühstücken wollten. Wir stiegen zusammen in den unlängst frisch gestrichenen und seltsam verschnörkelten Käfig des Aufzugs, fuhren in den ersten Stock hinauf, gingen auf sauberen grünen Teppichen durch breite Korridore (das Hotel war zu einer Zeit gebaut worden, als es noch genug Platz auf der Welt gab). Mein Zimmer war geräumig und erinnerte mich (ich bin sicher, daß es nach Lavendel roch) an die Schlafzimmer der Villen einer fernen Jugendzeit. Das Grau der Tapeten war fein abgestimmt auf das Rosa der Seide, mit der die Holzteile des bronzenen Einzelbetts bespannt waren. Von der Stimmung des Augenblicks hingerissen, rief ich: ›Ich bin sicher, daß ich in diesem Zimmer glücklich sein werde.‹ Leda gab mir den längsten Kuß des Tages, nahm die Katze auf den Arm und sagte: ›Bis morgen‹.

Ich richtete mich ein, nahm ein Bad, machte eine leichte Nachrasur, wie die Friseure sagen, und ging in den Speisesaal hinunter. Das Hotel war so gut wie leer. Während ich ständig zur Tür sah, weil ich mit Interesse die Ankunft Ledas, der Kusine und der kleinen Nichte erwartete, nahm ich eine leichte Mahlzeit zu mir. Zuletzt kehrte ich in mein Zimmer zurück. Ich rauchte eine Zigarre auf dem Balkon. Es roch nach frischgemähtem Gras, und Frösche oder Grillen waren zu hören. Ich legte mich zu Bett, blieb aber wach. Niemand ist so verbittert wie der gekränkte Liebhaber, der sich nicht beklagt, weil er nicht weiß, ob er das Recht dazu hat. (Es ist kaum zu glauben, aber in diese Lage hatte ich mich gebracht.) In imaginären Dialogen machte ich Leda die ganze Nacht lang Vorwürfe wegen unseres verdorbenen Aufenthalts in Evian. Ich sah ein, daß sich eine verheiratete Frau in acht nehmen und mit ihren Vertrauten, auch wenn es Kusinen sind, vorsichtig umgehen muß; aber die Bitterkeit stieg wieder in mir auf, und ich legte mir mehr als einen schlagkräftigen Satz zurecht, den ich mir gut einprägte, um ihn am nächsten Tag zu wiederholen.

Ich erwachte am Morgen zum Gesang der Vögel. Ich trat auf den Balkon, ich sah den Wald auf dem Berghang und unten, um das Hotel herum, Mädchen mit riesigen Sensen, die den Rasen mähten. Der Mann, der mir das Frühstückstablett auf den Balkon brachte, erklärte:

›Wir bringen *la pelouse* des Parks in Ordnung. Von einem Augenblick zum andern wird *la foule* erscheinen.‹

Ob *la foule* kam oder nicht kam, war mir recht gleichgültig. Was Leda betraf, so begriff ich, daß es trotz ihrer Erwähnung von auf Terrassen eingenommenen Frühstücken besser war, nicht zu warten.

Danach ging ich durch den Park und tiefer in den Wald hinein. Ich glaube, ich setzte mich auf einen Baumstumpf und überließ mich der Melancholie. Das Beklagenswerteste war, daß mir der Verlust der Liebe Ledas nicht genügte; ich war auch traurig weil ich graue Haare bekam, weil ich alt wurde, weil mir nur noch wenig Zeit blieb, weil ich diese wenige Zeit in einem sündteuren Hotel vergeudete, wo mich jeder Tag Traurigkeit ein Vermögen kostete. Ich war immer sehr unordentlich gewesen und überließ alles den Händen – den wahrhaft riesigen Händen – des Anwalts Rafael Colombatti (plattfüßig, bleich, schwarz gekleidet), und ab und zu überfiel mich, wie in einem Roman, die Angst, von einem Tag auf den anderen keinen roten Heller mehr zu besitzen.

Ich mußte umkehren, denn es wurde Zeit für das Mittagessen. In dem großen Speisesaal waren nur wenige Tische besetzt. Die Gäste waren dieselben wie am Abend zuvor: eine Familie von Großindustriellen aus Lyon, ein französischer Schauspieler, ziemlich berühmt (aber ich würde ihn nicht erkannt haben, wenn mir der *Maitre d'hôtel* nicht seinen Namen genannt hätte), ein junges Individuum, das ich in letzter Zeit mehr als einmal flüchtig gesehen hatte, mit ziegelroten, aufgeblasenen und schwammigen Wangen, die ihm ein dummes, für mich geradezu abstoßendes Aussehen verliehen, und schließlich ein Fräulein Lancker, recht hübsch und hellblond, das ich sofort wiedererkannte, weil ich mir ihr, das mußte tausend Jahre her sein, bei einem Tee im Tennisklub von Monte Carlo eine halbe Minute gesprochen hatte.

Ich wollte gerade den Fahrstuhl nehmen, um zu meinem Zimmer hinaufzufahren, und dachte, daß ich, wenn man mir Lavinia gelassen hätte, die einem forwährend lästig fiel, immerhin mehr Zerstreuung haben würde, als Leda erschien. Sie stieß einen kleinen Schrei aus und sagte:

›Wir verbringen den heutigen Tag in Genf. Wir fahren gleich los.‹

Ich war schon so kleinmütig, daß ich nicht wußte, wen die Worte ›wir fahren‹ einschlossen: mich oder die Kusine und die Nichte. Erst als Leda hinzufügte: ›Was ist mit dir? Wir müssen uns beeilen‹, begriff ich, daß sich mein Schicksal zum Besseren wandte.

Ich holte meinen Regenmatel, und wir fuhren, als wäre der Teufel hinter uns her. An unserem Ziel angekommen, konnte ich darüber nachdenken, daß die Ungeduld aus dem Herzen kommt, weshalb es nutzlos ist, Motive zu suchen, die sie rechtfertigen: wir werden nur Vorwände finden. Ich will damit sagen, daß Leda in Genf offenbar nichts anderes zu tun hatte, als einen ganzen heiteren, wunderbaren und glücklichen Tag lang mit mir spazierenzugehen. Wir sahen die Fontäne im See und die Fische in der Rhone, wir suchten die Buchhandlungen in der Corraterie auf und in der Grande Rue die Buchhandlungen und Antiquitätenläden (ich kaufte für Leda einen Briefbeschwerer aus Glas, in den ein Phönix aus Granatsteinen eingeschlossen war), wir ruhten uns im Park von Eaux Vives aus und aßen in einem *Restaurant béarnais*. Ich glaube, wir waren noch im Park, als ich ihr vorschlug, in ein Hotel zu gehen. ›Bist du verrückt?‹ antwortete sie. ›Dafür haben wir das Royal.‹ Tatsächlich blieb sie, als wir nach Evian zurückgekehrt waren, bei mir, und am folgenden Morgen frühstückten wir zusammen auf dem Balkon. Sie schlug vor, nach Lausanne zu fahren. Als ich antwortete, ich sei zur Abfahrt bereit, lächelte sie auf die bezauberndste Weise und sagte: ›Wir nehmen den letzten Dampfer am Abend. Ich erwarte dich um elf auf der Landungsbrücke.‹ Sie küßte mich auf die Stirn und ging.

Ich beschloß, meine gute Laune zu bewahren, so viele leere Stunden ich auch noch vor mir hatte. Ich wollte aus dem augenblicklichen Glück Mut schöpfen und bis elf Uhr abends warten. Einstweilen nahm ich ein langes Bad, zog mich langsam an und ging in den Park des Hotels hinunter. Bevor ich das Haus verließ, traf ich Bobby Williard. Kennst du ihn? Du hast nichts versäumt, denn er ist ein Schwachkopf. Wie ein aufgezogenes Uhrwerk begann er, auf Evian zu schimpfen, das er den zweiten Tod nannte. ›Der erste ist Bath‹, vertraute er mir mit einem Grinsen an. Er erklärte mir, daß das Royal leer sei, und wiederholte: ›Es ist niemand da, niemand.‹ Aus Freude, von der geliebten Frau zu sprechen, und aus Eitelkeit antwortete ich: ›Aber Leda ist da.‹ Hätte ich es nur nicht gesagt! Bobby blies mir seinen kräftigen Atem aus der Nähe ins Gesicht und schrie: ›Weißt du, was man mir gesagt hat? Daß sie eine H . . . ist. Es scheint, sie sind doch alle gleich.‹ Ich trennte mich von ihm, so rasch ich konnte, und ging ins Klavierzimmer, wo sich nie jemand aufhielt. Dort blieb ich eine Weile und faßte mich wieder. Es ist unglaublich, was für eine Bitterkeit die Worte dieses Idioten in mir hinterließen. Als ich mich endlich wieder ein wenig beruhigt hatte, fragte ich den Portier über Hotels in Lausanne aus. Mit drei oder vier Prospekten in der Hand legte ich mich draußen mitten auf dem frischgemähten Rasen in einen Liegestuhl. Da ich die Zeit mit großer Ruhe abwarten wollte, sah ich mich, als ich mich schon zu lesen anschickte, noch einmal teilnahmslos um. Meine Augen blieben an Ledas Balkon haften, und kurz darauf sah ich auch schon das Spiegelbild meiner Freundin im Glas eines der Türflügel. Ein zweites Spiegelbild tauchte aus dem Halbdunkel des Zimmers auf, und im Glas vereinten sich die beiden. Ich sagte mir: ›Leda küßt ihre Nichte.‹ Ich weiß nicht, wann ich aufhörte, mich über die Entdeckung eines interessanten optischen Phänomens zu amüsieren, durch das Leda und die Nichte für einen Betrachter aus meinem Blickwinkel gleich groß aussahen, um zu entdecken, daß Leda einen Mann küßte. Dieser Augenblick, ich bitte dich, mir zu glauben, war wie ein Markstein, ein Markstein, den ich zunächst nur undeutlich wahrnahm, schließlich aber doch erkannte und als die Grenze zwischen zwei Welten deutete, der von jener, in der ich mit Leda lebte, und einer unbekannten, sehr unangenehmen, in die ich durch ein verhängnisvolles Gesetz eintreten mußte. Mein Blick trübte sich, ich ließ die Prospekte fallen, als wären sie Giftschlangen. Das Merkwürdige war: trotz der chaotischen Verfassung, in der ich mich befand, arbeitete der Verstand rasch und scharf. Als erstes ging ich zur Rezeption. Ich fragte nach Frau oder Fräulein Brown-Sequard und einem Mädchen, das sie begleitete. Man antwortete mir, solche Personen befänden sich nicht unter den Gästen des Hotels. Dann bat ich um die Rechnung, zahlte und ging auf mein Zimmer. Dort überfiel mich erst die volle Verzweiflung; während ich die Koffer packte, bewegte ich mich durch den Raum wie eine blinde Fledermaus, die gegen die Wände stößt. Wütend verließ ich dieses elende Zimmer und fuhr im Omnibus des Hotels zur Landungsbrücke hinunter. Da ich eine lange Stunde warten mußte, wurde ich unsicher. Ich begann mich zu fragen (und frage mich noch immer), ob ich wirklich gesehen hatte, daß Leda einen Mann küßte. Ich fühlte mich versucht zu bleiben. Ich sagte mir: ›Vielleicht ist es klug zu bleiben‹, aber dann sagte ich mir: ›Bleiben ist Feigheit.‹ Ich glaube, ich wußte im Grunde meines Herzens, daß ich nie mehr ohne innere Unruhe und Traurigkeit mit Leda zusammensein konnte. Ich versichere dir, daß ich deshalb abfuhr (jede Frau wird dir freilich sagen, ich hätte es aus Eigenliebe getan). Ohne Zweifel sah ich mich, als ich auf dem kleinen Dampfer über den See fuhr, als Herr meines Schickals; wahr ist aber auch, daß mit einemmal riesige weiße Vögel über meinem Kopf dahinflogen und daß mich böse Vorahnungen erschreckten.

Alle fahren wir auf einem kleinen Schiff mit unbekanntem Ziel, aber ich stelle mir gern vor, daß ich dies damals auf eine besonders passende Weise versinnbildlichte. Frag mich nicht, warum ich nicht mehr weiß, wie lange ich mich in Lausanne aufhielt. Ich erinnere mich allerdings, daß ich vom Fenster meines Zimmers aus einen ganzen sehr sonderbaren Tag lang, an dem nichts Dauer und Bestand hatte, gebannt zum anderen Ufer hinübersah. Ich könnte dir das Hotel Royal zeichnen, so genau betrachtete ich es. Am Abend wurde es nach und nach von Reihen von Punkten erhellt. Bei diesem Anblick schloß ich die Augen, und mit den Ellbogen auf einen Tisch beim Fenster gestützt, schlief ich ein. Ich muß sehr müde gewesen sein, denn ich wachte am nächsten Morgen in derselben Stellung auf.

Sobald ich die Augen schloß (beachte bitte: ich hatte den Kopf auf dem Tisch vor dem Fenster aufgestützt, das auf den See ging, so daß ich, hätte ich sie einen Augenblick geöffnet, den Brand gesehen haben würde), ging das Hotel Royal in Flammen auf. Offenbar schlief in dieser Nacht niemand außer mir, der ich Leda dort drinnen hatte.

Man könnte sagen, daß jemand, derselbe, der von der Stunde an, als ich den Dampfer betrat, mein Leben lenkt, mich einschlafen ließ. Am Morgen erlaubte er mir nicht, nach vorn, aus dem Fenster, zu blicken. Er führte mich ins Zimmer hinein, weil er entschlossen war, mich von Leda abzubringen. Es kam ziemlich selten vor, daß ich vor dem Frühstück ein Gespräch mit London führte. Aber ich rief in London an – all das lenkte das Schicksal –, um Bescheid zu geben, daß ich an diesem Tag nach Hause käme. Wenn ich einen Grund suchte, um nicht dennoch zu bleiben, so fand ich einen, der stärker war, als ich vorausgesehen hätte. Man sagte mir nämlich, daß sich Colombatti in dieser Nacht eine Kugel gegeben hatte und im Krankenhaus im Sterben lag. Ich antwortete: ›Ich nehme das erste Flugzeug.‹ Danach sprach ich mit dem Portier und ließ einen Platz buchen. Um elf mußte ich auf dem Flugplatz sein. Ich sah auf die Uhr. Es war halb neun. Ich hatte das Frühstück kaum bestellt, als es auch schon eine sehr geschwätzige und sehr junge Schweizerin brachte, die so sehr an der Sache interessiert war, daß sie gar nicht danach fragte, ob ich etwas davon wußte, und unaufhörlich redete, bis sie den Schluß eines Satzes zwei- oder dreimal wiederholte: ›Alle tot.‹ Ich fragte: ›Wo?‹ Du wirst verstehen, wie mir zumute war, als ich hörte: ›Bei dem Unglück im Royal.‹

Danach kommt eine Lücke. Ich erinnere mich an nichts mehr. Ich glaube, daß ich aus dem Fenster sah und daß ein wenig Rauch drüben, auf der anderen Seite, genügte, um das Schlimmste zu bestätigen. Mit dem ersten Dampfer wollte ich nach Evian fahren, aber der Liftboy erklärte: ›Es hat keine Toten gegeben.‹ Ich fragte den Portier. Der wiederholte mir, unterstützt vom Liftboy und von jedem, den ich im Hotel ansprach, dasselbe: ›Es hat keine Toten gegeben.‹

Ich wollte über den See fahren und Leda so schnell wie möglich in die Arme schließen. Ich wollte sie sehen und berühren nach dem Unheil, das hätte geschehen können. Der Brand, die falschen Nachrichten waren Zeichen, die man mir geschickt hatte, um mich daran zu erinnern, daß es größeren Kummer im Leben gibt als eine Untreue. Ich hatte schon etwas von dem Schmerz empfunden, Leda tot zu wissen; sie lebendig wiederzuhaben und auf der Eigenliebe zu bestehen, hieße das Schicksal herausfordern.

Der Portier machte mir Schwierigkeiten; er pochte auf das Verdienst, daß es ihm gelungen war, noch einen Platz in der Elf-Uhr-Maschine für mich zu bekommen, und so als läse er meine Gedanken, nahm er das andere Thema wieder auf und rief: ›Nicht ein einziger Toter im Royal. Glauben Sie mir etwa nicht?‹ Ich meinerseits überlegte, daß der Plan, Leda in die Arme zu schließen, nicht durchführbar wäre, wenn meine rasche Ankunft sie verwirrte, da sie ja noch keinen Ausweg gefunden hatte, ihre beiden Liebhaber voreinander zu verstecken. (Ich war, ich weiß nicht, warum, zu dem Schluß gelangt, daß mein Nebenbuhler der Jüngling mit den schwammigen ziegelroten Wangen war.) Ich sagte mir auch, daß, während ich diese ungelegene und unangenehme Rückkehr nach Evian unternahm, Colombatti, der Mann meines Vertrauens, der seit Jahren, in der Zelle eines Büros mit hofseitigem Fenster sich abrackernd, meine Geschäfte erledigte und es mir gestattete, in der Welt umherzureisen und meinem Vergnügen nachzugehen, ohne ein Wort der Dankbarkeit von mir sterben sollte, ohne meinen Händedruck zum Abschied, allein in einem Londoner Krankenhaus.

Wieder entfernte mich das Schicksal von Leda. Ich nahm die Maschine um elf. Ich kam noch zur rechten Zeit an, um Colombatti meinen Dank auszusprechen, dachte ich, aber der Selbstmörder war meinem letzten Händedruck geschickt ausgewichen, denn zur selben Stunde, womöglich mit der Gegenmaschine zu der, die mich hergebracht hatte, floh er in Richtung der französischen oder italienischen Riviera, und ich fürchte sehr: nach Monte Carlo. Es scheint, daß er mit einem Kopfverband abreiste, aber augenscheinlich ist, daß *ich* meinen Verstand in einer Binde trug. Du wirst es nicht glauben: eine ganze Weile beunruhigte mich nur die Wirkung einer so unangebrachten Flucht auf den Organismus meines ehemaligen Vermögensverwalters. Selbstverständlich konnte ich mich, auch hinter meiner Dummheit verschanzt, nicht lange vor der Wirklichkeit retten. Nach dem Mittagessen erfuhr ich von den Rennpferden, den Kaviarschlemmereien und den kostspieligen Mätressen Colombattis. Im Büro überzeugte ich mich von seinen Veruntreuungen, und ich kann sagen, daß ich von einem Tag zum anderen völlig mittellos dastand. Es war nicht daran zu zweifeln, daß mir noch Schulden blieben, wenn ich verkaufte, was ich noch besaß.

An diesem Abend vergaß ich Leda vollständig. Du machst dir keinen Begriff, wie sehr mir finanzielle Probleme zusetzen. Vielleicht bedrücken und ängstigen sie mich, weil es mir nicht gelingt, sie zu verstehen. Ich deutete mein Unglück als Strafe, ich erkannte alle Arten von Schuld und lieferte mich den Gewissensbissen aus. Trauriger, als wenn Leda verbrannt wäre, wälzte ich mich in meinem Bett hin und her und schlief nicht bis zum nächsten Tag, ich glaube, erst in dem Augenblick, in dem der Neger kam.

Offenbar verhielt er sich vollkommen still, aber irgendein Geräusch mußte er doch gemacht haben, denn ich wachte auf. Er saß auf einem Stuhl ganz in meiner Nähe, er trug ein *jaquet,* sein Äußeres war korrekt und seine Haut schwarz. Ich glaube, was mich beunruhigte, waren seine so runden Augen. Vergeblich drückte ich auf den Klingelknopf, denn die treuen Diener, die schon wußten, wie die Dinge standen, hatten mein Haus verlassen wie die Ratten ein sinkendes Schiff.

Er war kein nur in meiner Phantasie existierender Neger, sondern einer aus Fleisch und Blut, und er trug mit einfältigem Eifer zu der Unmenge nichtiger Umstände bei, die der Wirklichkeit ihren unverwechselbaren Charakter verleihen; bei alledem erwies es sich als unzweifelhaft, daß ihn mir die Vorsehung schickte. Er war Diplomat oder genauer Kulturattaché einer jungen afrikanischen Republik und kam, um mir im Namen seiner Regierung einen Vertrag als Leiter eines Museums anzubieten. Zwischen zwei Sätzen erwähnte er beiläufig den Betrag, den man mir vorauszahlen wollte. Obwohl er rasch sprach, merkte ich ihn mir leicht, denn er machte auf ein paar Pfund genau das aus, was ich mir nach dem Verkauf des Appartments, zweier bewohnter Häuser und einiger Hektar Land, die Colombatti nicht in die Hände bekommen, als meine Restschuld errechnet hatte. ›Ein Museum leiten?‹ fragte ich. ›Ein Kunstmuseum‹, antwortete er, um gleichsam als Bestätigung hinzuzufügen: ›Ein Museum für moderne Kunst.‹ – ›Und mit was für einem Kram habe ich dort zu tun?‹ Er sah über meine vulgäre Ausdrucksweise hinweg und antwortete: ›Wir haben die Gemälde gekauft, wir haben das Gebäude errichtet – nicht ohne Stolz erkläre ich, daß in unserer bescheidenen Hauptstadt das bedeutendste Bauwerk der Kunsttempel ist –, so daß Sie vorerst einmal aufhängen und ausstellen werden, was wir haben, aber zweifeln Sie nicht daran: es wird der Tag kommen, neue Ankäufe ins Auge zu fassen, und dann . . .‹ Mit einer Gebärde, die man als ›es hat keine Eile‹ übersetzen konnte, bat ich ihn weiterzusprechen. ›Wie unser Präsident sagte‹, fuhr er fort, ›leben wir in der Welt von morgen: die Zeit arbeitet für Afrika.‹ Ich weiß nicht, ob letzterer Gedanke auch vom Präsidenten stammte oder auf seinem eigenen Mist gewachsen war. Mein Neger erklärte: ›Unser liebstes Abenteuer besteht darin, in das Morgen zu investieren‹, und er sagte voraus, daß man eines Morgens aufwachen werde, um zu entdecken, daß diese ganze für das ungeschulte Auge möglicherweise ziemlich häßliche Kunst ebensoviel wert ist wie ein Schatz riesiger Goldbarren. ›Wir haben‹, versicherte er, ›mehr Picassos und Gris und mehr Petorutis angesammelt als irgend jemand sonst. Und wenn das alles noch nicht genug sein sollte, so will ich Ihnen sagen, daß die dem Vaterland geweihte und vor dem Museum aufgestellte Statue – ich zweifle nicht daran, daß Sie sich darüber freuen werden – das Werk eines Ihrer ruhmreichen Landsleute, des Bildhauers Moore, ist!‹ Was die erste Voraussage anbetraf, räumte er die Möglichkeit ein, sich zu irren, doch er fügte hinzu: ›Mit uns irren sich dann aber nicht nur die betreffenden Künstler und die Besitzer der Verkaufsgalerien, sondern alle Kenner der Materie, Geschäftsleute, Damen der großen Welt, Bankiers und Großindustriellen. Vielleicht entdecken wir beim Erwachen nicht Gold, sondern plump gefälschtes Papiergeld ohne Wert und Kaufkraft, das Produkt von Farbenklecksern. Wie würde das die Alten freuen, die zusammen mit der Elastizität der Arterien die für die Aufnahme der neuen Kunst so unerläßliche Geschmeidigkeit des Geistes eingebüßt haben!‹ Am Ende seiner langen Rede erklärte er nicht ohne Würde, daß er oder sein Präsident das Vaterland lieber mit den Jungen zugrunde richten als mit den Reaktionären, den Kolonialisten und den Sklaventreibern zu Wohlstand bringen werde.

So wirklich mein Besucher auch war, enthüllte doch der schicksalhafte Ursprung seines Angebots den Umstand, daß man mir ein Fegefeuer eröffnete, einen Ort, wo ich meine Schuld büßen konnte, und vor allem die Übereinstimmung des Betrags, den man mir anzahlen wollte, mit dem meiner Schulden. Ich gestehe, daß letzteres mich überzeugte, mir wie ein echtes magisches Zeichen erschien. ›Gut‹, sagte ich. ›Wann muß ich abreisen?‹ – ›Wann Sie wollen‹, antwortete er mir mit der großzügigen Gebärde des geborenen Diplomaten, der mir, wenigstens für einen Augenblick, alle Zeit der Welt gab. ›Heute ist Mittwoch?‹ fuhr er fort. ›Sagen wir mit dem Flugzeug am Samstag, oder wenn Sie wollen: mit dem morgigen.‹ Ich hörte meine Antwort, als wäre sie nicht meine, als spräche ein Unbekannter aus meinem Mund: ›Zwischen heute und Samstag kann ich so wenig tun, daß ich es auch von heute auf morgen tun kann, wenn wir aufhören zu plaudern.‹ Der Diplomat überreichte mir einen Scheck, sagte, er werde mich am nächsten Tag um null Uhr mit dem Auto abholen, da die Maschine um ein Uhr zwanzig starte, wies noch darauf hin, daß man in den Tropen auf sehr warme Kleidung verzichten könne, und ging.

An diesem Vormittag suchte ich den Konsul und einen Anwalt auf. Letzteren besuchte ich noch einmal am Nachmittag, um einige Papiere zu unterschreiben, durch die ich ihm die Vollmacht erteilte, meinen Besitz zu verkaufen und meine Schulden zu begleichen. Um seine eigenen Kosten zu decken, bat ich ihn,

Gemälde, Möbel und was sonst noch in meiner Wohnung blieb, zu versteigern.

Es blieb so gut wie alles zurück, denn ich nahm nur einen Koffer mit ein wenig Wäsche und das einzige Foto mit, das ich von Leda besaß. In einigen Minuten gehe ich in meine Hütte und hole es dir. Du wirst sehen, daß Leda so schön war, wie ich sagte. Sie ist im Hintergrund zu sehen, leider ein wenig verschwommen; was deutlich vorn erscheint, ist die Katze.

Ohne Zeit zum Nachdenken zu finden, stieg ich in das Flugzeug, das mich davontrug, und von einer einzigen Pille gegen die Luftkrankheit eingeschläfert, kam ich an meinem Bestimmungsort an. Auf dem Flugplatz empfingen mich Würdenträger mit Musik, sie nahmen mich, wie alle anderen auch, mit, um den Ehrenwein mit dem Präsidenten zu trinken und den Kranz am Grab des Vaters des Vaterlandes niederzulegen, und zuletzt ließen sie mich in meinem Museum frei. Dort erwachte ich, dort begann der große Kummer.

Denn diese Gemälde und Statuen bringen einen zu sich. Ich begriff, wo ich war, was ich getan und was ich aufgegeben hatte. Durch zufällige Geschehnisse bewogen, nicht aus eigener Entscheidung, hatte ich Leda verlassen, von der ich nun nichts wußte. In London hatte ich keine Zeitung gelesen; ich war wie betäubt gewesen wegen der Unterschlagungen Colombattis, und vor meinem Abflug nach Afrika erledigte ich in den wenigen Stunden dies und jenes und überprüfte, so unerhört das klingen mag, nicht die Behauptung des Portiers in Lausanne, daß es beim Brand des Royal keine Toten gegeben habe. Der Zweifel quälte mich vom Tag meiner Ankunft an. Zunächst der Zweifel, ob Leda tot war, ob ich sie wirklich mit einem Mann zusammen gesehen hatte, und auch ob Untreue wichtiger sei als die Liebe selbst. Denk dir zu all dem dazu, daß ich nicht nach England zurückkehren konnte, daß mich ein Vertrag festhielt, und du wirst dir vorstellen können, in was für einer Verfassung ich durch meine Galerien von Gegenständlichen, Abstrakten und so fort streifte. Wie ein Verurteilter die Wände des Gefängnisses betrachtet, so betrachtete ich die Malereien; kein Wunder, daß ich sie verabscheute.

Ich sagte, daß ich erwachte, aber es war erst ein Erwachen in einem Traum. Bis die Dinge die Gestalt der Wirklichkeit annahmen, verging noch eine beträchtliche Weile. Du wirst es nicht glauben: meine Zimmer, die im rechten Flügel des Museums lagen, stelle ich mir, wenn ich mich an die ersten Tage erinnere, im linken Flügel vor. Offenbar bemerkte es niemand, aber ich lebte in einem Zustand des Deliriums und wartete auf, ich weiß nicht, was. Jedenfalls erlebte ich eine Überraschung an dem Morgen, an dem ich auf der Schreibunterlage meines Arbeitstisches ein an mich adressiertes Telegramm vorfand. Ich riß es auf und las: *Lavinia beim Brand umgekommen. Bin sehr allein. Telegrafiere mir postlagernd, ob ich kommen soll oder ob du kommst. Leda.*

Nachdem ich das Papier gelesen hatte, begriff ich, daß meine Zweifel in einem Punkt nicht wirklich begründet gewesen waren. Leda konnte nicht tot sein, es lag darin etwas Unvereinbares. Was ich da als Lebensbeweis vor Augen hatte, war allerdings außerordentlich. Nicht, weil ich an die Episode in Evian dachte. Immer, von Anfang an, war es mir unglaublich erschienen, daß Leda mich lieben sollte. Verstehen wir uns recht: als unglaublich, aber wirklich, als eine glückliche Tatsache, die jedoch keinem Verdienst meinerseits entsprach, sondern das Werk des Zufalls war.

Schon konnte niemand mehr in London nichts von den Unterschlagungen Colombattis und von meinem Bankrott wissen, so daß Leda also bereit war, einen Armen aufzunehmen oder ihm nach Afrika zu folgen. Es gibt Frauen, das weiß ich wohl, die nur die Augenblicke erleben, jeden einzelnen Augenblick für sich, so als vergäßen sie die Vergangenheit und glaubten nicht an die Zukunft. Daß diese Frauen für uns die Schiffe hinter sich verbrennen, bedeutet keine Garantie, denn wenn die Stunde kommt, schwimmen sie eben; doch es wäre ungerecht, Leda zu ihnen zu rechnen. Um so zu handeln, ist eine geistige Verwirrung, und sei es eine absichtliche, vonnöten. Ich habe aber nie einen klareren Geist gekannt als den dieser jungen Frau. Verglichen mit ihm, ist der meine verworren. So deutete ich beispielsweise das Telegramm als ein Geschenk des Schicksals, das die Situation auf eine magische Ebene hob. Ihr nicht gewachsen zu sein, nicht buchstäblich zu gehorchen, anstatt des erbetenen Telegramms einen Brief mit Erklärungen zu schicken, mußte Unglück bringen.

Freilich ist es nicht leicht, sich über Schwierigkeiten und Vorurteile hinwegzusetzen. Man legte mir einen Knoten vor, und ich mußte ihn durchhauen, gut, aber wie? Für eine Erklärung reichte ein Telegramm nicht aus. Das erste war, daß ich die geringste Ungewißheit auf seiten Ledas hinsichtlich meiner völligen Mittellosigkeit beseitigen mußte. Ich war ein armer Teufel geworden, und unser Leben in Europa würde nicht mehr wie früher aussehen. Ich hätte ihr auch gern erklärt, daß ich hier durch einen Vertrag gebunden war. Ein Jahr lang würde ich keinen Paß bekommen. Sie würden mich nicht entkommen lassen und mich, wenn ich es versuchte, vielleicht verhaften. Schließlich mußte ich ihr das Land beschreiben. So groß ihre Opferbereitschaft auch sein mochte: sie würde sich zuerst nur langweilen und mich zuletzt hassen. Nach drei vier Ausflügen würde sie sich dem Alkohol ergeben und wahrscheinlich den jungen Negern. Wie sollte ich ihr all das zu verstehen geben, ohne daß es wie eine Zurückweisung aussah?

Ich benutzte das Wochenende dazu, meinen Brief zu schreiben, ihn wieder zu zerreißen, ihn vier- oder fünfmal neu abzufassen. Schließlich schickte ich ihn ab und begann zu warten. Ich wartete auf ein Telegramm, einen Brief, auf Leda selbst. Ich wartete lange Tage und lange Nächte, zuerst zuversichtlich, bald voller Bangen. Aus der Gewißheit, auf sie rechnen zu dürfen, wurde die Besorgnis, sie gekränkt zu haben, wurde Bestürzung und Angst. Ich kabelte: *Bitte telegrafiere, ob ich kommen soll oder ob du kommst.* Was würde ich getan haben, wenn Leda geantwortet hätte, daß sie komme?

Ich weiß es nicht. Sie antwortete nicht darauf. Sie antwortete gar nicht. Nach einer weiteren langen Wartezeit kam die Antwort in einem Brief mit einer Handschrift, die auf den ersten Blick wie die Ledas aussah, und der Unterschrift Adelaida Brown-Sequard. Diese Kusine Adelaida Brown-Sequard gab es also wirklich. Ich hole dir gleich den Brief und zeige ihn dir. Ich las, ohne zu begreifen. Ich fragte mich, warum mir Leda nicht selbst antwortete. Der Ton des Briefes war vorwurfsvoll, entschieden und barmherzig. Wenn mich die Eigenliebe nicht geblendet hätte, schrieb die Kusine, würde ich die unsägliche Liebe Ledas erkannt haben. Alle Männer seien gleich; der Eigenliebe opferten sie die Liebe. Dann sagte sie etwas, was mich schmerzte, denn es traf zu: wenn Leda einmal schwach gewesen war, so hatte ich nicht das Recht, sie zu strafen. Ich hatte sie in Evian im Stich gelassen. Ich war wegen des Schicksals, das sie beim Brand erlitten hatte, nicht besorgt gewesen; ich war nicht zurückgekehrt. Ich war nach London geflogen. Tags darauf, als Leda selbst dort ankam, hatte sie entdecken müssen, daß ich nach Afrika gegangen war ... Sobald man ihr meinen Aufenthaltsort genannt hatte, telegrafierte sie. Ich antwortete nicht telegrafisch, ich schrieb einen Brief, nach einigen Tagen. Die Geduld Ledas war in diesen Tagen zu Ende gegangen. Die arme Kleine verstellte sich nicht. Ihre Eltern und ihr Gatte bemerkten ihre Verzweiflung und errieten wahrscheinlich die Ursache, aber das war nun ohne Bedeutung: gedankenlos – ich las den Abschnitt mehrere Male, so als weigerte ich mich zu verstehen – überquerte sie eines Morgens, als sie vom Postamt kam (sie fragte jeden Morgen und jeden Nachmittag nach, ob etwas postlagernd für sie da sei), die Straße, ohne einen herannahenden Lastwagen zu bemerken, denn die Zeugen sagten aus, sie habe sich regelrecht unter die Räder geworfen, und so hatte sie auf die törichteste Weise den Tod gefunden.

Ich glaube, der Brief fiel auf den Boden. Ich war niedergeschmettert. Die Mutmaßungen über einen möglichen Tod hatten mich nicht auf den wirklichen Tod Ledas vorbereitet. Ohne Ironie fragte ich mich, was ich in Afrika tat, wenn Leda tot war.

Ich ergab mich dem Müßiggang und dem Trunk. Vielleicht wartete ich auf den Lastwagen, der auch mir den Tod brachte. Oder ich wartete darauf, daß mich die Slums oder der nahe Urwald verschlangen.

Ich gab meinen Posten auf. Man suchte mich, fand mich, brachte mich ins Museum zurück, ermahnte mich, drohte mir mit einem Prozeß (der Neger ist sehr prozeßsüchtig). Sie wurden der Sache müde und vergaßen mich.

In meiner Trunkenheit sagte ich mir, daß es im weiten Umkreis der Stadt, die der Urwald nährte, alles geben, daß einer mit der Zeit irgend etwas finden mußte. Verstehst du? Irgend etwas. Eines Tages führten mich meine Schritte an diesen Ort, und von der Straße aus sah ich Leda.

Ich fragte nach dem Chef. Man zeigte mir zwei riesige Neger, die den Spitznamen ›das Konsortium‹ hatten. Ich bat sie um Arbeit. Sie sagten: ›Es gibt keine.‹ Da ein oberflächlicher Blick genügte, um zu wissen, daß sie logen, blieb ich. Es gibt Arbeit genug. Seit drei Jahren spüle ich Gläser, gieße die Bretterböden, räume die Zimmer auf, in denen die Frauen ihrem Gewerbe nachgehen, und habe es bis heute zu nichts gebracht. Sie zahlen mir nicht einen Penny: darin zeigt das Konsortium Charakter.

Das Essen ist abscheulich, aber es bleibt immer etwas übrig, so daß ich mich nicht beklagen will. Und nachts habe ich die Holzhütte zum Schlafen. Es mag dir seltsam vorkommen, da ich doch in einer Bar lebe, aber ich habe nichts zu trinken. Wer hier nicht zahlt, bekommt nichts zu trinken. Ich muß mich seit Jahrhunderten nicht mehr betrunken haben.

Ich erkläre dir: die Frau war nicht Leda. Schon einmal die Kleidung: kein Vergleich. Leda kleidete sich immer wie eine Dame. Diese trug das knallbunte, billige Zeug, das du bei diesen Unglücklichen siehst. Dann der Spitzname. Ich weiß nicht, wie sie hieß, aber sie sagten Leto zu ihr, ein lächerlicher Name. Dazu kommt noch einiges andere. Sie war weniger jung, weniger zart, weniger schön. Allerdings, als es Abend wurde und ich schon mein Glas getrunken hatte (damals hatte ich noch ein wenig Geld bei mir), da war sie Leda. Die Täuschung beherrschte mich vollkommen. Gott verzeih mir, aber eines Abends, als ich ihr Gesicht betrachtete, fragte ich mich, ob ich es gegen das echte eintauschen und was ich bei dem Tausch gewinnen würde. Die Blasphemie dauerte einen Augenblick, dann begann ich zu zittern.

Die Frau hatte ich auch nicht länger als einen Augenblick. Sie ging mit einem blöde glotzenden Burschen davon. Wenn ich jetzt an sie zurückdenke, kann ich sie beim besten Willen nicht mehr mit Leda verwechseln.

Die reine Gewohnheit hielt mich in dieser Kaschemme zurück. Ich blieb wie jemand, der auf etwas wartet. Einige Jahre später, letzten Februar, nach dem Brand eines Hauses, eines alten Kastens, der hier im Viertel unter dem Namen ›Halbe Welt‹ bekannt war, erschien die große Lavinia.

Für dich wird eine Katze wie die andere sein. Du verstehst nichts von Katzen. Aber wer sich auf eine Sache versteht, hat den Blick dafür. Der Arzt hat einen Blick für den Kranken, der Mechaniker hat einen Blick für eine Maschine. Es mag ein wenig absurd sein, aber ich habe einen Blick für Katzen. Deshalb erkläre ich dir, daß diese Katze Lavinia ist und nicht ein ähnliches Tier.

Mach dir nicht die Mühe auszurechnen, wie alt eine Katze sein muß, die nach ihrer Rettung aus dem Brand in Evian, wer weiß, wie, nach einem weiteren Brand in dieses afrikanische Winkelcafé gekommen ist. Ich habe darüber nachgedacht, denn jene Lavinia wäre alt, und diese hier – du könntest es feststellen, wenn du das Maul betrachtest – ist eine junge Katze von zweieinhalb Jahren: ebenso alt wie damals in Evian. Folgere daraus nicht, daß es zwei verschiedene Katzen seien. Diese hier ist Lavinia, das sage ich dir, der ich zuerst mit Leto experimentiert habe. Zwischen derselben und einer ähnlichen Sache besteht ein ungeheurer Unterschied. Wenn du eine Erklärung verlangst, erinnere ich dich an die ewige Wiederkehr, von der Nietzsche und andere sprachen. Wir hätten hier vorerst eine begrenzte ewige Wiederkehr einer Katze. Die Elemente, aus denen sich das Tier ursprünglich zusammensetzte und die beim Brand des Hotels verstreut wurden, hätte ein Zufall auf dieselbe Weise wieder zusammengefügt.

Eine rein materialistische Erklärung würde meine Hoffnungen zerstören. Es gäbe keinen Raum für die Möglichkeit, daß sich innerhalb der kurzen Zeitspanne meines Lebens ein so außergewöhnliches Phänomen zweimal ereignen könnte. Wenn du bedenkst, daß es nicht weniger kompliziert ist, Lavinia zu reproduzieren als Leda – kannst du dann meine Strafe ermessen? Aus dem Tode gibt man mir die Katze meiner Geliebten zurück, nicht meine Geliebte. Um so mehr bewegt mich die Orpheus-Sage! Bei Orpheus wurde die Grausamkeit wenigstens nicht durch Sarkasmus verschärft.

Obwohl diese Tische irgendein Café in Europa ober bei uns daheim nachahmen, erinnere dich, daß wir uns am Rande des Urwalds befinden, eines Laboratoriums, aus dem das Unberechenbare kommt. Vor Jahren überschritt ich eine solche Grenze, und ich dringe in unbekanntes Land ein. Jeder Mensch nähert sich diesem Land, dem des Schicksals, des Glücks und des Unglücks; ich wohne darin. Deshalb deute ich Wiederkehr und Erscheinungen nicht als natürliche Gegebenheiten; ich sehe in ihnen Zeichen. Zuerst Leto, nur annähernd dieselbe, dann Lavinia, die Katze selbst, nun du. Verzeih mir, wenn es dich stört oder erschreckt, daß ich dich mit dem Übernatürlichen in Verbindung bringe, aber ihr alle bildet eine Zeichnung hin und herlaufender Linien, die mit Leda enden wird.«

»Ich bin auf einer Kreuzfahrt hier«, antwortete ich rasch, als wollte ich so schnell wie möglich die natürliche Ursache meiner Anwesenheit erklären. »Ich gehe jetzt an Bord zurück. Darf ich dir einen Rat geben, Veblen? Du kommst mit mir, und ich regle mit dem Kapitän die Frage der Passage und des Passes.«

»Ich bleibe, bis Leda kommt«, erklärte Veblen und stieß einen

Schrei aus, der mich zweimal auffahren ließ, denn der Papagei wiederholte ihn von der Wand her.

Die Ursache war der Zeigefinger, den ein großer Neger Veblen heftig in die Rippen stieß.

»Die eine Hälfte des Konsortiums«, erklärte der Engländer, »erinnert mich daran, daß ich meine Arbeit vernachlässige. Irgendeine Frau hat ihr Zimmer verlassen, und ich muß es aufräumen. Geh nicht fort. Ich bin gleich wieder da. Im Vorbeigehen laufe ich in meine Hütte und bringe dir den Brief der Kusine (du wirst sehen, daß sie existiert) und das Foto Ledas und der Katze.«

»Eine Frage, *Inglés:* Das ist Lavinia?«

»Ja«, antwortete er, während er unter dem Blick des Negers in Richtung des Hofes lief.

Die Katze folgte ihm nicht. Sie rieb sich an meinen Beinen. Ich glaube, ich hätte sie mitnehmen können, wenn ich gewollt hätte.

Ich wartete nicht auf meinen armen Freund. Ich verließ ihn für immer. Ich zahlte, wenn ich mich recht erinnere, ging auf die Straße hinaus, hatte das Glück, ein Taxi zu finden, und kehrte zum Schiff zurück. Als ich dieses besondere Milieu an Bord roch, fühlte ich mich zu Hause, und eine große Schwäche, halb Erleichterung, halb Freude, überkam mich. Ich glaube, daß Veblen sich nicht irrte. Ich hatte Angst – ich weiß nicht, warum.

Die fremde Dienerin

Irgendwo habe ich einmal gelesen, daß ein enges Geflecht von Unheil die Geschichte der Menschen von frühester Zeit an ausmacht, aber ich möchte gern annehmen, daß es auch ruhige Perioden gab und daß es mir nur durch einen unwiderruflichen Zufall bestimmt ist, in dem verworrenen und heroischen Augenblick des Höhepunkts zu leben. Sie werden vielleicht sagen, dies sei die alles andere als philosophische Klage eines unbedeutenden und kleinmütigen Menschen. Darauf möchte ich antworten: Gerade weil ich ein unbedeutender und kleinmütiger Mensch bin, ist es seltsam, ja bedeutungsvoll, daß ich mehr als ein schreckliches Ereignis bezeugen kann. Hier ein Beweis: Ich habe mit meinen eigenen Augen das Ende, den Sturz, die Vernichtung einer großen Dame gesehen. Wie es immer zugeht (sosehr auch jeder von der Gabe der Voraussicht Gebrauch macht), befanden wir uns, Akteure und Zuschauer, unversehens mitten in der Tragödie.

Meiner Erfahrung nach geschieht alles, was geschieht, auf Gesellschaften. Der Schauplatz dieser Gesellschaft war das Empfangszimmer der erwähnten großen Dame, Tatá Laserna, die nicht weniger unvergeßlich ist, weil sich heute nur noch sehr wenige an sie erinnern. Ich werde Tatá nicht als fettleibige Frau beschreiben, aber ebensowenig will ich behaupten, sie sei schlank und hochgewachsen gewesen. Sie besaß allerdings – um einen Ausdruck zu gebrauchen, der heute vielleicht ausgefallen erscheinen mag, damals aber von Mund zu Mund ging, weil ihn ein tüchtiger und beliebter Mann, ein Lehrer der Jugend, ein Kunstkritiker und vorzüglicher Autor geprägt hatte –, sie besaß, wollte ich sagen, *Farbensinn.* Beleibt, klein, kräftig geschminkt, in schöne Stoffe gekleidet, die eines Malers Palette oder das Lichtspektrum selbst vollständig wiedergaben, kurze Schreie ausstoßend, keuchend, witzig, von dem jungen Mann begleitet, der jeweils gerade an der Reihe war – so kannte man sie; und so wenig ahnte die Arme, wie übrigens wir alle, von der bevorstehenden Katastrophe!

»Sie sieht aus wie eine Henne aus Leinwand, eine Henne, der der einzige Hahn nachläuft«, rief Keller.

Ich dachte: ganz und gar nicht. Und korrigierte:

»Eine Henne, die aus einer Menge kleiner Fetzen gemacht ist, jeder von einer anderen Farbe. Und was den ›einzigen Hahn‹ betrifft – wie denn nicht!«

Ich schreibe für gebildete Menschen, *non recito cuiquam nisi amicis;* daher glaube ich, daß ich nicht das reine Andenken an eine Matrone trübe, wenn ich gestehe: Tatá war – um einen anderen Ausdruck desselben Kunstkritikers zu wiederholen – ein munterer Vogel. M. Vallet (Autor von *Le Chic à cheval*) fragte:

»Wo nimmt die Alte nur so junge Burschen her?«

»Sie muß ihre versteckten Vorzüge haben", meinte eine meiner Kusinen.

Die Frauen, die keuschen und die anderen, stellen sich, mit einer Art von Berufsneid, wie er Kurtisanen eigen sein mag, aber auch in ihrer unheilbaren Naivität vor, das Schlafzimmer sei ein Ort der unbegrenzten Möglichkeiten. Man könnte sie für eifrige Leserinnen der anrüchigen indischen Rezeptbücher halten.

»Sie hat eben Geld«, entschied M. Vallet.

Ein weiterer Irrtum. Das Geld ist nicht der einzige Zauber der Reichen. Man darf nicht vergessen, was ich die unwägbaren Faktoren nenne. Alle werden sich an einen Fall erinnern, der sich unlängst zutrug: den des Mädchens, das sich unter der entrüsteten Mißbilligung unserer Kreise mit diesem höchst widerwärtigen Industriellen verlobte. Ich kenne sie; ich weiß, sie ist phantasievoll und poetisch veranlagt; ich bin sicher, daß sie von Prinzen geträumt hat. Aber die Prinzen sind heutzutage die Industriellen, und die hohen Fabrikschlote sind ihre Schlösser.

Wir plauderten also ruhig und oberflächlich, als der Blitz einschlug. Es brachte ihn wie ein Engel, der ein Schwert trägt, der belgische Forscher Jean Wauteurs. Der Reisende (wir lebten noch in dem, vielleicht ländlichen, Buenos Aires, das von Reisenden Notiz nahm) war aus dem Land der Jivaros, der noch nicht zivilisierten Indios, aus einem Winkel des finsteren Urwalds, der den größten Teil des Kontinents bedeckt, mit der üblichen Absicht in unsere Stadt gekommen, Vorträge zu halten (wir lebten noch in der Epoche, in der Fremde und Vorträge ein untrennbares Ganzes bildeten). Tatá, die sich keine Persönlichkeit entgehen ließ, hatte uns eingeladen, damit wir ihn kennenlernten. Meine Kusine nahm meinen Arm und flüsterte:

»Der dort ist Wauteurs.«

Ich sah einen blassen Mann mit hervorquellenden Augen, der

aus einer Tasche ein Paket aus weißem Papier hervorholte. Er öffnete es und zeigte einen dunklen Gegenstand. Wie einer Reflexbewegung gehorchend, erhob ich mich von der bequemen *bergère,* trat so nahe wie möglich an ihn heran und betrachtete zwischen den Köpfen der Gruppe von Neugierigen hindurch den Gegenstand, den der Belgier mit linkischer Ehrerbietigkeit Tatá anbot: es war ein Menschenkopf, vollständig mit Haut, Haaren, Augen, Zähnen, jedoch auf entsetzliche Weise von den Indios mumifiziert und verkleinert; ein Kopf von der Größe einer Faust. Tatá öffnete den Mund, und nach einer Weile rief sie mit erstickter Stimme:

»Celestin!«

Dieser Schmerzensschrei, der aus tiefster Brust kam, war zu echt, als daß wir ihn mit einer Elegie für den geschändeten Liebhaber hätten verwechseln können; wir alle, auch die Gefühllosesten, begriffen auf der Stelle, daß dies die keuchende Klage einer wirklichen Dame war, die die Zerstörung ihres Rufes erlebt, verhöhnt, grausam gedemütigt durch eine groteske Szene.

Es ist richtig, daß sich niemand, der bei vollem Verstand ist, vorzustellen vermag, der gute Name Tatás könnte durch die Launen eines einzigen Mannes beschmutzt werden; es ist aber auch richtig, daß, wie Walter Pater, von Moore zitiert, bemerkt, die Frauen, und zwar auch die siegreichen und strahlenden, etwas von einem Trabanten an sich haben. Der Mond glänzt schwach und vergänglich durch das Licht einer Sonne, die wir nicht sehen; ebenso errang die vielbeachtete Tatá ihre privilegierte Stellung – und behauptete sie –, weil sie der Ruhm mit einem außergewöhnlichen Mann verbunden hatte, mit Celestin Bordenave, dem Gelehrten, Don Juan und Entdeckungsreisenden, dem *Clubman,* der seinen Ruf durch die seltsamsten Landstriche des Erdballs spazierentrug. Die Liebe dieser beiden Titanen – eine andererseits ziemlich abgeschmackte Affäre – fiel in das Jahr 1930, aber der Ruf Tatás wurde in der Folge nicht geringer. Im Gegenteil, man könnte sagen, daß er frisch aufblühte und zunahm unter dem Einfluß eines jeden Abenteuers des fernen Bordenave. Vor kurzem erst – aber die Tage fliegen, und vielleicht sind seither Jahre vergangen – sahen wir ihn in einer Pathé-Wochenschau, von Reportern, Fotografen und jungen Damen mit Autogrammheften bedrängt, in das Gebiet der Jivaros aufbrechen. Ich sah ihn auch auf einem Farbfoto: er war ein stattlicher Mann von einsachtzig, bei dem das Weiß des gelockten Haars, das kräftig mit dem ein wenig rauhen Rot der Haut kontrastierte, sozusagen die Vitalität betonte. Nun kehrte er zurück, von einem belgischen Kollegen gebracht, nur noch ein Kopf ohne Körper, mumifiziert, auf die Größe einer Faust reduziert. Tatá fiel in Ohnmacht. Man brachte sie in ihre Privatzimmer. Schade, daß sie das Bewußtsein verlor, bevor mein Schrei: »Schande!« und das Gelächter des derzeitigen Galans zu hören waren, ein besonders treuloses Gelächter, wenn wir bedenken, daß dieses Individuum seine ersten Schnabelhiebe (ich spreche in Metaphern) in der weißen Hand unserer Freundin versucht hatte.

Der Mangel an Empfindsamkeit erschreckt mich. Wissen Sie, was die ersten Worte Kellers waren, sobald man die alte Dame fortgebracht und die Ordnung wenigstens teilweise wiederhergestellt hatte? Er fragte Wauteurs ganz ruhig:

»Töten die Jivaros ihr Opfer immer?«

»Selbstverständlich«, antwortete der Belgier.

»Ich weiß nämlich, daß die Pygmäen in Afrika«, sagte Keller, einer der vielen Defätisten, die nicht an Amerika glauben und sich für alles begeistern, was von draußen kommt, »den ganzen Körper verkleinern können und ihn, was das wesentlichste ist, dabei nicht töten.«

Gleich darauf begann er, uns die Geschichte von Rafael Urbina zu erzählen. Eine arme Verwandte, die leise sprach und mit übertriebenen Handbewegungen ein Taschentuch zerknitterte, bat uns, Tatá zu entschuldigen. Wir begriffen, daß man uns hinauswarf. Wir gingen ins »Tropezón«, um einen warmen Eintopf zu essen, während Keller weitschweifig redete und redete. Hier ist, auf das Wesentliche beschränkt, die schaurige Geschichte, die er uns erzählte:

»Es fehlt nicht«, sagte er, »an Beispielen für Menschen, die einer tiefen Berufung, einem klar vorgezeichneten Schicksal folgten und dennoch in ihrer Jugend einmal ganz andere Wege einschlugen. Wer stellt sich Keats als Apotheker, Maupassant als Ministerialbeamten, Urbina als Notar vor?«

»Ich habe mir nicht einmal vorgestellt, daß sich Urbina jemals seinen Lebensunterhalt verdienen mußte«, antwortete ich.

Keller fuhr fort:

»Das Geld (der Nachlaß eines reichen und vergessenen Onkels namens Joaquín) fiel ihm zusammen mit der Liebe zu. Das Bild, das wir von Urbina haben, ist das eines wohlhabenden Mannes, der zurückgezogen an einem mondänen Ort lebt, ein Einzelgänger im Gewühl der Menschen, ein Dichter, der wenig publiziert.«

»So wenig«, bemerkte ein junger Mann, den ich immer häufiger überall antreffe, aber zum Glück noch nicht kenne, »so wenig, daß wir daraus folgern, es müsse kostbar und erlesen sein. Ein schwerer Irrtum.«

»Ich wußte, daß er Argentinier ist«, sagte meine Kusine, »aber ich hätte nie gedacht, daß er hier im Land gelebt hat. Ich glaubte, er sei einer dieser freiwilligen Verbannten gewesen, damals, als der Peso hoch im Kurs stand.«

»Jetzt sind sie es weniger freiwillig«, bemerkte Keller. »Fest steht, daß Urbina auf einem Schiff abreiste, das ihn nach Villefranche brachte. Dort blieb er für immer.«

Sichtlich im Bann der Erinnerung, warf M. Vallet ein:

»Ich hörte von einem Mann aus Rosario, dem Schwarzen Chaves«, seine Stimme senkte sich, wurde vertraulich: »Ein ganz dunkler, häßlicher Vogel und ziemlich ungebildet, glauben Sie mir; er ging in Marseille an Land und ließ sich dort nieder. Man muß die Monographien sehen, die er über das Massilia des Altertums verfaßt. Man hat mir auch von einem anderen erzählt, einem Verwandten von irgend jemandem, der in Vigo ansässig wurde.«

»Urbina ist ein ganz anderer Fall«, beteuerte Keller.

»Gewiß«, rief ich. »Man wird doch nicht Marseille, das Rosario oder Mailand ähnelt, mit Villefranche vergleichen. Allein schon das Klima!«

Keller schien mich von sehr weit weg zu betrachten und resigniert abzuwarten, bis ich mit meinen Faxen und Zwischenrufen fertig war: aber was verstand ein *habitué* von Necochea von meiner Begeisterung für Villefranche?

»Als Urbina in seinen Jugendjahren Notar in Buenos Aires war«, sagte er schließlich, »hatte er mit der urkundlichen Erfassung von Liegenschaften zu tun, welche die Erben Don Juan Larquiers verkauften oder kauften. Die Witwe und ihre Tochter wohnten damals in *La Retama,* dem Landhaus in Tigre, und einmal besuchte sie Urbina, um Unterschriften einzuholen. Es war ein kühler und dunstiger Septembermorgen. In Nebel und in die wuchernde Vegetation gehüllt, zeigte sich das Haus unscharf wie eine Erinnerung. Es gibt in den *Notizen für ein intimes*

Tagebuch, die mich Urbina lesen ließ, als ich ihn voriges Jahr in Villefranche besuchte, einen Hinweis auf den Augenblick, in dem er das schwarze, quietschende eiserne Tor aufstieß und durch den Park ging: ›*Alles war außerordentlich grün, nicht nur das Laubwerk, sondern auch die moosbedeckten Baumstämme. Ich ging durch viel Laub. Es roch nach verwesten Pflanzen und nach Magnolia fuscata.*‹ Er läutete an der Tür. Während er mit der Überzeugung wartete, daß ihm ein livrierter Diener öffnen werde, bedauerte er, daß er nicht seinen Sozius geschickt hatte. Er war wie immer das Opfer seiner Schwäche geworden. Als sie sich an diesem Morgen in der Kanzlei getroffen hatten, hatte Urbina, der erriet, daß sein Sozius ebensowenig Lust verspürte, nach Tigre zu fahren wie er, rasch gesagt: ›Ich werde fahren.‹ Er war schwach und schüchtern, dazu menschenscheu. Man sah ihn nie auf Gesellschaften, und er rühmte sich, niemanden zu kennen. Und er war ein Rebell: er hatte die sogenannte Carbonari-Verschwörung gegen das Sonett angeführt. Da niemand öffnete, drückte er noch einmal auf den Klingelknopf, aber nur zaghaft, um nicht zu stören. Er dachte, daß die Diener der großen Häuser wohl niemals ihren Stil aufgeben würden, sondern daß sie sich zweifellos etwas auf ihren Dienerstand zugute hielten und sich mit dem Öffnen Zeit ließen, damit sich der Gast abkühlte. Oder vielleicht war er das Opfer der Arbeitsteilung. Es gab für jede Aufgabe einen eigenen Diener; zweifellos ging gleich hinter der Tür einer mit einem Staubwedel umher, aber von diesem Mann durfte er nichts erwarten, auch wenn er den Klingelknopf durch die Mauer drückte und um Hilfe rief. Der Diener, dessen Pflicht es war zu öffnen, kam Schritt für Schritt aus dem entlegensten Teil des Hauses, er kam von so weit her, daß er noch nicht angekommen war, und wer weiß, wann er einmal ankam.

Die Tür ging auf. Er hatte nicht einen Diener vor sich, sondern die Tochter des Hauses, Flora Larquier. Urbina, der mir die Geschichte mit allen Einzelheiten erzählte wie einer, dem ein Geheimnis und ein Schmerz auf der Seele liegen und der glücklich ist, sprechen zu dürfen, sagte mit lyrischem Überschwang:

›Im Türrahmen erschien Pallas Athene selbst.‹

Er folgte dem Mädchen durch einen Gang, durch einen Saal, in dem er zugedeckte Möbel sah. Flora Larquier rief mit heller, fröhlicher Stimme:

›Geben Sie mir die Hand, sonst stolpern Sie noch. Die Lampe

nehme ich auf keinen Fall. Lieber ist mir, Sie stolpern, als daß Sie den Schmutz in diesen Zimmern sehen.‹

Sie kamen ins Treppenhaus. Aus dem oberen Stock fiel ein wenig Licht herab. Die Treppe – ein strenges Bauwerk aus Zedernholz – hatte keinen Teppich, und man hätte meinen können, sie sei seit Jahren nicht gebohnert worden. Sie gingen zum oberen Flur hinauf, der geräumig und leer war, traurig nach Urbinas Worten, durch ein Oberlicht erhellt. Es gab da einen Parkettboden, fünf Türen und an den grau tapezierten Wänden große graue Schränke; keinerlei Verzierungen mit Ausnahme einer einzigen, monumentalen: einen Spiegel in der ganzen Höhe der Wand, im oberen Teil gekrümmt und von schweren violetten Vorhängen eingerahmt, die an einen Theatervorhang erinnerten. Am gegenüberliegenden Ende des Flurs standen drei Möbel beisammen: ein geflochtener Stuhl mit einer sehr hohen und geraden Lehne und einem olivfarbenen, schon ziemlich verblichenen Kissen auf dem Sitz und von irgendeiner anderen Garnitur aus weiß lackiertem Holz ein wackeliger Tisch und ein kleiner Stuhl mit einer Lehne und einem Sitz aus Leinwand. Flora bedeutete Urbina, auf dem großen Stuhl Platz zu nehmen, bat ihn, sie zu entschuldigen, und ging. Nach wenigen Augenblicken kehrte sie mit einem schönen silbernen Tablett zurück. Darauf standen eine Karaffe aus geschliffenem Glas mit Jerez, zwei ebensolche Gläser und ein Teller aus weißem Prozellan, mit blauem Papier ausgelegt, auf dem sehr alte Keks lagen, die Tiere darstellten. Das Mädchen war etwas über zwanzig Jahre alt, eine sanfte griechische Schönheit mit vollen, makellosen Formen, grünen Augen, einer geraden Nase, schönen, zarten, seltsam zarten Händen angesichts der Fülle des Körpers. Urbina sagte, sie glich dem allegorischen Bild der Republik. Es kam zu einer kurzen Auseinandersetzung, weil jeder den großen Stuhl dem anderen überlassen wollte. Schließlich nahm ihn Flora. Als sie dort wie auf einem Thron saß und mit einem Zepter mit zwei Zacken spielte – Urbina beschrieb den Gegenstand als einen zweizackigen Dreizack –, war sie nicht mehr die Republik, sondern eine Königin, die sinnbildliche Königin einer Skulptur. Urbina fühlte sich in ihrer Gegenwart sofort wohl, er beurteilte sie als ruhig, einfach, heiter, selbstsicher, unaffektiert, bereit, die Dinge beim Namen zu nennen. (Erkannte er nicht, daß sie das Haus im Dunkeln hielt, damit man den Staub nicht sah?) Als sie sagte, daß ihre Mutter bei dieser Kälte ein wenig an Rheuma und Grippe litt, glaubte er ihr sofort; er erinnerte sich nicht an das, was viele Leute flüsterten: daß die Frau wahnsinnig war und daß Flora, aus Angst, man könnte sie ins Irrenhaus bringen, sie niemanden sehen ließ und mit ihr zurückgezogen im Landhaus lebte. Und wenn er sich daran erinnert hätte, würde er es nicht geglaubt und als Verleumdung zurückgewiesen haben. Er brauchte nur Flora anzusehen, um zu verstehen, daß in ihrer Familie kein Platz für Wahnsinn war. Jedenfalls händigte Urbina die Papiere vertrauensvoll Flora aus, damit die Mutter sie im Schlafzimmer unterschrieb. Wenige Minuten später erhielt er sie wieder zurück, er vergewisserte sich, daß sich die Unterschriften an den Stellen befanden, die er mit einem Kreuz gekennzeichnet hatte, ging in Begleitung Floras die Treppe hinunter und drückte ihr bei der Tür die Hand. Unglaublicherweise hinterließ Urbina von diesem Besuch nur nebensächliche literarische Zeugnisse: den schon zitierten Absatz in den *Notizen für ein intimes Tagebuch* und dieses Gedicht:

Dein Haus.
Quell von Silber.
Aus einem Winkel
Äugt eine Ratte.

Die Verse halten einen kleinen Zwischenfall fest. Urbina und Flora genossen den duftenden Jerez, als etwas, ein Luftzug oder ein Nagetier, den violetten Spiegelvorhang bewegte. Einen Augenblick lang schien das Mädchen die Fassung zu verlieren, so als fürchtete sie, der Besucher könnte etwas Beschämendes entdekken. Dann war alles rasch fort und vorüber: die Ratte, wenn es eine gab, die Verwirrung Floras.

Am folgenden Tag luden die Damen Boyd – Freundinnen aus seiner Kindheit, die er sonst nie sah – Urbina zu einer Gesellschaft zu Ehren eines spanischen Malers ein. Er fragte sich nicht einmal, ob ihm der Maler zusagte oder nicht; er nahm die Einladung an und darauf noch andere. So schwor er seiner Carbonari-Revolte ab (die über die Sphäre des Sonetts hinausgegangen war), und ohne eine Rechtfertigung zu suchen, wie jemand, der nicht mit Vernunftsgründen argumentiert, weil er einem tieferen Grund gehorcht, stürzte er sich ins mondäne Leben. Zweifellos verliebte er sich rascher als er sich seiner

Verliebtheit bewußt wurde. Dennoch legte er seine Gefühle nicht gleich fest. Anfangs nahmen ihn alle Mädchen, die er in den Salons traf, gleichermaßen für sich ein. ›Sie erschienen mir makellos‹, gestand er, ›zumindest was das Benehmen und den Teint betraf. Dann war für mich Flora die Krönung all dieser strahlenden, reinen, zarten, parfümierten, glücklichen Frauen.‹ Er wußte nicht, daß er, als er seine Freundin als mondän bezeichnete, einen Irrtum beging, dem keine mondäne Person erlegen wäre. Wie schon gesagt, lebte Flora ungeachtet ihrer Schönheit und Jugend zurückgezogen im Landhaus, und man muß zu dem Schluß gelangen, daß ihr Erscheinen in den Salons immer rein zufällig mit dem Urbinas zusammentraf.

Als dieser Flora auf der ersten Gesellschaft sah, war er nicht überrascht. Er ahnte auch nicht, daß seine eigene Anwesenheit das Ergebnis gewisser Machenschaften war. Dennoch war es so: Flora hatte unter ihren Freundinnen eifrig nachgeforscht, wer ihn kannte, und es ist nie geklärt worden, wie weit die Gesellschaft zu Ehren des Malers nur ein Vorwand war, damit sie und Urbina einander begegnen konnten.

Nach und nach verloren die anderen Frauen der mondänen Salons für Urbina die Individualität, die sie eben erst gewonnen hatten, und wurden in die, selbstverständlich bezaubernden, Figuren eines glänzenden Chors verwandelt, der dazu diente, Flora noch eindrucksvoller hervortreten zu lassen.

In dieser Zeit ist das Verhalten der beiden typisch: das Urbinas zeigt die plumpe Unreife des Mannes, das Floras die Weisheit der Frau. Der Mann ist ein Enterbter, der alles erst lernen muß; was die Gefühle anbetrifft ist er mit vierundzwanzig nicht mehr als sechs oder acht Jahre alt. In der Frau kommen nahezu uneingeschränkt die Fehler und Vorzüge des Instinkts zur Wirkung; jede erbt die seit Anbeginn der Welt angehäufte Erfahrung. Flora wußte, als sie Urbina an jenem Morgen in Tigre zum erstenmal sah, sofort, was er wollte, und handelte danach. Daraus darf man nicht ableiten, daß sie eine skrupellose Frau sei. Urbina sagte mir, er habe niemanden von so echter Reinheit und Rechtschaffenheit gekannt. Und er fügte hinzu: *›Ich war vor ihr wie ein Kind; wie ein Kind, das, weil es noch nicht geformt ist, unrein oder schamlos sein kann. Um das Gute vom Bösen zu unterscheiden, mußte ich sie betrachten.‹*

Aus dieser Zeit stammt wahrscheinlich das – für meinen

Geschmack allzu berühmte, allzu persönliche – Gedicht, das in alle Anthologien aufgenommen wird:

Der Liebe Seligkeit,
Die wollt' ich dir erklären.
Ach, wer soll die Kunst mich lehren?

Der Dichter nimmt hier das vielleicht schwierigste literarische Thema in Angriff und läßt es wieder fallen: das Glück. Fest steht, daß Urbina damals sehr glücklich war, da die beiden füreinander eine Liebe empfanden, die mit ihren Taktiken und Listen einem Krieg glich, denn Flora war vollkommen zutraulich, freundlich und von unbegrenzter Offenheit – außer was das Landhaus anbetraf. Sie empfing ihn nie wieder in *La Retama*, und als er einmal darauf bestand, sie zu begleiten, ließ sie ihn nur bis zur Bahnstation von Tigre mitkommen, so daß das Landhaus den Charakter eines verbotenen Ortes, einer Art von unzugänglicher Burg, annahm, die ein wenig märchenhaft und ein wenig düster war. Aber Urbina dachte nicht viel darüber nach, denn er sagte sich: ›Wenn ich grüble, werde ich fragen, und wer weiß, was für eine schmerzliche Antwort ich von Flora bekomme, wenn ich frage.‹ Er begann zweifellos zu glauben, daß die Mutter wahnsinnig war. Außerdem wollte er nicht, daß irgend etwas sein eigenes Glück störte.

Eines Tages, als er mit Flora zum Tee im *London Grill* verabredet war, bemerkte Urbina, während er durch Cangallo nach Reconquista hinunterging, daß er sich verspätet hatte, und er wechselte, ich weiß nicht, wie, von dem Ärger darüber und zugleich der Betrübnis, die das Bild der wartenden Freundin in ihm auslöste, zu dem Gedanken über: ›Sie muß ja nicht gekommen sein. Und wenn sie gekommen ist, schadet es auch nichts. Dieses eine Mal wird sie warten, wie ich schon so oft gewartet habe.‹ Er ging absichtlich langsam, betrachtete da und dort ein Schaufenster und lächelte wie einer, der, mehr amüsiert als erschrocken, feststellt, daß er ein Ungeheuer ist. Sie waren so verliebt, so sehr einer um den anderen besorgt, sie vertraute so fest auf seine Zuneigung, und er empfand nun diese Gefühllosigkeit, die schlimmer als ein Verrat war, weil er keinen Grund hatte ... ›All das‹, überlegte er, ›zeugt von Grausamkeit und großer seelischer Grobheit.‹ Mit heiterem Gemüt, so als wäre er rachsüchtig (er war es nicht) und als hätte er sich gerächt (wofür?), betrat er den *London Grill*.

Die Tage begannen länger zu werden; auf der Straße war es sehr hell. Er trat, vielleicht in einer Anwandlung von unfreiwilliger Heuchelei, eilends ein und blieb stehen, denn der Gegensatz zwischen der Helligkeit draußen und dem Halbdunkel des Innenraums war sehr groß. Als er endlich wieder sah, stellte er fest, daß niemand an den Tischen saß, und meinte – erstaunt, ungläubig, gereizt –, daß Flora nicht da sei. Er kam in der Mitte des Saals an, wandte sich nach links, sah sich nach allen Seiten um. Ganz links, am letzten Tisch, sah er sie. In dieser Szene – er betrachtete das Mädchen, und sie wußte nicht, daß er sie betrachtete – glaubte er, ein Symbol für sein Mißtrauen und die vertrauensvolle Liebe Floras zu entdecken. Er wollte um Vergebung bitten, schwören, daß er nie mehr gleichgültig sein oder einen Verrat begehen werde, er wollte sie in die Arme nehmen, aber etwas hielt ihn zurück. Er bemerkte leichte Bewegungen in den Schultern Floras, ein Zittern vielleicht, und er hörte das Gemurmel eines Gesprächs oder glaubte, es zu hören. Er fragte sich, ob seine Freundin nicht mit sich selbst sprach. Dann unterschied er deutlich die Worte:

›Ich liebe dich.‹

Gerührt dachte er, daß seine Verspätung Flora verwirrt habe. Er lief auf sie zu und rief:

›Meine Geliebte!‹

Mit einer etwas erzwungenen Fassung, die von den Tränen, die sie nicht abwischte, Lügen gestraft wurde, sah ihn Flora aus ihren arglosen grünen Augen an, als wollte sie seinem Blick standhalten, und sie nahm das – große, wenig weibliche – Taschentuch nicht aus der geräumigen Handtasche. Diese Tränen oder der Umstand, daß Flora nicht das Taschentuch benutzte und sie trocknete – ›um sie so recht auf mich wirken zu lassen‹, sagte sich Urbina –, ärgerten ihn. Seine Stimmung schlug vollends um. Bei einem bis dahin beinahe unbemerkten Kellner bestellte er ernst:

›Einen sehr heißen Tee mit Gebäck.‹

Er dachte: ›Das Leben ist nicht dramatisch, aber es gibt dramatische Menschen, denen man ausweichen muß. Die Mutter ist wahnsinnig und die Tochter sonderbar.‹ Er seinerseits wollte solchen Absonderlichkeiten nicht Vorschub leisten. Er achtete weder auf die Tränen noch auf die Gespanntheit, mit der ihn Flora ansah. Er wollte über irgendein beliebiges Thema mit ihr sprechen, so als bemerkte er nichts. Das einzige Zeichen, daß er etwas bemerkte – ein Zeichen, das Flora nicht entgehen würde –, sollte ein negatives sein: er wollte nicht von ihnen und nicht von ihrer Liebe reden. Es hätte einer beachtlichen Anstrengung, einer schauspielerischen Begabung bedurft, um in diesem Augenblick von Liebe zu reden. Er sprach von einem Vortrag über Tablada, den er in Rosario gehalten hatte (durch die Vermittlung eines Freundes, eines gewissen Otero, der alles mit dem Vorstand des Kulturvereins *Calabria* geregelt hatte, um ihm ein paar Pesos zukommen zu lassen).

Man brachte ihm den Tee. Er trank und aß gierig.

›Was wir in den drei Tagen und drei Nächten, die ich dort verbrachte, über Literatur diskutierten!‹ sagte er. ›Bis spät in die Nacht hinein zogen wir von Café zu Café, wie Schlafwandler umhergeisternd. Wir zitierten Verse, führten die geheiligten Namen Apollinaire und Max Jacob im Mund. Glaub mir, manchmal frage ich mich verwundert, warum ich nicht von einer Straßenbahn überfahren worden bin.‹

Er sprach von dem vorausgegangenen Jahr wie von einem fernen Goldenen Zeitalter. Das ist die Art aller jungen Menschen.

›Warst du damals glücklicher als heute?‹ fragte sie und nahm eine seiner Hände.

Er antwortete kurz:

›Nein.‹

Er lächelte, sah sie an und redete endlos weiter. Flora hörte zu, zweifellos mitgerissen von dem ansteckenden Eifer, ein wenig feindselig auch, ein wenig eifersüchtig bei der unerwarteten Entdeckung, daß sie nicht die einzige Leidenschaft Urbinas war. Der bemerkte nichts, begann aber vertraulicher zu sprechen.

›Ich sagte dir, daß ich ein Buch schreibe. Also, ein Buch – ich weiß nicht. Ich schreibe Haikus. Eine Form der japanischen Dichtung, der Tablada seinen Segen gegeben hat. Möchtest du, daß ich dir eines aufsage?:

Pappelalleen meiner Träume,
ich muß gehen, gehen,
wann werd' ich dich sehen?

Um ihr nicht Zeit zu lassen zu entdecken, daß sie die Inspiration zu diesem Gedicht gewesen war, zitierte er ein anderes:

Pollenträger, Schmetterling,
schon leuchtet in dir
die Rose von morgen.

›Es gefällt mir gut‹, sagte Flora ohne Begeisterung.
›Einverstanden. Es hat das Verdienst, sich dem strengen Kanon Tabladas zu fügen. Noch eines‹, beharrte Urbina, ›noch eines. Das letzte. Das ich vorziehe, weil es, zumindest für mich, sehr lebhaft dieses ganze unvergeßliche Abenteuer in Rosario besingt:

O Nächte von Rosario,
euern Asphalt bepißte ich
mit der Inbrunst des Dichters.

›Das schockiert dich?‹ fragte der Dichter. ›Es schockiert dich, weil die Metrik rein japanisch ist. Verzeih mir.‹

Man darf in diesem Satz keinen Scherz von zweifelhaftem Geschmack sehen. Urbina war um diese Zeit so von der Literatur durchdrungen, daß für ihn – und zweifellos meinte er: für alle Welt – nichts wichtiger war als ein literarisches Problem. Er entschuldigte sich noch einmal dafür, daß das letzte Haiku ›schwach, sehr schwach‹ gewesen sei, und fügte zu seiner weiteren Rechtfertigung hinzu:

›Wenigstens flüchte ich mich nicht in das abgehauene Astwerk des Sonetts.‹

Als sie den *London Grill* verließen, schlug er beiläufig vor:

›Ich begleite dich nach Tigre.‹

›Nein‹, antwortete das Mädchen. ›Ich fahre allein, später.‹ Bei diesen Worten war es Urbina zumute, als stürzte er oder als stieße ihn jemand hinunter. Er unterbrach seine literarische Abschweifung, um die unbeugsame Haltung Floras zu betrachten. ›Sie möchte mich dem Landhaus fernhalten‹, sagte er sich. ›Es gibt da ein Geheimnis.‹ Er war ein wenig verärgert.

Sie stiegen in ein Taxi.

›Nach Palermo‹, befahl er. ›Wir wollen eine Runde durch den Wald machen.‹

Neben dem Körper Floras vergaß er den Ärger, er sprach wieder über Literatur, machte sich über einen Kritiker von *Nosotros* lustig.

›Der Mensch versteht nichts von Rangordnungen‹, versicherte er, ›und verwechselt mich mit den Verfassern von Volksliedern, die er als bescheidene Büsche in dem dicht belaubten und in wirtschaftlicher Hinsicht kräftig wuchernden folkloristischen Gestrüpp definiert.‹

Er erregte sich wieder, aber er glaubte, im Gesicht Floras einen Ausdruck der Abwesenheit und der schlechten Laune zu bemerken, der den Zügen etwas Hölzernes zu verleihen schien. Er sagte mit einem Seufzer:

›Ich liebe dich sehr.‹

Nach alter Gewohnheit – sie fuhren im Auto langsam über Waldwege – drückte er sie an sich. Flora spielte unterdessen wie mit einem Ball mit der großen Handtasche, die aber zu schwer für Jongleurkunststücke war. Überempfindlich fragte sich der Dichter: ›Langweile ich sie? Die Frauen verlieren die Geduld, wenn wir von Literatur sprechen und vor allem wenn wir Gedichte zitieren‹. Zweifellos war etwas Nervös-Verkrampftes in diesem Spiel mit der Handtasche. Er küßte sie, beschloß, sich nicht entmutigen zu lassen, und als er seinen berühmten Vergleich zwischen dem Haiku Tabladas und dem japanischen Haiku anstellte (den später eine Zeitschrift in Mar del Plata als Sonderdruck veröffentlichte), leitete er den Satz im letzten Augenblick in eine Liebeserklärung um – mit Seufzern, Liebkosungen, Beteuerungen, wie sehr er darunter litt, daß er seine Geliebte immer nur eine kleine Weile sah, am Nachmittag, und so fort: all das diente zweifellos der Handtasche als Stimulus, die durch die Luft flog. Flora fing sie geschickt wieder auf, befreite sich aus der Umarmung, öffnete rascher, als Urbina denken konnte, die Wagentür, begann durch den Wald zu laufen. Verblüfft rief Urbina: ›Bist du verrückt?‹ Er versäumte die Gelegenheit, ihr nachzulaufen, und fragte sich: ›Was wird der Chauffeur von uns denken?‹ Und eben aus Angst, daß der Chauffeur denken könnte, es handle sich um eine niederträchtige List, um nicht zahlen zu müssen, blieb er wie festgenagelt auf seinem Sitz, während Flora zwischen den Bäumen dahinfloh.

Der Chauffeur, ein gebürtiger Argentinier mit einer tiefen, rauhen Stimme, meinte:

›Ich an Ihrer Stelle, Herr, würde sie lassen, auch wenn sie sich im Wald verirrt; aber machen Sie sich keine Sorgen: morgen, nein spätestens heute abend finden Sie sie wieder. Das garantiere ich Ihnen. Sie haben sich nichts vorzuwerfen. Ich habe Sie im

Rückspiegel beobachtet und kann bezeugen, daß Ihre Annäherung korrekt war.‹

Nach einigem Nachdenken gelang es Urbina zu antworten:

›Für mich ist sie verrückt.‹

›Sie ist eine Frau – das ist dasselbe‹, sagte der Chauffeur nachsichtig. ›Man lebt mit ihnen, man nimmt sie ernst, man holt in allem ihren Rat ein, und dann wundert man sich, daß die Welt verkehrt geht. Glauben Sie nicht, Señor, daß der fortgeschrittenste Mensch der Neger mit der Polygamie ist, der am Morgen die Weiber in einem Zimmer einschließt und anstatt zur Arbeit zu gehen wie Sie und ich auf die Jagd nach Tigern und Elefanten auszieht?‹

›Kehren wir in die Stadtmitte zurück‹, sagte Urbina traurig; dann gab er genauer an: ›Nach Santa Fe y Pueyrredón.‹

›Zum *Pedigree* oder zum *Olmo*?‹ fragte der Chauffeur.

›Zur *Summus*-Bar‹, antwortete Urbina.

›Erlauben Sie einem der ältesten Pflastertreter von Buenos Aires, Ihnen einen Rat zu geben?‹

›Soviel Sie wollen.‹

›Trinken Sie nicht zu viel, Herr, denn sich wegen einer Frau betrinken, das ist das letzte. Ich würde Sie von Herzen gern begleiten, denn mich plagt den ganzen lieben Tag lang der Durst, aber der Fahrer, der die Nachtschicht macht, wartet in der Garage, und Sie wissen, daß es keine größeren Despoten gibt als die Unglücklichen. Wenn ich zu spät komme, meint er, daß ich ihm das Brot vom Mund wegstehle.‹

Urbino dachte: ›Er ist imstande, den Betrag zurückzuweisen und beleidigt zu sein‹, aber als es ans Zahlen ging, gab er das doppelte Trinkgeld.

›Ich habe mich nicht getäuscht‹, erklärte der Chauffeur. ›Der Herr ist einer von denen, die etwas für die Einheimischen übrig haben. Aber ich bitte Sie, wenn wir nicht wären, würde das Geld nicht in Umlauf kommen. Während sich der Eingewanderte als armer Schlucker mit einem zweizylindrigen Renault abquälte, einer gewöhnlichen Sparbüchse auf Rädern, verschleuderte ich das Geld, indem ich meine Fahrgäste in jedem Hispano und Delaunay Belville spazierenfuhr: wenn Sie sie heute im La-Plata-Museum sehen, können Sie sich vor Lachen nicht halten.‹

In der *Summus*-Bar setzte sich Urbina an den Tisch der Freunde, wo sich an diesem Nachmittag Rosaura Topelberg, Pascual

Indarte und der unglückliche Ramón Otero unterhielten. Rosaura rief:

›Du bist ein Faun, Rafael, ein Faun aus dem Landesinnern.‹

›Mir haben schon andere gesagt, daß ich aussehe wie ein Provinzler‹, antwortete er.

›Was will er denn schon‹, warf Otero ein. ›Er ist nichts weiter als ein regelrechter Faun. Die Frauen sagen mir, er macht sie verrückt.‹

›Sie machen uns verrückt‹, antwortete Urbina. ›Sie sind unsere Dämonen. Tagsüber müßte man sie in dem Raum bewachen, den die Inder *Zenana* nennen.‹

›Schuft!‹ rief Rosaura und betrachtete ihn voll Bewunderung.

Rosauras Haar sah aus wie Stroh, wie beinahe silbriges Stroh, das am Ansatz dunkler wurde. Die künstlichen Wimpern waren sehr lang, die Fingernägel von einem leuchtenden Rot, ebenfalls lang, und ihre Figur war schmal. Sie ging hoch aufgerichtet, warf den Kopf ein wenig zurück und steckte eine Hand in den Gürtel. Sie rauchte unaufhörlich aus einer dreißig Zentimeter langen schwarzen Zigarettenspitze. Sie war diplomierte Lehrerin für klassischen Tanz, arbeitete als Schaufensterdekorateurin für mehrere Geschäfte und hatte sich mit all dem als die geeignete Person qualifiziert, das Titelblatt für die Zeitschrift zu entwerfen, die die Gruppe einmal herausgeben wollte.

Sie diskutierten wie immer über das Projekt der Zeitschrift (deren unveränderliche Besonderheit in all den endlosen Gesprächen der Ausschluß des Sonetts war) und tranken Bier.

Um neun gingen sie. Indarte und Otero fuhren in Taxis davon, die sie an der Straßenecke nahmen. Urbina fragte Rosaura:

›Gehen wir ein Stück zu Fuß?‹

›Sehr gern.‹

›Gehst du nach Once? Gut, ich begleite dich bis Corrientes.‹

Sie schwiegen eine Weile. Plötzlich erklärte Urbina:

›Das Leben ist nicht dramatisch (das Leben ist nicht dies oder das), aber es gibt Menschen, die unter Berufung auf das Leben ein Drama aufführen.‹

Wieder folgte ein Schweigen. Urbina unterbrach es mit der Bemerkung:

›Es ist leicht, hineingezogen zu werden. Es ist leicht, sich zu verlieben. Nein, nicht verlieben: zu tun, als wäre man verliebt.‹

Er redete viel. Mit Flora und Rosaura redete er immer viel. Seine so tief empfundene Rolle eines ungläubigen und schweigsamen jungen Mannes aus Buenos Aires, die den Frauen gewidmet zu sein schien, hob er sich zweifellos für ideale Frauen auf. Sie hatten Corrientes hinter sich gelassen und waren schon in Once.

›Flora will nicht, daß ich in ihr Landhaus komme. Was meinst du? Hat sie am Ende einen Liebhaber und fürchtet sie, daß ich ihn entdecke? Verbergen sie ein Geheimnis? Gibt es einen Idioten in der Familie?‹

›Man würde es wissen‹, sagte Rosaura.

›Oder sind es vielmehr Vorurteile? ... Was meinst du? Schämt sie sich meiner?‹

›Das wäre noch schöner!‹ rief Rosaura. Sie blieb erschrocken stehen. Ihre Worte verrieten ihre Abneigung gegen Flora.

›Keine Angst, Rosaurita‹, beschwichtigte sie Urbina. ›Ich werde alles herausbekommen. Wenn ich es nicht herausbekomme, hat ein Teil meines Lebens keinen Sinn. Das Schlimmste ist, daß mich Flora, mit oder ohne Geheimnis, nicht mehr anzieht. Wir sind angekommen. Ich gehe jetzt. Adieu!‹

›Du gehst?‹ fragte Rosaura. ›So früh schon?‹

›Früh? Bei uns wird um halb zehn gegessen.‹

Ohne auf die Enttäuschung des Mädchens zu achten, lief er auf ein Taxi zu. Er kam zu Tisch, als schon die Nachspeise serviert wurde, und obwohl man ihm noch einmal alle Gänge auftrug, aß er kaum etwas.

›Kein Wunder, daß er keinen Hunger hat‹, sagte sein Vater ernst. ›Er verbringt den Nachmittag in der Bar und trinkt Bier.‹

›Und ab und zu‹, warf die Mutter ein, ›trinkt er dazwischen eine Tasse schwarzen Kaffee und ißt ein getoastetes Sandwich. Was für eine Mischung! Was diese jungen Leute für einen Magen haben!‹

Immer hatten ihn seine Eltern bewundert und respektiert, aber was die Mahlzeiten anbetraf (er mußte sich zu festgesetzten Zeiten und gut ernähren) und den Schlaf (der lang und erholsam sein mußte), waren sie streng.

Er schlief die ganze Nacht nicht. In seinen Grübeleien nahmen der Chauffeur und die arme Rosaura den unleugbaren Charakter von Dämonen an. Wie hatte er Rosaura Dinge mitteilen können, die nur Flora und ihn angingen? Wie hatte er zulassen können, daß Rosaura über diese Dinge eine Meinung äußerte? Wie hatte er zulassen können, daß der Chauffeur, ein boshafter Mensch von der schlimmsten Sorte, abfällig von Flora sprach? Gleich morgen wollte er den Mann suchen und ihm sagen, was er von ihm hielt. Aber wie sollte er ihn in dem riesengroßen Buenos Aires finden? Und der Streit, wenn es zu einem käme, wäre zweifellos peinlich und sein verspäteter Ärger lächerlich. Es war offensichtlich: in Übereinstimmung mit einem Schicksal, das er als das seine zu erkennen begann, würde er die schwächste Person strafen: Rosaura. Und sosehr er Rosaura und den Taxifahrer verabscheute, er konnte nicht leugnen, daß die Schuld nicht bei ihnen lag. Jeder ist verantwortlich für seine Dämonen, schloß er (und hielt den Satz in den *Notizen für ein intimes Tagebuch* fest). Es gab in dieser Lage nur einen Ausweg: nach Tigre gehen und Flora um Vergebung bitten. Ein Gang, überlegte er, der vor einer verschlossenen Tür enden mußte. Flora würde ihn nicht einlassen. In Wirklichkeit hatte er keine Ursache, sich zu quälen; er machte Fehler, weil ihn das unverzeihliche Betragen Floras verwirrte. Es gab kein Geheimnis, es war sinnlos, einen Idioten in der Familie zu suchen, einen Liebhaber; er würde nur ein ungezogenes und vielleicht hysterisches Mädchen vorfinden. Die Erleichterung, die er aus diesen Überlegungen schöpfte, war gleich Null.

Am nächsten Tag war er nicht weniger bedrückt. Dieser unerbittliche Beobachter des Lebens und seiner selbst, dieser Literat, überließ sich dem Unglück der Sehnsucht und der Hoffnung; er dachte an Flora, er dachte ans Telefon, er schob einen Anruf in Tigre auf, zu dem er sich nicht entschließen konnte, er ersehnte einen Anruf aus Tigre, der nicht kam.

Eines Abends hörte er von der Köchin den unglaublichen Satz:

›Junger Herr, Ihre Kleine ruft Sie an.‹

Er stürzte ans Telefon und hörte, ohne sie zu verstehen, die Stimme Rosauras, die ihn fragte, warum er nicht mehr ins *Summus* komme. Er ging nirgends hin. Er sah niemanden: weder die Freunde noch die mondäne Welt. ›Das Unwahrscheinliche ist geschehen‹, sagte er sich. ›Ich bin verliebt.‹ Er war voller Unbehagen, unruhig, ein wenig krank, schwach, er hatte Ringe unter den Augen.

Eines Morgens hatte er Lust zu schreiben. Er murmelte: ›Ich schulde Äskulap einen Hahn. Der Muse ein Opfer. Noch brennt die heilige Flamme.‹ Er suchte ein Thema, sprach weiter mit sich selbst: ›Ich habe sie gesehen; es gab keine Ruhe und keine

Ordnung mehr. Ich kann nur noch an sie denken.‹ Er schlug das Heft auf und schrieb das Gedicht, das ein Kritiker in der Urbina gewidmeten Nummer von *Inicial* das ergreifendste Haiku nennt und das ein anderer mit einem dunklen Diamanten vergleicht:

Verlorener Garten, Sand,
Wind, nichts.
Ich habe dich gekannt.

Von diesem Augenblick an erholte er sich rasch. Er arbeitete alle Tage, schlief gut, aß mit Appetit, zeigte sich wieder im *Summus*, und eines Abends ging er mit Rosaura ins Kino. Rosauras Triumph konnte vollkommen sein. Verriet sich nicht in der Art, wie Urbina sprach und sie ansah, etwas von Gefühl? Der Film erwies sich – Rosaura hätte es voraussehen müssen, als sie die Namen der Darsteller las: Marie Prevost, Harrison Ford und van Peborgn – als Lustspiel, und das war ihr Verderben. Mit der so typisch männlichen Mischung von Vorliebe für kindische Schauspiele und Gefühllosigkeit folgte Urbina nicht nur der Handlung des Films, sondern ließ sich dazu hinreißen, schallend zu lachen. Rosaura, die rasch beleidigt war, hatte im Umgang mit ihm gelernt, sich zu beherrschen, aber da alles eine Grenze hat, rief sie an diesem Abend: ›Ich halte das nicht mehr aus‹, stand auf und ging. ›Ich habe etwas an mir, was sie wütend macht, oder sie sind alle gleich‹, dachte Urbina. Am nächsten Morgen rief Rosaura an, um sich zu entschuldigen.

In einer warmen Oktobernacht, einige Zeit später, teilte Urbina in Barracas in einem Restaurant mit Innenhöfen, Weinlauben, Pfirsichbäumen, Bocciaspielplätzen und einem Garten mit einer bunt zusammengewürfelten Menge (in der er – er ahnte es von Anfang an – Flora entdecken würde) Fleisch, Gebäck und Rotwein zu Ehren eines berühmten Besuchers unserer Gesellschaft, des Professors Antonescu, eines rumänischen Mathematikers und Gegners Einsteins, der die Lichtgeschwindigkeit leugnete, nach den Worten des Lokalredakteurs der *Crítica* das Experiment Michelsons und Morleys für null und nichtig erklärt und nebenbei ›dieses unangenehme Monument, die Relativitätstheorie‹, zerstört hatte.

Das Restaurant war ein niedriges Haus mit drei Höfen mit Lehmböden, auf die alle Zimmer gingen. In diesen war der Verputz der Wände teilweise abgebröckelt, und die niedrigen

Decken bestanden aus weiß getünchtem Holz. Der lange, schmale Tisch, auf dem das Bankett serviert wurde, ging, durch die Innenwände unterbrochen, vom vorderen Saal bis zu einer Hütte im letzten Hof. Als man ihm einen Platz in der Nähe des rumänischen Mathematikers, zwischen Otero und Doktor Sayago, zugewiesen hatte, bemerkte Urbina im zweiten Saal, in einer frivoleren und dekorativeren Umgebung, Flora. Sein Herz pochte heftig; er fragte sich, ob er nach dem Essen mit ihr sprechen sollte, und mußte dem Rumänen zuhören, der ihm mit seinen mangelhaften Sprachkenntnissen mühsam mitteilte, daß er die Absicht habe, im Laufe der Woche Córdoba, Tucumán und Rosario zu besuchen.

›Häfen begeistern mich. Hat der von Rosario ein malerisches Lokalkolorit?‹

Otero und Urbina improvisierten Antworten. In skeptischem Ton versicherte der Rumäne:

›In jedem Hafen die gleichen Schiffe, Bars, Piers, Matrosen.‹

Otero fiel ihm ins Wort:

›Übrigens‹, sagte er, ›werde ich in meinem Erzählband mit dem Titel *Fisherton* universalen Elementen in ihrer engsten lokalen Erscheinung nachspüren und begegnen. Man darf nicht der Welt entsagen und sich in der Provinz einschließen. Die Provinz öffnen, das ist mein Motto.‹

›Wer einen Hafen gesehen hat‹, wiederholte der Mathematiker, nun schon gereizt, ›der hat alle Häfen gesehen.‹

Unter dem Vorwand, dem Doktor Sayago, der bemerkenswert gefräßig war, ein Tablett mit belegten Broten zu bringen, stand Urbina von seinem Stuhl auf, und als er an der Tür vorbeikam, sah er Flora. Sie trug ein schneeweißes Kleid und um die Schultern einen gelben Schal; die unleugbare Anmut des Mädchens, die wie der natürliche Nimbus der Mannigfaltigkeit ihrer Schönheit war, überzeugte Urbina, daß er die Episode im Taxi und die widersprüchlichen Absichten, sich zu entschuldigen und sie auszufragen, vergessen mußte. ›Sein‹, murmelte er, ›nur bei ihr sein, das genügt.‹ Flora lächelte ihm mit mütterlicher Sanftmut zu (aus mehr oder minder legitimen Motiven hatte sich Urbina an ihrer Seite immer moralisch und körperlich wie ein Kind gefühlt). Er gab vor, sie nicht zu sehen, kehrte auf seinen Platz zurück, trank ein Glas Wein. Wie sehr er sich danach sehnte, den Mut zu haben, wieder aufzustehen und zu Flora zu laufen! Er sagte sich, daß die Welt der Frauen – diese bedrückende, ungewisse, psychologische, krankhafte, komplizierte Welt – der Gesundheit dieser edlen Pflanze, dem Geist des Mannes, nicht bekam, und nahm die Debatte über das Lokalkolorit der Häfen wieder auf, in deren Verlauf jemand – Urbina oder Atonescu – seine Vorliebe erwähnte, sich beim Friseur rasieren zu lassen. Beide zeigten augenblicklich eine echte Lebhaftigkeit; überschwenglich tauschten sie Meinungen aus und entdeckten nach und nach eine Seelenverwandtschaft in bezug auf Frisiersalons, Rasiermesser, Seifen, Wassertemperaturen und andere zu dieser Materie gehörenden Dinge, die sie erstaunte. Als die Reden begannen, mußten sie schweigen.

Unter dem Vorwand, vor der dritten Ansprache zu fliehen – um sie zu hören, hatten sich die Leute im ersten Saal zusammengedrängt –, ging Urbina in den anderen Raum, rückte einen Stuhl heran und setzte sich Flora gegenüber.

›Wie geht es dir?‹ fragte er lächelnd. In den grünen Augen seiner Freundin entdeckte er ein seltsames Licht. Beunruhigt nahm er den ein wenig beleidigenden gutmütigen Ton an, in dem wir mit Kranken und vor allem mit Verrückten sprechen: ›Hier ist das Milieu weniger hochtrabend‹, seufzte er. ›Hier ist mir wohler.‹

Flora ihrerseits lächelte mit der bezaubernden und zerstreuten Miene, mit der man grüßend einen Festsaal betritt. Damit nur Urbina sie hörte, sprach sie ganz leise:

›Ich habe dich sehr vermißt. Verlaß mich nicht.‹

›Was soll das heißen?‹ dachte Urbina. ›Sie geht wieder zum Angriff über, als ob nichts geschehen wäre.‹ Er wollte sich nicht umgarnen lassen.

›Ich bin zufrieden‹, versicherte er. ›Ich arbeite viel.‹

›Wir müssen miteinander reden.‹

›Wir müssen?‹ wiederholte Urbina für sich. ›Ich glaube nicht.‹ Flora bestand darauf:

›Wir müssen miteinander reden. Ich möchte, daß du ins Landhaus kommst. Ich flehe dich an: verlaß mich nicht. Wenn du mich verläßt (ich weiß, es ist schrecklich, so etwas zu sagen, verzeih mir), bin ich zu allem fähig.‹

›Sag das nicht‹, murmelte er.

Er kehrte in den vorderen Saal zurück. Der Mathematiker, der ein kleines Schriftstück vorlas, dankte für die Reden. Als er endlich fertig war, bildeten sich Gruppen. Urbina dachte, daß zu viele Frauen und Fremde anwesend waren, und er trat zu Doktor Sayago. Dieser war damit beschäftigt, die über den Tisch verstreuten Brotreste einzusammeln, er aß sie umsichtig wie ein Eichhörnchen und sprach vom Theater.

›Das Theater existiert nicht‹, erklärte er. ›Einige Szenen von Shakespeare, die Komödien Shaws: das ist alles.‹

›Und Aristophanes? Und Plautus?‹ fragte Otero.

›Die Leute bewahren alles auf‹, entgegnete Sayago. ›Eine noch stärkere Leidenschaft als die Liebe ist das Archiv! Das Theater wie die Redekunst und das Zeitungswesen hält dem Angriff der Zeit nicht stand. Die Autoren schreiben nicht für die Ewigkeit, nicht für die wiederholte Lektüre, ja nicht einmal für die Lektüre. Sie suchen den unmittelbaren Effekt.‹

Wie ekelhaft diese Pedanterie ist, sagte sich Urbina. Er sehnte sich nach Flora. Er dachte: ›Wäre doch der schlimme Augenblick vorüber.‹ Er blickte ins andere Zimmer hinüber: Floras Platz war leer. Er beschloß, seine Gelassenheit nicht zu verlieren. Im Nu war er durch das ganze Haus gegangen. Flora sah er nirgends. Er wollte sie methodisch suchen, längs der Tische und in den Korridoren, in den Höfen, unter dem Laubdach, in der Weinlaube. Die Freunde hielten ihn zurück. González, der Sohn des Dichters der *Gesichter und Larven,* versprach ihm, bei der Suche zu helfen.

›Unter der Bedingung‹, erklärte er, ›daß wir zuerst diese beiden Gläser Anislikör genießen.‹

Er zeigte in jeder Hand ein großes Glas, einen Kognakschwenker; ohne zu wissen, warum, nahm Urbina den ihm angebotenen und leerte ihn auf einen Zug. Es war tatsächlich Anislikör, einer von der süßesten Sorte. Die Leute hatten sich unter dem Laubdach versammelt. Mit kultivierter, sanfter Stimme sang ein steinalter Gitarrist:

Gaucho ist Señor Don Antonescu,
Nimmt gleichwohl, was andre geben.
Schmeicheln sollst du mir nicht, Leben,
Wenn dereinst du mich verläßt.

›In diesen Versen‹, gab der Sohn des Dichters zu verstehen, ›reichen einander die Küste und die Pampa ihre einzigartige Hand.‹

›Suchen wir Flora‹, sagte Urbina, der sich bemühte, nicht die Ruhe zu verlieren.

Sie suchten sie unter den dort versammelten Menschen, sie suchten sie in der endlosen Reihe der Speisesäle, sie suchten sie im Garten des letzten Hofes, wo sie ein Pärchen aufschreckten, das sich auf einer Bank liebte. ›Aus Mangel an Phantasie schreibe ich alles der Geschichte zu‹, überlegte Urbina. ›In einem Augenblick geschehen die Dinge, fassen die Menschen Entschlüsse.‹

›Ich stelle dich Adelia Scarlatti vor‹, sagte González. ›Sie ist ein junges Mitglied der Gruppe Cosmorama.‹

Sie war eine sehr magere junge Frau mit einem großen, gepuderten, fleischigen Gesicht. Urbina fragte sie nach Flora.

›Die ist verrückt‹, antwortete die Frau und tippte sich mit dem Finger an die Stirn.. ›Ich sagte mir: ich werde sie studieren. Ich ließ sie nicht aus den Augen. Ich sage Ihnen, wie es war: zuerst redete sie mit sich selbst, sie spielte mit ihrer Handtasche, dann fing sie an zu weinen, dann lief sie davon.‹

In einer anderen Gruppe salbadernd, sagte Doktor Sayago laut:

›Ein plötzlicher und ständiger Wechsel sehr theatralischer Situationen: das ist das Wesentliche.‹

Ohne sich von jemandem zu verabschieden, verließ Urbina das Restaurant; er ging etwa fünfhundert Meter durch unbekannte Straßen, und in einer breiten, trostlosen Allee nahm er ein Taxi, das ihn zur Station Retiro brachte. Von dort aus fuhr er mit dem ersten Zug nach Tigre. In einem gewissen Augenblick verließ ihn der Mut. Sich in das Leben anderer einzumischen, hatte noch nie zu etwas Gutem geführt. Dann überlegte er: ›Wenn die Möglichkeit besteht, daß Flora etwas Unsinniges tut, muß ich es verhindern.‹ Woher nahm er die Gewißheit, daß Flora in das Landhaus zurückgekehrt war? Er dachte, daß sie sich nicht in den Fluß stürzen würde, weil sie zweifellos schwimmen konnte, und ebensowenig würde sie sich auf die Bahngleise legen, denn das wäre zu grauenvoll. Diese Mutmaßungen bedrückten ihn. Auf dem Weg zwischen der Station Tigre und *La Retama* lief er, und als er nicht mehr laufen konnte, schritt er rasch aus. Er sagte sich, daß das Mondlicht das Landhaus in silbrigen Dunst tauchte. Die geschlossene Tür vorfinden, läuten, ohne daß man ihm öffnete, war eine Situation, die er voll Unruhe voraussah, aber als er die Tür offen fand, zitterte er, als hätte er die Bestätigung seiner Befürchtungen erhalten.

Er trat ins Haus. Obwohl er nur einmal dort gewesen war, wagte er sich entschlossen durch die Dunkelheit der Säle, bis ihn eine Wand aufhielt, die endlos zu sein schien. Er tastete sich an ihr entlang vorwärts, als er, gedämpft rufend, die Stimme Floras zu erkennen glaubte; er fand eine Tür und ging weiter. Dann hörte er etwas, was ihn erschreckte. ›Da wird eine Ratte zertreten‹, sagte er sich. Tatsächlich hörte er ein Quietschen wie von einer Ratte in höchster Wut. Er gewann die Fassung wieder und kam schließlich ins Treppenhaus. Wie bei seinem ersten Besuch kam von oben Licht. Er ging hinauf.

Die Szene setzte sich für den unvergeßlichen Bruchteil einer Minute fort, als gäbe es keinen Zeugen. Die Akteure waren vollkommen in die Situation vertieft. Sie werden sich an den langen Flur erinnern, mit den Türen und den grauen Schränken und, an einem Ende, dem hohen geflochtenen Stuhl, dem kleinen Stuhl, dem Tisch aus Holz und, am anderen Ende, dem von violetten Vorhängen eingerahmten monumentalen Spiegel. Vor diesem Spiegel stand wie auf einer Bühne im weißen Kleid mit dem gelben Schal, den sie wie phantastische Flügel bewegte, Flora, allein, und rief mit erhobenen Armen:

›Bitte, Schluß mit dem Melodram!‹

In diesem Augenblick brach die Szene ab. Ein Gegenstand, der sich beinahe dicht über dem Boden befand, fiel. Urbina sah, daß es das zweizackige Zepter war, das er schon kannte. Genau von der Stelle aus, wo das Zepter fallengelassen worden war, floh ein kleines, dunkles und sehr flinkes Tier unter die violetten Vorhänge, parallel zur Sockeltäfelung der Wand und in Richtung einer halb offenen Tür. Wie einer, der träumt, dachte Urbina: ›Die quietschende Ratte.‹ Alles, was danach folgte, scheint Gegenstand eines Traums oder Alptraums zu sein.

›Rafael!‹ rief Flora in einem Ton, der Erleichterung ebenso wie Ärger ausdrücken konnte. ›Rafael!‹

Langsam, schwerfällig schritten sie vorwärts, trafen zusammen, umarmten sich. Dann gingen sie eng umschlungen, wie einander ziehend, auf den geflochtenen Stuhl zu, auf den sich Flora, einem Wink Urbinas folgend, setzte.

›Endlich bist du gekommen!‹ rief sie seufzend.

Urbina kniete an ihrer Seite nieder, er küßte eine ihrer Hände, die er zwischen die seinen nahm.

›Ich muß dir alles erklären‹, sagte Flora. ›Soviel es mich auch kostet. Alles, alles. Wenn es auch überflüssig ist, da du es schon weißt. Du hast es erraten.‹

Urbina fragte sich, was er erraten haben sollte. Er fragte sich auch, welche Miene er annehmen sollte, damit Flora, ohne seine Unwissenheit zu durchschauen, mit ihrer Erklärung fortfuhr. Er sah sie ernst und schweigend an.

›Man muß sie zusperren‹, sagte Flora, nun schon lebhafter, und zeigte auf die halboffene Tür. ›Er ist imstande zu horchen.‹

Urbina schloß die Tür, er wollte wieder niederknien, setzte sich dann aber auf den kleinen Stuhl. Während er diese Handlung eines trivialen Egoismus ausführte, gab er sich großzügigen Gedanken hin. Er war entschlossen, mitfühlend zu sein. Er liebte Flora. Hätte er ein schändliches Geheimnis vermutet, so würde er sich entfernt haben, um es nicht zu erfahren. Er blieb, da Flora nichts Gemeines verbergen konnte. Kannte er sie etwa nicht? Kannte er nicht ihre Güte, ihr Zartgefühl, ihre Rechtschaffenheit? Und welcher Art immer die Enthüllung sein mochte, wäre es nicht feiger Verrat, unbarmherzig zu antworten?

›Er ist zu allem fähig. Er ist erbärmlich schlecht‹, erklärte Flora lächelnd. ›Ich habe ihm gesagt, wie sehr ich dich liebe. Er muß sich damit abfinden. Er versteht es, er akzeptiert es, denn er ist sehr intelligent. Aber plötzlich ist er nicht mehr zu halten, und er lehnt sich auf. Ich weiß, daß ich ihm keine Frechheiten erlauben darf, aber er tut mir leid. Man muß sehen, wie er leidet!‹

›Es ist schrecklich, wenn jemand unseretwegen leidet‹, sagte Urbina.

Er wußte selbst nicht, ob er aufrichtig sprach oder heuchelte.

›Du hast recht. Du bist sehr gut. Aber man muß sich wehren. Gegen Rudolf muß man sich wehren. Er ißt, was du ihm in der Hand hinreichst, und dann ißt er dir die Hand und den Arm.‹

Er heißt also Rudolf, dachte Urbina. Und warum geben sie ihm in der Hand zu essen, als wäre er ein Vogel? Laut sagte er:

›Wenn er so böse ist, muß man sich wehren.‹

›So böse ist er auch nicht. Womöglich ist er gut. Wie wären wir an seiner Stelle? Ich weiß es nicht.‹

›Ich auch nicht‹, gab Urbina zu.

›Hast du das gehört? Wie er schrie? Ich sage zu ihm, er quietscht wie eine Ratte, wenn er sich ärgert. Er hat eine so drollige Stimme! Ich werde ihm das Zepter bringen. Wenn er das Zepter in die Hand nimmt, bessert sich seine Laune. Er ist so kleinlich in manchen Dingen, so schäbig.‹

Flora verurteilte ihn nicht, als sie all das sagte; sie kommentierte voll Sympathie, mit lächelnder Sanftmut. Sie stand auf, nahm das Zepter, verließ den Flur. Als sie zurückkam, sagte sie:

›Er möchte dich sehen. Er möchte sich entschuldigen.‹

Ohne ein Wort zu sagen, ging Urbina auf sie zu. Flora hielt ihn zurück.

›Weißt du, wie er ist?‹

›Ich glaube, ja‹, sagte Urbina.

Sie traten in ein Zimmer, in dem sich niemand befand. Flora sagte:

›Wartest du eine Minute, während ich ihm melde, daß du ihn sehen willst? Dies ist Rudolfs Ankleidezimmer.‹

Ein Trophäensaal war das. An einer Wand kreuzten sich ein Ruder, ein Mausergewehr und eine riesige Flinte. An einer anderen hingen die hervorstehenden Köpfe eines Keilers, eines Büffels, eines Rhinozeros, eines Hirsches und eines Zebras. Daneben gab es Tennisraketts und Schlittschuhe, Duellpistolen, Säbel, Degen und auch Pfeile, Bogen, Schilde und Lanzen von primitivem, schmutzigen und grausamen Aussehen. Silberpokale reihten sich auf dem Kaminsims, und in einer Vitrine glänzte ein komplizierter Gürtel, der einer dieser elektrischen oder radioaktiven Geräte von kräftigender Eigenschaft zu sein schien, wie man sie vor Jahren überall im Handel fand, wahrscheinlich aber das Symbol eines sportlichen Sieges war. Auf einem Schreibtisch lag ein schwarzer Stein, die Erinnerung an einen Ausflug in die Berge. Urbina näherte sich einer Art von Betstuhl im Kolonialstil, der in einen Toilettenspiegel mit Konsolen an den Seiten umgewandelt worden war. Auf den Konsolen waren Fotografien von Frauen mit diesem Aussehen von naiven Prostituierten aufgestellt, das die Schauspielerinnen aus den Anfangszeiten des Films und die Opernsängerinnen haben. Die verführerischen Gesichter waren mit handgeschriebenen Zeilen, Liebesbeteuerungen in vielen Sprachen, bedeckt. Annie gedachte seiner in Wien, Olivia in Bornemouth, Antonietta in Ostia, Yvette in Nizza, Rosario in San Sebastián, Cathérine in Paris und viele andere in Berlin, Leipzig, Baden-Baden. Alle Aufschriften stammten aus den Jahren 1890 bis 1899.

An Anzahl und Vielfalt wurden diese Fotos von denen eines Herrn übertroffen. In strengen Silberrahmen und mit säuberlichen Aufschriften in deutschen Buchstaben bezeugten sie ein ganzes Leben: der Knabe (schon deutete sich das wütende und verächtliche Gesicht an) in Baden-Baden zusammen mit unbestimmten Gestalten einer anderen Epoche; der Student (in dem noch wütenderen, beinahe angewiderten Gesicht erschien die erste Narbe) mit der typischen Mütze und erhobenem Säbel in der Bierstube »Thüringer Hof« posierend und triumphierend auf dem Roßplatz in Leipzig Schlittschuh laufend; der junge Dandy, der beim Rennen der *Gentleman Riders* in Dresden sein Pferd antreibt und, in einem Wald, mit dem Gesangsverein der Geologen und Anthropologen singt (zweifellos war dies ein Gruppenbild, aber vielleicht durch den Aufnahmewinkel bedingt oder durch seine gebieterische Persönlichkeit, sah es aus wie eine Fotografie des jungen Mannes mit dem wütenden und verächtlichen Gesicht, der von einer Gruppe nichtssagender Komparsen umgeben ist); dann der Reisende, der mit einer zweiten Narbe im Gesicht mannhaft vom Deck eines Schiffes blickt, neben einem Rettungsring mit der Aufschrift *Clara Woermann – Woermann Line;* der Don Juan, eingebildet lächelnd, während er ein etwas rachitisches Mädchen um die Hüfte hält, das sich mit Gewalt loszumachen versucht und lacht; der Jäger in Afrika schließlich, der den Fuß auf einen erlegten Büffel setzt ...

So vertieft war Urbina in die Betrachtung der Fotografien, daß er Flora erst hörte, als sie schon an seiner Seite stand; da richtete er sich rasch auf, als hätte man ihn bei einer tadelnswerten Handlung ertappt. Flora sagte:

›Diese Jugendfotos sind der Stolz des armen Rudolf. Ich sehe sie ihm zuliebe nicht an. Er hat sich so verändert, daß er ein anderer Mensch geworden ist.‹ Nach einer Pause fügte sie hinzu: ›Möchtest du jetzt mitkommen?‹

Urbina ging in Rudolfs Schlafzimmer. Der Raum lag zwar im Dunkeln – von einem Sekretär herab verbreitete eine eiserne Amphore, die man mit einem Schirm aus blauem Glas in eine Lampe verwandelt hatte, nur ein sehr schwaches Licht –, aber fest steht, daß Urbina im ersten Augenblick glaubte, auch dort sei niemand. An einer Wand hing ein Bild, ein Ölgemälde in einem breiten goldenen Rahmen. Die Möbel waren nicht zahlreich, aber vielleicht durch ihre Größe oder ihre Gewichtigkeit schienen sie den Raum zu überfüllen. Außer dem Sekretär standen da ein Kleiderschrank mit einem Spiegel in der Tür und einem aus Holz geschnitzten Adler obenauf, zwei deutsche, gotische Stühle, ein Bett mit Baldachin und Säulen, ein Leuchtertisch. Das Bett war von einem schweren dunklen Fell mit starken, glänzenden Haaren bedeckt. Endlich erkannte er ihn in dem schwarzen Fell.

Als er ihn sah, empfand Urbina eine heftige Erschütterung (aber sie wäre ebenso heftig gewesen, wenn er auf dem Bett eine Ratte entdeckt hätte). Rudolf war ein sehr kleines, ein wahrhaft winziges Männchen: eine Handspanne groß, das heißt, daß die Dimensionen der von den Jivaros geschrumpften Mumien annähernd die seinen waren. Was das Aussehen der Haut, der Haare und der Augen anbetraf, gab es allerdings einen bemerkenswerten Unterschied zu den Mumien. Bei diesen ist die Haut ausgedörrt, schwärzlich – soviel ich weiß –, wie verbrannt, das Haar ist stumpf, und die Augen sind tot. Die Augen Rudolfs schienen jedoch ein stolzes Feuer auszustrahlen, das Haar war kurz geschnitten, und die Haut hatte die ein wenig glänzende Tönung von Rohleder, das durch jahrelangen Gebrauch abgewetzt ist. Urbina sagte, daß ihn Rudolf (trotz des lächerlichen kleinen Anzugs, den er trug) an den Griff einer alten Lederpeitsche erinnerte, an einen Peitschengriff mit einem Faunsgesicht. Tatsächlich glaubte er in der Zeichnung der Augen, der Nase, des Mundes einen faunischen, freilich nicht göttlichen, sondern primitiven und irdischen Ausdruck wahrzunehmen. Gelb und wild glänzten die Zähne zwischen Lippen von einem leuchtenden Rot. Die Narben, die auf den Fotos im Ankleidezimmer zu sehen waren, zeichneten ihm mit zwei Winkeln die Wangen. Rudolf saß in einer beinahe majestätischen Haltung zwischen den Haaren der Decke; in der rechten Hand hielt er das Zepter. Aus Scham sah ihn Urbina nicht direkt an, sondern durch den Spiegel des Kleiderschranks. Plötzlich bemerkte er, daß das Männchen das Zepter fallen ließ und, um etwas bittend, beide Arme nach ihm ausstreckte. Ohne weiterer Erklärungen zu bedürfen, so als wäre die Gebärde ganz natürlich, hielt ihm Urbina nicht ohne Angst den Zeigefinger hin. Das Männchen nahm ihn zwischen seine Hände und brach in ein Gequietsche aus, wie er es beim Betreten des Hauses gehört hatte. Nach ein oder zwei Wiederholungen verstand Urbina:

›*Sans rancune.*‹ Rudolf sagte es in einem kindlichen und übertriebenen Französisch.

Eine Weile schwiegen sie. Urbina wollte sprechen, etwas sagen, wußte aber nicht, was. Er betrachtete Rudolf noch immer durch den Spiegel, fürchtete, einen Krampf im Finger zu bekommen, fragte sich, wie lange sie noch so verharren wollten. Sehr bald erhielt er die Antwort in Form eines wütenden Bisses in den Finger.

›*Tableau!*‹ rief Rudolf, stieß ein Gelächter aus, hüpfte auf den Haaren der Felldecke auf und ab, warf sich auf den Bauch und schluchzte.

Urbina spürte einen äußerst heftigen Schmerz in der Wunde; da er überängstlich war, fürchtete er, daß die sichtlich gelben Zähne Rudolfs nicht sauber waren. Zufällig hatte der Biß die Fingerkuppe verletzt, so daß er heftig blutete.

›Das ist das Schlimmste, was es gibt‹, sagte Flora. ›Tut es sehr weh?‹

›Nein‹, antwortete Urbina ohne Überzeugung. ›Wenn man Wasserstoffsuperoxyd hätte, würde ich ein wenig darauf tun, um das Blut zu stillen und die Wunde zu desinfizieren ...‹

Während sie Watte mit Wasserstoffsuperoxyd auflegte, sagte Flora zu Urbina so, daß es Rudolf hören konnte:

›Der Vorteil einer solchen Tat ist, daß sie dir deine Freiheit läßt. Was für Verpflichtungen kannst du gegenüber einem gehässigen Herrn haben, der dich wie ein Tier überfällt?‹

›Verzeih mir‹, bat Rudolf.

›Verzeih ihm‹, sagte Urbina.

›Es ist zwecklos‹, versicherte Flora. ›Er kann nicht aus seiner Haut heraus. Er hat alle nur erdenklichen Fehler, und anstatt danach zu trachten, daß man sie ihm vergibt, nimmt sich der Herr lächerliche Unverschämtheiten heraus, als wäre er Apoll oder Jupiter ...‹

›Sag nicht solche Dinge‹, bat Urbina.

›Es wird keine weiteren Klagen geben‹, versicherte Rudolf. ›Ich werde mich anständig benehmen.‹

Rudolfs Spanisch war so übertrieben wie sein Französisch.

›Sei unbesorgt‹, sagte Flora zu Urbina. ›Er kann nicht aus seiner Haut heraus. In zwei oder drei Tagen wird er irgendetwas Barbarisches tun, was uns das Recht gibt, ihn zu verlassen, um anderswohin zu gehen und in Ruhe zu leben.‹

›Nein, nein‹, kreischte Rudolf. ›Nur das nicht. Ich schwöre, daß ich mich anständig aufführen werde, und ihr werdet nirgends hingehen. Bring mir den schwarzen Stein.‹

Verächtlich antwortete Flora:

›Sehr gut. Rafael wird also die berühmte Pantomime mit dem

schwarzen Stein kennenlernen. Er schwört, wir alle schwören, und eine Minute später fällt er wieder in seine schlechten Gewohnheiten zurück.‹

Flora brachte den Stein aus dem anderen Zimmer und legte ihn auf das Bett. Urbina dachte, daß ein gewisser Widerspruch zwischen diesem Gehorsam und den so harten Worten bestand, die das Mädchen für Rudolf gefunden hatte. Die offene rechte Hand Floras bedeckte den Stein, das Männchen legte seine Hand darauf und Urbina die seine auf die anderen. Das Männchen sagte:

›Ein jeder schwört, den beiden anderen gegenüber ehrlich zu sein. Die Strafe für den Meineid sei so schwarz wie dieser Stein.‹

Rudolf erlaubte nicht, die Hände zurückzuziehen, bis alle drei gesagt hatten: ›Ich schwöre.‹

›Er ist wie ein Kind‹, erklärte Flora. ›Man muß tun, was er will, sonst bekommt der Herr einen hysterischen Anfall.‹

Das Ölgemälde – Urbina betrachtete es nun gründlicher – stellte den Edelmann mit dem hochmütigen Blick und den beiden Narben dar. Der Künstler, der mit H. J. zeichnete, hatte einen konventionellen Hintergrund komponiert, jedoch mit einer Regelwidrigkeit, die verblüffte: über dem Gipfel eines Berges schwebte, realistisch gemalt, ein unverkennbar allegorischer Adler: der deutsche Kaiseradler.

Urbina begriff mit aller Klarheit, daß die Entdeckung des Männchens wohl die ungewöhnlichste Episode seines Lebens war, aber da die Psyche nichts von Verstandesgründen weiß und der Tag lang und ermüdend gewesen war, hatte er bald an all dem kein Interesse mehr, auch an Flora nicht, denn er war nur noch mit dem Gewicht beschäftigt, das ihm die Lider zudrückte: dem Schlaf. Ein Mensch, den im Beisein anderer der Schlaf überkommt, greift zu einer List. Urbina versuchte die Schläfrigkeit zu verbergen und träumte von Entschuldigungen, die es ihm erlauben würden, sich sofort zurückzuziehen. Wie etwas Fernes, Unerreichbares und Geliebtes, wie das Vaterland dem Verbannten, schwebte ihm das Bett vor Augen. Am nächsten Tag würde er Zeit haben nachzudenken, sich darüber klar zu werden, was er von Flora und dem Männchen hielt. Dieses sprach nun:

›Rafael ist schläfrig‹, sagte es.

›Ja‹, gab Urbina zu.

Ein wenig Energie noch, gerade so viel, wie nötig war, um noch eine Weile zu bleiben, mit offenen Augen, dann wollte er gehen, vielleicht um nie mehr zurückzukehren, und einen Eindruck der Wirklichkeit von dieser entsetzlichen, beinahe magischen oder übernatürlichen Entdeckung mitnehmen. Er überlegte: ›Man muß unverzüglich handeln, nicht nur in Liebesdingen, in allem. Aber ich bin ein Schwein, ein Schwein, das seinen Sinnen ausgeliefert ist.‹ Er sagte:

›Ich fahre nach Hause. Es ist schon spät.‹

Flora sah ihn erschrocken an und sagte zu Rudolf:

›Ich werde Rafael zur Tür begleiten.‹

›Ich gehe mit euch!‹ rief Rudolf. Er richtete sich auf dem Bett auf und streckte die Arme aus wie ein kleines Kind, um mitgenommen zu werden. ›Jetzt sind wir unzertrennlich. Ha, ha!‹

›Du wartest hier auf mich‹, antwortete Flora streng. ›Ich allein bringe Rafael zur Tür.‹

Rudolf nahm das Zepter in die Hand, setzte sich wieder auf das Haar der Decke und erklärte, seinen Gesprächspartnern den Rücken kehrend:

›Ich bleibe.‹

Flora und Urbina verließen das Schlafzimmer.

›Ich bin tief beeindruckt‹, sagte Flora und legte eine Hand auf Urbinas Arm. (Dieser sah sich rasch nach der Schlafzimmertür um.) ›Mit meinem abscheulichen Geheimnis habe ich dir einen sehr großen Schmerz zugefügt. Noch nie sah ich so traurige Augen.‹

Sie verwechselte Schläfrigkeit mit Trauer.

›Meine weibliche Intuition‹, sprach sie weiter, ›sagt mir, daß du für immer gehst.‹

›Keineswegs‹, antwortete Urbina.

Er wollte sie in Sicherheit wiegen, damit sie ihn gehen ließ. Aber unempfänglich für seine Eile sprach Flora mit ihm über Rudolf.

›Hab keine Angst‹, begann sie. ›Was du mich sagen hörtest, ist absolut gewiß. Er kann nichts dafür. Morgen oder übermorgen stellt er etwas Böses an, und wir gehen fort. Mach dir keine Gedanken wegen des Schwurs. Er ist der erste, der ihn brechen wird. Wir sind nicht das ganze Leben aneinander gebunden. Wir haben ihm den Biß verziehen. Es wird andere Gelegenheiten geben. Freilich, wenn ich bedenke, was der Arme durchgemacht hat, muß ich ihn wohl oder übel erdulden. Ich an seiner Stelle würde mich umbringen. Er läßt sich nicht unterkriegen. Anwandlungen, die bei einem anderen Menschen hassenswert wären, wie der Biß in deinen Finger, sind bei Rudolf geradezu bewundernswert. Das muß man zugeben.‹

›Ich gebe es zu‹, sagte Urbina und streichelte seinen Finger. ›Aber was ist wirklich mit ihm geschehen? Wer ist Rudolf? Gewiß nicht der Herr auf den Fotografien im Ankleidezimmer.‹

›Natürlich ist er das. Die Fotos wurden vor der Afrikareise aufgenommen.‹

›Wann war er in Afrika?‹

›Um 1900 herum. Man hat mir gesagt, daß Deutschland damals etwas entwickelte, was Rudolf Hunger nach Kolonien nennt. Er trat aus reinem Abenteurergeist in den Geheimdienst ein. Man schickte ihn auf diesem schönen Schiff der Woermann-Linie nach Afrika: alle Schiffe der Gesellschaft hatten Frauennamen. Später sagten manche, es wäre eine bessere Tarnung gewesen, auf einem englischen Schiff der *P. and O.* zu reisen. Rudolf antwortete darauf, er diskutiere nicht mit Leuten, die keinen vaterländischen Stolz besäßen. Man schickte ihn nach Uganda, das sich in der Hand der Engländer befand. Dort lernte er Sir Harry Johnston kennen, einen kleinen Mann von unterdurchschnittlicher Statur, sehr energisch und ruhelos, der Afrika durchquerte, mittelmäßige Bilder malte und Territorien für England in Besitz nahm. Rudolf, der nicht von seiner Linie der mit Stolz betriebenen Spionage abwich, heckte einen machiavellischen Plan aus und gewann den armen Sir Harry vollkommen für sich, der ihn als Gefährten auf seine Expedition mitnahm. Sie entdeckten die Giraffe mit fünf Hörnern, und Sir Harry kehrte ohne besondere Vorfälle zurück, vielleicht wegen seines berühmten Taktgefühls gegenüber den Negern. Rudolf dagegen blieb in einer Siedlung von Pygmäen, die ohne lange zu fragen aus ihm machten, was du gesehen hast.‹

›Und du, wie hast du ihn kennengelernt?‹ fragte Urbina.

›Rudolf hat eine schlimme Zeit unter den Pygmäen durchgemacht. Obwohl sie gewisse Ergebnisse erzielt haben, um die sie die europäische Medizin beneidet, darfst du nicht glauben, sie seien sehr kultivierte Menschen. Um Rudolf auf diese Gestalt zu reduzieren, wandten sie eine Behandlung an, die eine Mischung aus Grausamkeit, absurdem Aberglauben und offen abzulehnenden Praktiken war. Ich sage ihm, daß er unzerstörbar sei und deshalb überlebt habe. Als andere Forscher Jahre später sechs Pygmäen in England ausstellten, konnten sich die Leute vor

Lachen nicht halten. Stell dir vor, was es heißt, den pygmäischen Zauberern und Medizinmännern in die Hände zu fallen. Endlich befreite ihn Mary Thorncroft, die ihren Mann auf einer Expedition durch die Wälder Ugandas begleitete. Der Arme kam vom Regen in die Traufe. Meine Mutter und ich lernten ihn in Marys Haus in Grasmere kennen. Auf der Rückreise verloren wir beinahe den Kopf vor lauter Koffern. Zu allem, was wir gekauft hatten, mußten noch die Jagdtrophäen, die Waffen, die Fotografien, ja die Möbel Rudolfs mitgenommen werden. Aber ich bereue es nicht. Heute sehe ich in all dem einen Ausdruck seines Charakters, der ohne Zweifel voller Fehler war, aber sehr einnehmend. Obwohl er sicher war, daß man ihm das Eiserne Kreuz verliehen hatte, wollte Rudolf nie nach Deutschland zurückkehren, nicht den Menschen begegnen, die er früher gekannt hatte. So unglaublich es dir vorkommen mag: er schämt sich, so gesehen zu werden. Vielleicht, weil er einmal als normaler Mensch bekannt gewesen war ... Wer will das wissen! Jedenfalls ist Rudolf kein Feigling. Er hat viel gelitten, aber er beklagt sich nicht. Was er mitgemacht hat, ist eine Lektion, sagt er, an die er immer denken wird.‹

Die unvergeßliche Lektion (dachte Urbina) steht für jeden, der lesen kann, in der erhabenen Unschuld Floras geschrieben, die nichts Komisches in der kleinen Gestalt Rudolfs sah. Was konnte aber auch wirklich komisch daran sein, daß ein Mann einige Zentimeter groß ist oder einen Meter, was mehr oder weniger auf das gleiche herauskommt? Unter solchen Umständen war das Komische von der plumpsten Art, es war das körperlich Komische, das den groben Menschen lachen macht, wenn jemand auf der Straße stürzt oder wenn ein Hinkender vorübergeht. Urbina dachte auch, daß er die sittliche Größe Floras nie erreichen würde, daß es die Eigenschaft niedriger Naturen ist, ihre Absichten durch Listen durchzusetzen, und daß er so schnell wie möglich ein Mittel finden mußte, nach Hause zurückzukehren.

›Ich gehe‹, sagte er. ›Rudolf muß leiden. Geh zu ihm zurück.‹

›Du bist sehr gütig‹, antwortete Flora.

Sie verabschiedeten sich mit einem Kuß auf die Wange.

Im Zug, der ihn nach Buenos Aires brachte, wünschte sich Urbina, zu Hause zu sein wie an einem Zufluchtsort, sicher vor den grausamen Wechselfällen der Welt, in der es Geheimnisse gibt und schreckliche Zwerge, die einen hassen, und edle Frauen, die einen verfolgen; er sehnte sich danach, seine Eltern zu sehen – er stellte sie sich sehr fern vor – und in den kühlen Laken seines Bettes zu schlafen. In seinen schweifenden Gedanken mischten sich unter die Bilder seines Hauses die des Landhauses, und vielleicht weil er müde war, sah er sich selbst wie in einem Traum mit beinahe dramatischer Emphase sprechen und gestikulieren. Er rief:

›Was für einen Rivalen habe ich!‹, lächelte, schüttelte den Kopf. ›Aber auf meine Weise habe ich so wenig Selbstbewußtsein wie dieser Rudolf. Man zeigt mir die kalte Schulter, und schon lache ich über die Gefühle Floras. Was die Liebe rettet – gestehen wir uns ein, daß jede Liebe ein wenig blind, ziemlich lächerlich, zu unhygienisch und intim ist –, das ist die Reinheit der Empfindungen. Gibt es jemanden, der reiner und zartfühlender ist als Flora?‹ Dann dachte er darüber nach, daß es vielleicht lächerlich, aber vorteilhaft war, einen solchen Rivalen zu haben. Es genügte, daß sie beide da waren, die Zeit würde Gelegenheit zu Vergleichen bieten, und selbst wenn sich Rudolf musterhaft aufführte, war doch kaum fraglich, wer zuletzt gewinnen mußte. Zynisch, vielleicht mit der instinktiven Angst der Männer, sich mit einer Frau zu belasten, fragte er sich plötzlich: ›Lohnt es die Mühe, diesen Preis zu gewinnen?‹ Dann fragte er sich mit weniger Zynismus und mehr Philosophie, ob es sich überhaupt lohnte zu gewinnen. Er war des Sieges ziemlich sicher.

Um sechs Uhr morgens kam er nach Hause. Seine Eltern erwarteten ihn.

›Du gibst nicht acht auf dich; was für eine Zeit heimzukommen‹, sagte seine Mutter. ›Wie wirst du dich morgen fühlen?‹

›Es ist schon morgen‹, bemerkte der Vater.

›Du wirst die Nacht bei dieser Verbrecherin verbracht haben‹, sagte die Mutter.

›Bei wem?‹ fragte Urbina mit echter Überraschung.

Er glaubte nicht, daß sie von Flora sprachen, er dachte, daß sie sie gar nicht kannten und auf keinen Fall mit ihm in Verbindung brachten. Die Mutter ernüchterte ihn:

›Bei Flora Larquier‹, erklärte sie. ›Glaubst du denn, wir wissen das nicht? Alle Welt weiß es.‹

›Alle Welt weiß was?‹

›Alle Welt weiß, daß sie eine Wahnsinnige ist‹, sagte der Vater. ›Sie will dich lächerlich machen.‹

Was ihn am meisten entrüstete, war die logische Schwäche der Anschuldigung. Zutiefst verärgert antwortete er:

›Wie? Sie will mich lächerlich machen? Warum ist Flora Larquier wahnsinnig? Darf man das erfahren?‹

›Du bist naiv‹, antwortete der Vater.

›Warum?‹ fragte Urbina beharrlich.

›Weil du nicht weißt, was alle Welt weiß‹, erklärte die Mutter. ›Deine Flora lebt mit einem Mann zusammen, den sie im Landhaus versteckt hält. Mit einem Diener oder einem Küchenjungen.‹

›Was für ein Unsinn!‹

›Er weiß überhaupt nichts. Er ist naiv‹, beharrte der Vater. ›Diese Flora betrügt ihn nach allen Regeln der Kunst. Sie wird von der Erbschaft Onkel Joaquíns erfahren haben.‹

›Ich bin nicht naiv‹, protestierte Urbina. ›Flora betrügt mich nicht. Ich selbst erinnere mich nicht an die Erbschaft, Flora weiß nichts von ihr, und der Diener existiert nicht.‹

Die Mutter fragte:

›Was heißt, er existiert nicht? Willst du mir sagen, daß es in einem so großen Haus keinen Diener gibt. So etwas von Geiz!‹

›Sie betrügt ihn‹, sagte der Vater wieder.

›Sie betrügt mich nicht‹, versicherte Urbina. ›Sie hat mir einen Vertrauensbeweis gegeben, für den nur sehr wenige Frauen den Mut aufbringen würden.‹

›Gib zu, daß es ein Geheimnis gibt‹, sagte der Vater.

›Ein Geheimnis?‹ wiederholte die Mutter. ›Den Diener da!‹

›Er ist kein Diener. Er ist ein kleiner Mann, so groß nur‹, antwortete Urbina und zeigte die rechte Hand mit gespreizten Fingern.‹

›Bist du verrückt?‹ fragte der Vater. ›Ich bitte dich, mach die Augen auf, mach die Augen auf. Das hat sie dir eingeredet?‹

›Sie hat mir nichts eingeredet‹, antwortete Urbina. ›Ich habe ihn heute gesehen. Er heißt Rudolf. Er hat mich in den Finger gebissen. Hier sind die Abdrücke seiner Zähne.‹

›Hast du Wasserstoffsuperoxyd darauf getan?‹ fragte die Mutter.

›Sie ist eine Entartete!‹ rief der Vater und wiegte den Kopf in den Händen. ›Sie ist ein Scheusal!‹

›Ein schöner Rivale‹, rief die Mutter. ›Du sagst, er ist so groß wie ein Finger?‹

›Das ist ungeheuerlich‹, stöhnte der Vater. ›Unser Sohn, der so früh schon seine Prüfungen abgelegt hat, in den wir alle unsere Hoffnungen gesetzt haben. Wie die Leute lachen werden. Träumen wir?‹

Grau, mit zerzaustem Haar, in Morgenmänteln – nie hatte er seine Eltern so alt gesehen. Urbina verließ das Haus, er hatte den Verdacht, daß sein Vater weinte. Er war sicher, daß die beiden nun in der Mitte des Zimmers standen und sich umarmt hielten.

Als er auf die Straße trat, hatte er den Eindruck, daß der Morgen dunkler geworden war. Er betrachtete den niedrigen Himmel, die grauen Häuser, die geschlossenen Rolläden, die vor den Türen aufgestellten Mülleimer. Er dachte, daß er seine Eltern schlecht behandelt hatte; mit dem Kummer nahm die Müdigkeit außerordentlich zu. Er wollte Rosaura aufsuchen, damit sie ihm erlaubte, eine Weile in ihrem Haus zu schlafen. Rosaura würde ihm das und noch viel mehr erlauben, aber er würde heute ihren zärtlichen Blick nicht ertragen können. Wenn ich mich an Rosaura wende, dachte er, begehe ich eine Taktlosigkeit gegenüber Flora. Er erinnerte sich, daß ihm Otero gesagt hatte, er stehe früh auf, um zu studieren. Er wollte zu ihm gehen. Dann dachte er, daß Otero gelogen haben könnte und daß er ihm erklären müßte, warum er ihn zu so früher Stunde weckte. Er glaubte, daß sein Freund die Situation komisch finden und sich über die ›Statur‹ des Rivalen, den Geschmack Floras und so weiter lustig machen würde. Er ärgerte sich sehr. Enttäuscht von der Familie, angeekelt von der Freundschaft, ging er in den Park. Er sagte sich, daß seine Welt die Floras und des Männchens sei, und nahm sich, da es schließlich so etwas wie Ehre gibt, vor, den über dem schwarzen Stein abgelegten Schwur zu halten. Mit dem ersten Zug fuhr er wieder nach Tigre.

An der Tür des Landhauses, während er wartete, daß man ihm öffnete, fragte er sich voll Unruhe: ›Werde ich auch willkommen sein?‹ Dann dachte er: ›Gleichviel. So wie die Dinge stehen, ist das nicht mehr von Bedeutung. Das wirkliche Problem wird sein, den Gesprächen auszuweichen und sich rasch schlafen zu legen.‹

Flora öffnete. In einen himmelblauen Morgenmantel gekleidet und mit dem ein wenig zerzausten blonden Haar hatte sie ein goldenes Licht im Gesicht und um den Hals. Urbina erschien sie ungewöhnlich schön.

›Du hier?‹ fragte Flora.

›Ich habe mich mit meinen Eltern zerstritten.‹

›Ich hoffe, du hast nichts gesagt.‹

›Nein‹, log Urbina rasch. ›Sie ärgerten sich nur wegen der Zeit.‹

›Du hast recht. Es ist so spät. Ich weiß nicht, wie mir ist, aber ich bin halb tot vor Müdigkeit. Ich muß eine Weile schlafen. Dann erzählst du mir alles.‹

In dem großen oberen Flur trafen sie Rudolf, der majestätisch über den Boden spazierte und das Zepter in der Hand hielt wie ein winziger König. Seine Haltung hatte etwas Wildes und Grausames.

›Da bin ich wieder‹, sagte Urbina wie jemand, der sich entschuldigt.

›Freut mich‹, antwortete Rudolf.

Flora öffnete eine Tür und sagte zu Urbina:

›Für heute bringe ich dich hier unter. Möchtest du eine Decke?‹

›Danke, das ist nicht nötig.‹

Er betrat ein graues Zimmer, das nur mit einem rosa Diwan möbliert war. Er warf sich auf den Diwan. Das letzte, was er sah, waren diese Farben: Grau und Rosa. Er schlief sehr tief. Er hatte Alpträume. Seine Eltern weinten, sie waren sehr weit fort, er würde sie nie wiedersehen. Endlich traf er in einem Traum mit unfaßbarer Glückseligkeit seinen Vater. Dieser sagte zu ihm in einem strengen Ton, den Urbina nicht an ihm kannte:

›Mach die Augen auf, mach die Augen auf.‹

Als er die Augen öffnete, fühlte er den ungeheuren Schmerz, den unglaublich spitzen Gegenstand, den Schauer von Kälte und Hitze. Entsetzt rief er um Hilfe.

Er hörte die Stimme Floras, die fassungslos sagte:

›Er hat ihm das Zepter in die Augen gestoßen.‹

Alles weitere war Verwirrung. Flora holte einen Arzt aus San Isidro, einen Freund der Familie, der versicherte, es bestehe keine Gefahr, daß sich die Wunden infizierten.

›Ich kann mich noch nicht daran gewöhnen, nicht zu sehen‹, sagte Urbina. ›Ich fühle mich verwundbar. Ich gestehe dir, daß ich Angst vor Rudolf habe.‹

›Ich werde ihn in Mamas Zimmer einsperren.‹

›Dort kann er nicht entkommen?‹

›Ich glaube, nein.‹

Flora entfernte sich kaum von seiner Seite, aber da sie beschlossen hatten, nach Europa zu fahren, mußte sie ihn ab und zu allein lassen, um die Reisevorbereitungen zu treffen. Wenn er allein war, fürchtete er einen Angriff Rudolfs und, mehr noch, daß Flora nicht zurückkehren könnte. Die Gefahr des Angriffs wurde schließlich gebannt: bei den letzten Ausgängen steckte Flora Rudolf in die große Handtasche und nahm ihn mit. Dieser Notbehelf hatte, wie Flora auf jener Spazierfahrt durch den Wald von Palermo und bei so vielen anderen Gelegenheiten schon feststellen mußte, seine Nachteile: während der unvermeidlichen Wutanfälle Rudolfs zitterte die Tasche, sosehr sie sie auch mit beiden Händen festhielt, und sie zuckte und machte kleine Sprünge. Otero brachte aus dem Haus Urbinas die Reisedokumente und das Scheckbuch. Die Eltern riefen im Landhaus an. Man sagte ihnen, er sei nach Rosario gefahren, um einen Vortrag im Kulturverein zu halten. Urbina wollte vermeiden, daß sie von seiner Erblindung erfuhren. Er wollte ihnen das Unglück aus Europa mitteilen, nachdem er sie durch Briefe vorbereitet hatte, die von einer Augenkrankheit und der Absicht sprachen, einen Arzt in Barcelona zu konsultieren. An der Lüge war etwas Wahres, denn Flora schien zu glauben, daß dieser Arzt ihn heilen könne. Der aus San Isidro machte ihr keine Hoffnungen.

Endlich gingen sie in See. Das Schiff war voll von einer lauten und groben Menschenmenge. Urbina gab sich Mühe, ruhig zu erscheinen; in Wirklichkeit füchtete er sich davor, von Flora getrennt zu werden und allein unter den Menschen zu sein. Das Bordorchester stimmte einen Marsch an. Jemand rempelte sie an, trennte sie brutal. Er erlebte einen jähen Schrecken, die Brust schien ihm vor Angst zu zerspringen. Das Schiff machte gute Fahrt. Mit der Zeit konnte Urbina den Schrecken unterdrücken, sich an die Einsamkeit gewöhnen. Flora hatte ihn verlassen, um zu ihrem Männchen zurückzukehren.

Am ersten Sonntag auf See ließ sich Urbina in einen der Säle des Schiffes führen, wo die Messe gelesen wurde. Die Predigt handelte von dem Bibelwort des heiligen Paulus, in dem es heißt: ›*Wer bist du, daß du einen fremden Diener richtest? Er steht oder fällt seinem Herrn.*‹«

Eine wunderliche Geschichte

Ich sage immer: es gibt keinen wie Gott.
Eine argentinische Dame

I

Was mich zu schreiben bewegt, ist weder das Vergnügen daran, von diesen Dingen zu sprechen, noch der berufliche Instinkt, der so traurige, aber auch so wunderliche und schreckliche Ereignisse wie die, welche sich hernach zutrugen, begierig aufzuzeichnen und auszuwerten wünscht. In Wirklichkeit fordert mein Gewissen von mir, und bittet mich Olivia, einige Episoden aus dem Leben Rolando de Lanckers aufzuklären, Episoden, die gewisse Kreise in letzter Zeit beredeten, verbreiteten und verdrehten. Zweifellos weil das menschliche Hirn so frivol arbeitet, sind das erste, woran mich der Name Rolando de Lancker denken läßt, die Bilder des dunklen und mit Leder ausgekleideten Innern eines Breaks, der über eine lehmige Straße rollt, der leichten himmelblauen Tüten der Bay Biscuits, eines lernbegierigen blonden Mädchens, eines symmetrischen, verlassenen Parks mit zwei steinernen Löwen und, etwas weiter, dreier Alleen mit hohen Eukalypten, die sich im Sturm schüttelten. An all dem ist nichts Unheilvolles, es sei denn das Licht, in dem ich es rückblickend sehe. Dennoch könnte das Schicksal, für das diese Bilder als unzulängliche Symbole stehen, von einer weniger ungeschickten Feder als der meinen aufgezeichnet, vielen als erschreckende Lektion dienen.

Wie alle Welt in Buenos Aires – ich spreche von der Welt unseres Berufes – wußte ich, wer Rolando de Lancker war. Ich sage nicht, daß ich etwas Greifbares wußte, nur eben auf unbestimmte Weise, daß er existierte, daß er dies und jenes Buch veröffentlicht hatte, daß er mit diesem und jenem Kollegen verfeindet war. Durch die Vermittlung seines Vetters Jorge Velarde lernte ich ihn dann kennen.

Und damit beginnt auch schon die Geschichte. Eines Morgens arbeitete ich im Verlag, die Tür ging auf, und ich nahm den unverwechselbaren Geruch nach Lederkoffern und Riemen wahr. Das war er ohne Zweifel, umgeben von diesem für ihn so typischen Geruch: Jorge Velarde, der mit dem Namen Aristóbulo Talasz zeichnet und jede Woche im Feuilletonteil des *Criterio* die neuen Filme verreißt. Ich vermute, daß er den Spitznamen »Der Drache« seinem Geruch und seiner Statur verdankt, aber da ihn einige Jugendfreunde den heiligen Georg nennen, muß man vielleicht folgern, daß der eine Spitzname aus dem anderen hervorging. Er hat ein Manuskript bei sich, sagte ich mir und empfahl meine Seele dem Herrn. Unglaublicherweise zog der Drache nicht irgendwo, wo man es am wenigsten erwartet hätte, die Gedichtsammlung hervor, etwas Neues in freien Versen, was ich befürchtete, und auch nicht den tiefschürfenden Essay, nach dem die breite Masse der Leser verlangt, nicht die psychoanalytische Deutung des Charakters La Bruyères und nicht einmal den Kriminalroman, der unter einem Pseudonym erscheinen sollte, denn der Autor schwieg schon seit mehr als einem Jahr, und was würden die Leute sagen, wenn sie sähen, daß er nun mit etwas so Abgeschmacktem herauskam: all das nämlich muß man in Verlagen geduldig ertragen. Mit schätzenswert gutem Geschmack unterließ mein Besucher jede Anspielung auf sein unveröffentlichtes Werk, er sprach von der Hitze, die mit einem gewaltigen Gewitter enden mußte, ging zu aktuellen Themen über, die so drückend waren wie die Hitze, und war sehr bald bei seinem Vetter Lancker angelangt. Er rückte so nahe an mich heran, daß ich, um dem Ledergeruch auszuweichen, den Nacken gegen die Lehne meines verstellbaren Sessels drücken mußte, und sagte mir, daß sein Vetter eine Art literarischer Akademie organisiert oder geplant hatte und meine Mitarbeit wünschte. In diesen Jahren, den leidenschaftlichsten des Lebens, war ich von der tollkühnen Gewißheit besessen, daß die Logik alles vermöge und daß die Kunst vollkommen verständlich und mitteilbar sei. Da Rolando de Lancker außer seiner zukünftigen Akademie ein Farmhaus in Monte Grande besaß, hatte er den Drachen gebeten, mich einzuladen, das Wochenende dort zu verbringen. Ich glaube, ich wohne nicht gern bei Fremden, aber ich sagte sofort zu.

Am Samstagabend schlugen dicke Tropfen gegen die Scheiben des alten Waggons der Südbahn (sie hieß damals noch so), mit der ich nach Monte Grande fuhr. Ich betrachtete die Tropfen, dachte, »am Ende werde ich mich noch erkälten«, kauerte mich auf meinem Sitz zusammen, stellte fest, wie dünn mein Anzug war, und vertiefte mich voll Bewunderung in *Magic* von Chesterton: ein grünes Bändchen, das gerade in diesen Tagen in den Buchhandlungen erschienen war. Gegen Ende der Fahrt war in Chestertons Komödie ein Gewitter losgebrochen und in Monte Grande hatte es zu regnen aufgehört. Unter den Schatten auf dem Bahnsteig erkannte ich den athletischen Jorge Velarde, alias der Drache, der murmelte, »nicht einmal die Zeitungen bringt er mit«; dann einen kleinen Mann in einer Pelerine mit feinen Zügen und nachdenklichen, brennenden Augen; dann ein blondes Mädchen, beträchtlich größer und kräftiger als der kleine Mann, mit ungelocktem, nach hinten gekämmtem Haar, grünen Augen, schönen Gesichtszügen und unrein wirkender Haut; sie trug einen weiten Pullover und hatte einen lässigen Gang. Velarde stellte mir den kleinen Mann vor:

»Rolando de Lancker.«

Lancker, der rasch und energisch, mit gepreßter Stimme, sprach, stellte mir das Mädchen vor:

»Olivia, meine Schülerin.«

Im selben Augenblick nahm er mir auch schon mit unwiderstehlicher Entschlossenheit den kleinen Koffer ab. Olivia wollte ihn ihrerseits nehmen, aber Lancker wehrte sie ab, indem er eine mit Ringen geschmückte Hand ausstreckte, die Augen halb schloß und den Kopf zur Seite neigte. Mit einiger Feierlichkeit gingen wir auf den Ausgang zu. Draußen warteten drei oder vier Autos und ein riesiger Break, vor den zwei feurige dunkle Pferde gespannt waren. Die Pferde stellten die Ohren auf. Vom Kutschbock stieg mühselig ein alter Mann mit rotem Gesicht, runden Augen und unsicherem Schritt. Er lud das Köfferchen auf und sah mich fragend an. Ich stotterte eine Entschuldigung dafür, daß ich so wenig Gepäck bei mir hatte.

»Olivia und Jorge auf die eine Seite«, sagte Lancker und deutete auf den Wagenschlag. »Wir auf die andere, der Herr zu meiner Rechten.»

Steif und förmlich stiegen wir in den Wagen und verteilten uns in seinem Innern. Mit der umständlichen Körperdrehung eines Mannes, der an einem steifen Hals leidet, sah der Kutscher Lancker an. Der sagte:

»Vogue la galère!«

Das flüchtige Licht eines abfahrenden Autos fiel in die Kutsche und beleuchtete die Beine Olivias. Unseren lieben Freund, den

Philosophen aus der Emiliana, diesen unermüdlichen Kommentator des weiblichen Geschlechts, parodierend, sagte ich mir: »Sie scheinen von einem wollüstigen Gott gedrechselt worden zu sein.« Offen gestanden, die Beine Olivias machten an diesem Abend großen Eindruck auf mich. Mit einem Ruck fuhren wir los, und ich dachte, daß ich, durch die Trommelwirbel der Hufe eingelullt, endlos fahren könnte, aber da hielten wir auch schon wieder. Wir hatten nur eine Runde um den Platz gemacht. Lancker sah Olivia eindringlich an und sagte, so als wollte er dem Verstand eines Kindes eine wichtige Vorschrift einprägen:

»Vier Dutzend Bay Biscuits.«

Das Mädchen stieg aus der Kutsche; ich folgte ihr und murmelte einige Worte vor mich hin, hauptsächlich das Verb »begleiten« und das Substantiv »Damen«. In der Bar fragte mich Olivia:

»Haben Sie die Bäume gesehen?«

»Wunderschön«, antwortete ich unwillkürlich.

»Nein«, verbesserte mich Olivia. »Sie waren es nie, und jetzt, wo man sie gestutzt hat, sind sie scheußlich. Aber das meine ich nicht. Ich meine die Schilder, die man an ihnen angebracht hat.«

Man gab uns das Paket. Ich zahlte. Olivia klärte mich auf:

»Sie sind für Rolando.«

»Auch gut«, antwortete ich.

Im Licht der Laternen des Platzes, die weiß waren und runde Schirme hatten, sahen wir uns die Bäume an. An jedem hing ein ovales Stück Papier mit einer Aufschrift. Olivia las lachend einige vor. Ich glaube, mich an diese beiden zu erinnern: *Frau, mehr Anstand!* und *Unanständig in der Kleidung, unanständig im Leben.* Zwischen den Ästen, die nur kurze Stummel waren, sah ich einen dicht bewölkten, stürmischen Himmel. Es roch nach feuchter Erde.

»Rolando wartet«, sagte Olivia.

Wieder in der Kutsche, erwähnte ich die Schilder. Der Drache schüttelte den Kopf und erklärte mit einem sanften Augenaufschlag:

»Die Brigaden Padre O'Gradys. Diese Burschen sind der Teufel.«

»In seiner widerlichsten Gestalt«, ergänzte Lancker.

»Sie machen vor nichts halt«, versicherte der Drache.

»Nicht einmal davor, uns durch Merkverse an ihre Dummheit zu erinnern«, fügte Lancker hinzu. »Neulich abends las ich an den Bäumen vor der Kirche:

Kannst du dich nicht mit Anstand kleiden,
Verfolgt man dich mit frechen Blicken,
So wird man dich zur Hölle schicken,
Muß Christus deinetwegen leiden.«

Der Drache meinte:

»Entschuldige, mein Lieber, aber der zweite Vers ist gar nicht schlecht.«

»Poeta nascitur«, antwortete Lancker geheimnisvoll. »Hören Sie sich diese Strophe an, die ich an einem anderen Baum las:

Im Sommer wie in Winterfrösten
Bedeck mit Strümpfen deine Beine,
Sonst wird dies zarte Fleisch, das feine,
Der Teufel in der Hölle rösten.«

(Nun, da ich Lancker kennengelernt habe, vermute ich, daß er selbst diese Verse improvisierte; ich glaube mich sogar zu erinnern, daß Olivia errötete, so als schämte sie sich ein wenig für diese Verrücktheiten ihres Meisters.)

Der Weg war weit und führte – wie ich damals ahnte und später bestätigt fand, streckenweise durch hügeliges Gelände. Sehr bald regnete es heftig. Ich höre noch heute mit innerer Erregung das Prasseln des Regens gegen die ledernen Vorhänge des Breaks und das Klappern der Pferdehufe. Wir fuhren durch ein Tor.

»Los Laureles«, erklärte Lancker.

Der Weg führte unter Bäumen dahin, zuerst gewunden, dann in gerader Linie. Man hörte das Knirschen von Kies unter den Rädern, und bald darauf hielt die Kutsche. Lancker öffnete den Verschlag, sprang hinaus und bot, im Regen stehend, Olivia den Arm. Sie sprang ebenfalls, und beide liefen und suchten Schutz unter dem Vordach der offenen Galerie um den Patio. Wir folgten ihnen. Der Break wendete langsam und verschwand in der Nacht. Wir blieben einige Augenblicke stehen und blickten in die Finsternis. Ab und zu erhellte ein Blitz die Welt, und dann zeigten sich ganz in der Nähe sehr hohe, zitternde Eukalypten.

Jemand sagte:

»Wenn nur nicht einer dieser Blitze hier einschlägt.«

Mit einem kühnen Schwung seiner Pelerine antwortete Lancker, an mich gewandt:

> *»Der Lorbeer, der an deinen Schläfen glänzt,*
> *Zieht dir den Blitz herbei, den er doch meidet.*
> *So bist du ebenso gefährdet wie bekränzt.«*

Ich dachte, daß Lancker mit einer längeren Nase ein unersetzlicher Cyrano in einem Kinderensemble wäre. Er schloß mit den Worten:

»Den Rest des Sonetts bei Quevedo. Die Vorzüge des Lorbeers bei Plinius.«

Er drehte sich um, öffnete eine Tür, die zu einem Korridor und einer Treppe mit eisernen Geländerstäben, Handläufen aus Mahagoni und einer bronzenen Zierkugel führte, und klatschte in die Hände.

»Ave María!« rief er.

Danach rief Olivia:

»Pedro!«

Niemand ließ sich blicken.

Olivia und Jorge riefen weiter. Das angestrengte Rufen ließ endlich einen Mann in einer weißen Jacke erscheinen, der ein rotes Gesicht, runde Augen, die eine unerschütterliche Fröhlichkeit ausdrückten, eine Stupsnase und eine Redeweise hatte, die mit jeglichem Scharfsinn unvereinbar war: Pedro.

Lancker fragte mich, ob ich schon gegessen hätte.

»Nein«, antwortete ich. »Aber das macht nichts ...«

Mit einer Gebärde des ganzen Arms brachte er meine Einwände zum Schweigen, und zu Pedro sagte er:

»Der Herr trinkt Tee.«

Der Diener entfernte sich mit meinem Koffer. Wir gingen durch lange, dunkle Korridore, durch einen verglasten Wintergarten mit Blumenvasen aus blauem Porzellan und Pflanzen mit schirmförmigen Blättern, durch einen schrägen Saal mit zugedeckten Möbeln. Wir kamen in das Speisezimmer, wo ein Tisch mit mehr als zwanzig Stühlen darum und einer silbernen Suppenterrine in der Mitte stand. Am hinteren Ende des Raumes erhob sich symmetrisch, massig und weit ausladend, architektonisch wie ein Palast, der Kamin aus hellem, geschnitztem Holz; an den übrigen Wänden reichte die Täfelung aus dem gleichen Holz so hoch hinauf, daß man die dunklen Gemälde in goldenen Rahmen nicht sehen konnte, ohne sich auf die Zehenspitzen zu stellen und sich den Hals zu verrenken. In dieser angestrengten Haltung betrachtete ich eines, das mich schon beim Betreten des Speisezimmers geheimnisvoll angezogen hatte. Mit Olivias Hilfe entdeckte ich bald, daß es die Hölle darstellte: aus einer Grube, die von Verdammten wimmelte, schlug eine Flamme empor, auf deren Spitze, winzig und von orangeroter Farbe, der Teufel tanzte.

»*Die Liebenden von Teruel* von Benlliure«, erklärte Lancker.

Ich erkannte die Liebenden. Er in einem schwarzen Gehrock mit Spitzenmanschetten und Bundhosen sprang mit einer energischen, aber vielleicht vulgären Bewegung seiner Beine auf einen anderen Verdammten und trug oder stieß *sie* in einem weißen Brautkleid – wohin? Wir werden es auf dieser Welt nicht mehr erfahren. Ich betrachtete wieder die Flamme, die aus der Grube aufloderte, und ich neigte den Kopf zur Seite wie ein Kenner, der ein Kunstwerk begutachtet. Durch einen unerklärlichen Vorgang verwandelte sich die Flamme vor meinen Augen in den Satan und der winzige Teufel obenauf in eine orangerote Violine. Lancker sagte:

»Der Teufel geigt den Verdammten auf.«

»*Attenti*, Rolando, wo du dich doch in Konzerten immer langweilst!« rief der Drache mit der ihm eigenen platten Gewöhnlichkeit.

Wieder neigte ich den Kopf zur Seite; die Geige war wieder ein Teufel, Satan eine Flamme. Vorsichtig, in der Hoffnung, etwas entdeckt zu haben, und mit der Befürchtung, daß meine Entdekkung eine Albernheit sein könnte, erklärte ich, was mit dem Gemälde geschah.

»Das scheint darauf hinzuweisen«, sagte Lancker gleichgültig, »daß Benlliure eine teuflische Flamme und eine teuflische Geige gemalt hat; ein geistreicher Streich, bei dem, bildlich gesprochen, ein zweischneidiges Schwert herausgekommen ist.«

Pedro erschien in einer schwarzen Jacke und trug ein silbernes Tablett, auf dem eine schöne, sehr schmale, spiralig gedrehte Teekanne, ebenfalls aus Silber, zwei Tassen und ein Teller mit einigen Päckchen Bay Biscuits standen.

»Ich werde mit dem Herrn zusammen Tee trinken«, erklärte Lancker.

»Eine Tasse habe ich Ihnen schon mitgebracht«, sagte Pedro.

»Der Herr ißt Toast dazu«, sagte Lancker. »Getoastete Semmeln. Die Kekschen sind für mich.«

Er sagte Kekschen, in der Verkleinerungsform, mit dieser besonderen, mit Gefräßigkeit vermischten Zärtlichkeit, mit der wir von gewissen Speisen sprechen.

Mit erhobener Stimme, die sich als scharf herausstellte, und zurückgeworfenem Kopf meldete Pedro lebhaft:

»Semmeln sind keine mehr da.«

Wir setzten uns, ich auf der einen Seite, Lancker beim Tablett am Kopfende des Tisches. Von dort reichte er mir eine Tasse und ein Päckchen Bay Biscuits. Die Gier, mit der der Mann diese leichten Keks verschlang, war ungewöhnlich – eine besondere Vorliebe, die sich meinem Gedächtnis mit dauerhaften Bildern einprägte.

Pedro fragte mich:

»Was wünscht der Herr zum Frühstück?«

»Nur Tee, ohne alles, mit Toast«, antwortete ich.

»Sind Sie sicher, daß Sie nicht lieber schwarzen Kaffee mit Schwarzbrot möchten?« fragte Lancker aufmerksam.

Ich antwortete, daß ich Tee vorzog, aber mit jedem Frühstück zufrieden sei, das man mir gebe.

Die Tasse Tee und der beinahe nur aus Luft bestehende Keks, die mein einziges Abendessen waren, stillten nicht meinen Hunger. Seufzend ließ ich mich aus dem Speisezimmer führen. Man geleitete mich durch seitliche Korridore, die immer ärmlicher wurden, durch Anbauten, die nach verbrannten Fetzen rochen, durch Winkel unmittelbar unter dem Dach mit einem scharfen Geruch nach Stiefelwichse, wo Schuhwerk, vor allem Reitstiefel, aufgestapelt lag, über eine Treppe aus grauem Holz, auf deren Absatz sich ein kleines, mit einem Querbrett vernageltes Fenster aus buntem Glas befand, in das oberste Stockwerk hinauf und in das Gästezimmer. Dort, neben dem Lampentisch mit einem Glas Wasser darauf, ließ man mich allein. Was für eine Nacht, meine Freunde! Sie war wie das, für meinen Geschmack zu Wagnerische, Vorspiel zu den Streitigkeiten mit ihren Gotteslästerungen und Wundern, die uns in der Folge bedrücken sollten. Der Sturm rüttelte an den Fensterscheiben, und man hätte meinen können, der cholerische Gott der Welt wollte mich aus diesem Zimmer herausholen, in dem ich, geängstigt durch, ich weiß nicht, was, zwischen Möbeln mit unbekannten Schatten wach lag. Ein Glück noch, daß mich das Moskitonetz wie ein vertrautes, staubiges kleines Haus schützte und obendrein zudeckte, was mir sehr gelegen kam, denn ich hatte von Anfang an eine gewisse Leichtigkeit, eine Unzulänglichkeit der Bedeckung auf den Beinen bemerkt. Endlich muß ich doch eingeschlafen sein. Jedenfalls hatte es am nächsten Tag schon elf geschlagen, als ich in den überdachten Gang um das Haus herum hinunterging, wo ich mit Lancker in violett lackierten Korbsesseln saß und wir in den Regen schauten, den französischen Rasen mit einem Springbrunnen und Grazien in der Mitte betrachteten, der von Wegen eingefaßt war, zu deren Seiten zwei steinerne Löwen standen, Zigaretten der Marke »Imperiales« rauchten, die Eukalypten sahen und die schwankenden Pagoden, die ihre höchsten Äste bildeten, und zu unserem Unglück plauderten. Über die geplante literarische Akademie? Gewissermaßen.

Meine Schuld, meine große Schuld. Ich habe angefangen, wie die kleinen Jungen sagen, wenn sie von einer Rauferei sprechen (nein, die kleinen Jungen würden sagen: *er* hat angefangen).

Ich erkundigte mich nach Olivia und löste damit diese ganze Flut von Scheußlichkeiten aus. Ich glaube, die ersten Worte Lanckers waren:

»Sie ist in Monte Grande, in der Messe, mit dem Drachen, der es nicht müde wird, Hostien zu schlucken. Wie eben die Frauen sind. Wissen Sie, es hat an meiner Seite immer eine Schülerin gegeben. Ein schmutziges Mädchen mit blondem, glattem, hinten zusammengebundenem Haar und einem Pullover. Zugegeben, von allen, die ich hatte, verdiente keine die ehrenvolle Bezeichnung so sehr wie diese. Trotzdem, da haben Sie es.«

»Da habe ich es?« fragte ich.

»Ja, da haben Sie es. Sie ist zur Messe gegangen. Sie meinen, das habe nichts zu bedeuten? Olivia weiß, daß sie mich damit kränkt, aber es macht ihr nichts aus. Ich glaube, diese Katholiken glauben, daß man im Grunde doch gläubig ist, daß man nur den Freigeist spielt, aber glaubt. Sie wären sonst nicht so starrsinnig. Wetten, daß Sie nicht wissen, wie sie sich mir vorgestellt hat?«

»Ich weiß es nicht.«

»In Strümpfen.«

»Peccato!« rief ich wider Willen. »Mit so hübschen Beinen.«

Gleich darauf wurde ich rot. Lancker sah mich schweigend an, mit verächtlicher Neugier. Dann fuhr er lebhaft fort:

»Ich sagte ihr, es gebe eine Grenze. Wenn sie sich an den alten

Brauch halten wolle, einverstanden, soll sie zur Messe gehen: ich werde gewiß nicht Konfuzius widerlegen. Aber, fügte ich mit dem Ernst hinzu, den meine Worte forderten, wenn sie mir nicht absichtlich weh tun wolle, müsse sie auf der Stelle die Strümpfe ausziehen. Sie werden es nicht glauben: sie zögerte. Vielleicht aus Angst, den Pfarrer zu verärgern oder die Kurie oder den Unbekannten Gott, was weiß ich. Ich befahl ihr, sie auf meine Verantwortung auszuziehen. Die Arme gehorchte. Ich war sehr hart, ich weiß, aber konnte ich zulassen, daß mich Pater O'Gradys Brigaden in meinem eigenen Haus schlagen?«

Und nun bin ich es, der zögert. Es gibt keinen Ausweg aus dem Dilemma. Wenn ich Lanckers Worte nicht wiedergebe, verliert die moralische Geschichte, die ich erzähle, ihren Sinn. Wenn ich sie aber wiederhole . . . Was mich zurückhält, ist nicht die Furcht vor dem Umbekannten, obwohl mich gerade jetzt ein Brennen in der rechten Hand quält, besonders heftig im Mittelfinger, und eine Art Taubheit dazu, so als wollte mich eine übernatürliche Macht am Schreiben hindern. Nein, all das macht mir keine Sorgen. Ich bin eben nur manchmal der Meinung, daß es besser ist, gewisse Fragen nicht zu berühren, sich weder für noch gegen etwas auszusprechen. Der Atheist, der ironisch von dem Widersinn der unendlichen Güte und der Allwissenheit und Allmacht Gottes spricht, schneidet nicht besser ab als der, selbstverständlich katholische, Modeautor, der sich vornimmt, die Beziehungen zwischen Ursache und Wirkung in unserem Verhalten in diesem vergänglichen Tal, das die Sonne wärmt, nachzuweisen und das eherne System zu rechtfertigen, das vom göttlichen Geist erdacht wurde, um uns in aller Ewigkeit zu strafen. Dies also ist das Dilemma, die Klemme, aus der es keine Rettung zu geben scheint. Freilich: kann ich, nun da ich schon so viel erzählt habe, noch einen anderen Weg wählen? Was ich über gewisse Fragen sagte, ist vielleicht die Wahrheit, aber es ist eine frivole Wahrheit. Wenn ich schon die Geschichte Lanckers schreiben muß, dann muß ich sie auch ganz schreiben, mag meine Hand auch brennen wie eine Fackel. Es bleibt mir nur noch, die Augen zu schließen und den ersten Schritt zu tun. Vorwärts!

»Ich nehme an«, sagte ich, um nicht nur mit geschlossenem Mund dazusitzen, »daß Sie nicht das sind, was man einen guten Christen nennt.«

Was antwortete mir dieser pathetische Musketier, dieser lächerliche Raufbold, der sich ständig mit dem Jenseits herumschlug? Er sagte frech:

»Sie haben recht, aber das ist nicht meine Schuld. Niemand kann daran glauben, fromm glauben: an eine phantastische Welt, die von der Erde aus nicht wahrnehmbar, von Göttern und Toten bewohnt und topographisch genau eingeteilt ist in Himmel, Hölle und Fegefeuer, vor allem wenn ihn diese Welt nicht blendet, nicht anzieht, ja wenn sie ihm nicht einmal gefällt. Sehen Sie, die christliche Mythologie läßt mich kalt, so unglaublich das auch scheinen mag. Man muß zugeben, daß sie sehr ›raffiniert‹ ist, aber in diesen Dingen, die wir für die wesentlichen halten, zeugt, glaube ich, eher das Einfache von gutem Geschmack. Abgesehen davon, daß jeder Lebenshauch, auch der des Dichters Tristan Tzara, göttlich ist, sind die Götter, glauben Sie mir, von anderer Natur, gleich ob sie Diana, Thor oder Moloch heißen. Sie sind keine Familie von biederen Landleuten, die mit treuherzigen Mienen vor dem Dorffotografen posiert. Und was soll man mit den so sanftmütigen und stillen Heiligen und den sittsam gekleideten Jungfrauen anfangen? Wären nicht die Engel und die eine oder andere Taube, würde ich überhaupt die Dämonen vorziehen, obwohl auch sie mit ihren Fledermausflügeln, ihren Krallen und Schwänzen offensichtlich von einem kitschigen und geschmacklosen Hirn erdacht wurden.«

Am Rande bemerkt: All das sagte er und hörte nicht auf und schaufelte sich weiter sein Grab. *Gaffeur!* Das Schlimme ist, daß man mich, den einfachen Berichterstatter, die Folgen tragen läßt. Aus dem Jenseits kommen mir schon keine bloßen Vorahnungen mehr, sondern Strafen: das Brennen, das sich zuerst auf den ganzen Finger verteilt, konzentriert sich jetzt in einem Herd, es ist ein flammender Kienspan, ein Vulkankrater, es ist ein regelrechtes Fingergeschwür. Ich hoffe, daß am Ende der Geschichte meine Redlichkeit hell erstrahlen wird.

»Soweit das religiöse Empfinden, aber es bleibt die Moral. Ich glaube, daß wir, was sie betrifft, einer Meinung sind«, beeilte ich mich zu sagen, damit wir wenigstens in einem übereinstimmten. »Wer ist, moralisch gesehen, kein Christ?«

»Ich«, antwortete dieser Unerbittliche. »Mir mißfällt eine Proselytenmoral, die auf plumpe Weise Belohnungen und Strafen austeilt, die alle, die den Glauben nicht haben, in die Hölle schickt, die wie eine verbitterte alte Jungfer von den Liebeshändeln der Menschen besessen ist. Das Christentum ist gegen das Leben selbst; es möchte es einengen, die Triebe auslöschen. Hat es nicht die Götter der Alten aus der Welt vertrieben, die Kräfte, die dem Menschen zu leben halfen? Sehen Sie, ich beklage immer wieder den Untergang des heidnischen Pantheons. Die neue Religion ist krankhaft; sie findet ihre Lust an der Armut, an der Krankheit, am Tod. Wie in der Faustsage straft sie den, der zu wissen, zu leben trachtet, der versucht, in vollerem Maße an der Welt teilzuhaben. Man muß, wie eines der Mädchen sagte, ein schönes Leben haben, aber vom ewigen Leben darf man nichts wissen. Die Kirche und Goethe scheinen zu verlangen, daß die Menschen sind wie jene Armen, die aus lauter Demut an ihrem Platz bleiben und nicht rechten und nichts fordern.«

In meiner Verwirrung dachte ich: Der berühmte Lancker scheint mir ein Atheist von Format zu sein, oder etwas ähnliches in diesem Sinne, und ich dachte es mit dem unschuldigen Vergnügen, das uns in dieser Welt der Mittelmäßigkeiten zuteil wird, wenn wir etwas in seiner Art Extremes entdecken. Eine schöne Enttäuschung sollte ich erleben. Lancker sagte:

»Es ist nur eine Frage der Zeit. Die Entscheidungsschlacht hat noch nicht begonnen. Der Sieg wird dann auf der Seite des Guten sein. Die Götter sterben nie.«

Ich erkannte die Bedeutung dieser Worte nicht gleich. Als meine saumseligen Nervenzentren die Salve registrierten, fragte ich:

»War es nicht so, daß Sie nicht an Gott glauben?«

»An Gott nicht: an die Götter.«

Ich deutete mir das so, daß er Gott aus Feindseligkeit unterteilte, um ihn zu schwächen, und daß sein Polytheismus ein literarischer Ausdruck seines Atheismus war. Vielleicht täuschte ich mich.

»Wieder einmal der Mythos von der Hydra«, bemerkte ich scherzend, um ihm zu beweisen, daß er mich mit seinen Spiegelfechtereien nicht umstimmen konnte.

Aber wie sollte er mich umstimmen, wenn ich sie gar nicht verstand? Er fuhr fort:

»Es gibt keine Opferlämmer mehr auf dem Altar, und die Tempel sind verfallen, aber verlieren Sie nicht den Mut: die Götter fliehen nicht.«

»Sie verstecken sich nicht wie Räuber in den Wäldern«, bemerkte ich dazu.

»Die Götter sind nicht verlassen«, versicherte er mir. »Die Götter brauchen die Menschen nicht. Die Menschen sind die Verlassenen!«

Schreckliche Dinge hatte ich an diesem Vormittag gehört, aber nichts erschien mir schlimmer als die letzten Sätze. Aus Scham hörte ich nicht mehr zu. Während Lancker, ich weiß nicht, was für eine Albernheit des Sinnes vorbrachte, daß die Götter keine Tempel brauchten, wohl aber die Menschen, um sich den Göttern zu nähern, dachte ich, daß der Atheist eine Rasse sei, die nunmehr für immer ausgestorben ist wie der Fünfuhrtee, das Pachthaus, die Bücher von Coni und andere pittoreske Winkel unserer Jugend. Ich nehme an, der letzte Atheist war der Spielzeughändler auf dem Colón-Basar, ein sehr vielseitig belesener Mann, der eines Tages, als jemand sagte: »Aber irgendeinen Gott wird es doch geben«, schmerzerfüllt ausrief: »Wie, auch Sie?«, so als sagte er: *»Tu quoque?«* Und der Spielzeughändler fuhr fort: »Denn laßt uns sehen, als die Menschen Gott erfanden, schufen sie eine unterhaltsame, kuriose Person; man brauchte nur wie die Kinder zu sein, die sich nicht damit abfinden, daß Pinocchio, der hölzerne Bengel, nur in einem Buch existiert, sondern verlangen, daß er auf der Erde gelebt haben soll.«

Mit seiner aufdringlichen Stimme sagte Lancker eben:

»Die Epiphanien (schlagen Sie den Ausdruck in einem Lexikon nach) sind nicht selten.«

»Ich bin, offen gesagt, gegen einen allzu preziösen Wortschatz«, antwortete ich.

»Touché, caro mio, touché«, rief er. »Mit Ihrer Erlaubnis fange ich noch einmal von vorn an: Wer hat nicht schon einmal im Laufe irgendeiner Tätigkeit die plötzliche Gegenwart eines Gottes wahrgenommen? Das typischste Beispiel – nächst einem anderen – ist der Schriftsteller, der von der Muse geküßt wird, das heißt, der inspiriert ist. Das andere betrifft Venus.«

Er machte eine Pause, und ich begriff, daß er sie hinausziehen würde, bis ich fragte; also fragte ich:

»Venus?«

»Verstehen Sie nicht? Oder haben Sie nie . . . ?« In seinem Ton vereinigten sich Erstaunen, Gereiztheit und Verachtung.

»Aber ja, natürlich«, versicherte ich rasch.

»Es gibt keinen armen Teufel, der es nicht irgendwann einmal gespürt hat«, sagte er mit einem prüfenden Blick, als wollte er mich anklagen. »Mitten in der Liebe erscheint strahlend Venus. Ich und Olivia erleben das alle Augenblicke.«

Nun war es an mir, ihn von meiner Höhe herab mit verächtlicher Neugier zu betrachten. Solche Indiskretionen, solche Schamlosigkeiten finde ich nicht eben sehr geschmackvoll, und sie sind nicht das, was man aus dem Mund eines Kavaliers zu hören wünscht. Ich vermerke es nebenbei, obwohl es zweifellos keinerlei Bedeutung hat, denn in demselben Augenblick kam mir der auch schon fest eingenistete Gedanke, Olivia zu erobern. Lankker, dieser naive Mensch, der unempfindlich war durch den Rausch seiner eitlen Beredsamkeit, sprach weiter:

»Plötzlich werden wir gewahr, daß eine kosmische Kraft naht und uns tief im Innersten trifft; wir erschrecken vor Freude oder vor Entsetzen: es ist der große Gott Pan. Stevenson schrieb über die Flöte dieses Gottes. Lesen Sie den Essay.«

Ich unterbrach ihn mit einem passenden Zitat:

»Wenn du die Mähne hebst, die Nüstern blähst
Und ringsum sich die Räume dehnen
Mit einem Zittern wie von Gold,
Sahst nackt du Anadyomenen.«

»Wir lesen nicht dieselben Autoren«, antwortete er ungeduldig. »Aber meinetwegen, einverstanden. Neulich nachmittags, als ich aus Constitución kam, machte ich einen Umweg über das Viertel Brasil, und zu dem Lärm der Lokomotiven und der stählernen Räder wehte ein Wind, der aus dem fernen Süden der Provinz zu kommen schien und nicht so sehr ein Windhauch war, als vielmehr etwas, was auf seinem Weg den Geist veränderte, nicht nur den der Menschen, die ein wenig erstaunt waren, als hätten sie ein Vorzeichen erahnt, sondern auch den der Häuser, der ganzen Straße: alles verdunkelte sich und war für einen Augenblick tiefer und bedeutsamer. Ein anderer Fall, den man aus allgemeiner Erfahrung kennt, ist der des Reisenden, der in eine Stadt kommt und plötzlich spürt, daß ihm etwas Schreckliches widerfahren wird, wenn er dort bleibt. Durch solche Änderungen der Beleuchtung warnt uns eine Gottheit. Ja, glauben Sie mir, in den Wäldern und Bächen gibt es noch Nymphen, und die Welt ist von Göttern bewohnt. Ein bekannter oder unbekannter Gott – *seu deus, seu dea* – wacht über alles, was wir tun. Mir enthüllen sie sich fortwährend; ich bemerke sie, ich verehre sie, und sie werden mich beschützen. Sehen Sie!« Seine Hand deutete auf den Park und darüber auf den Himmel mit einem Regenbogen, und ich gebe zu, daß mich diese unerwartete Rückkehr von den allgemeinen Erörterungen zur wirklichen Welt beinahe erschütterte. »Sehen Sie, da ist Iris erschienen, die Götterbotin: die ganze Natur begrüßt sie.«

Wie eine neue Gegenwart, wie eine allenthalben aufgestiegene Glorie schimmerte die Welt. Die Stämme der Eukalypten erreichten das leuchtendste Gelb und Rot, jeder Wassertropfen auf den Blättern schien zitterndes Silber zu sein, und das Grün des Rasens färbte sich lebhaft dunkel. Soll ich gestehen, daß sich etwas in mir voll Erwartung auf diesen Park einstimmte? Das Merkwürdigste ist, daß Iris, der diese Huldigung der Schöpfung, diese allgemeine Hingabe galt, im letzten Augenblick von einer anderen Göttin verdrängt wurde; ich will sagen, daß der Break in Monte Grande ankam und Olivia brachte, die allerdings von Jorge Velarde begleitet wurde. So unglaublich es scheinen mag: von diesem Augenblick an plätscherte die Konversation seicht dahin. Ich glaube, wir unterhielten uns darüber, daß die Straße voller Schlamm war, daß viele Gläubige in der Kirche gewesen waren, und über irgendeinen anderen ebenso bedeutungslosen Umstand. Olivia sprach in einem Sessel, auf die Lehne gestützt, mit uns, so daß uns die untere Hälfte ihres Körpers verborgen war. Sie schien nervös zu sein, sie schien es eilig zu haben, sich zurückzuziehen. Sie rief:

»So spät ist es schon! Haben Sie kein Gabelfrühstück verlangt? Sie Armer müssen ja sterben vor Schwäche.«

Der letzte Satz war natürlich an mich gerichtet. Ich dankte ihr mit Worten, mit Blicken, mit überschwenglichen Gebärden und hütete mich, ihr zu sagen, daß meine Lust, etwas zu essen, nur sehr mäßig war. Nichts stillt meinen Hunger so sehr wie der warme Milchkaffee, den ich an diesem Morgen zum Frühstück bekommen hatte.

»Ich werde ein Gabelfrühstück kommen lassen«, sagte Olivia.

Sie löste sich von dem Sessel, an dem sie festzukleben schien, und lief ins Haus.

»Halt!« rief Lancker. »Weshalb diese Eile? Setzt du dich einen Augenblick hier ins Licht, Olivia? Ich möchte dich sehen. Was ist mit deinen Beinen geschehen?«

Rot und mit niedergeschlagenen Augen kam Olivia zurück. Dann erklärte sie mit gepreßter Stimme:

»Beim *Kyrieeleison* begannen sie zu schmerzen, und beim *Agnus Dei* schwollen sie mir von den Knien bis zu den Fersen.«

Sie entfernte sich schluchzend. Und sie hatte allen Grund dazu: ihre Beine waren unförmig wie die eines Elefanten. Das waren nicht die Beine, die ich am Abend zuvor bewundert hatte.

»Ein Wunder«, sagte der Drache tapfer, während ich ihm im Innersten recht gab. »Ein Wunder – deshalb weil man sie ohne Strümpfe zur Messe geschickt hat, mit diesem Fleisch, das eine wahre *boccata di cardinale* ist.«

»Die Ärmste!« rief Lancker, und ich sah, daß ihm eine Träne übers Gesicht rollte; er wischte sie mit einem hauchzarten schneeweißen Taschentuch von beachtlicher Größe ab, das uns in den Duft des Wassers von Jean-Marie Farina hüllte; dann legte er die rechte Hand aufs Herz und fragte:

»Ein Wunder? Der vollkommenste Ausdruck des Lächerlichen, Erbärmlichen und Perversen! Was beweist es? Daß im Himmel wie auf Erden die Schlechtesten regieren? Dem unterwerfe ich mich nicht, falle, wer da fallen mag.«

»Bis jetzt sind immer die anderen gefallen«, bemerkte der Drache traurig. »Aber ich wäre nicht so sicher. Jedes Wunder schlägt ein Stück näher zu. *Attenti*!«

Lancker sah seinen Vetter mit einem ruhigen, abwesenden Blick an. Dann ging er Olivia nach.

»Schlägt ein Stück näher zu?« fragte ich. »Was wollen Sie damit sagen?«

»Was Sie hören. Das erste dieser Serie ereignete sich fünfhundert Meter von hier. Unlängst abends beendeten wir ein ganz ruhiges Essen, ein ganz familiäres Essen, wenn man so will, da fällt Rolando nichts besseres ein, als den Spaßvogel zu spielen. Er nimmt noch einen Schluck Nebiolo, steht auf, so gut er kann, erklärt, er sei jetzt ein *Papa Negro* und segnet in dieser grauenvollen Eigenschaft den Milchreis, der auf einmal so hart wird, als hätte man ihn mit Portland-Zement angerührt. Niemand kostet davon, denn die Leute scheuen das Feuer, wenn Sie mich verstehen, und uns allen, dem einen mehr, dem anderen weniger, ist schon seit einer Weile nicht mehr recht behaglich zumute. Man wirft den verfluchten Nachtisch den Schweinen hin, und diese Herrschaften verbringen die Nacht damit, sich mit den Haxen den Bauch zu kratzen. Tags darauf bricht im Schweinestall, knapp fünfhundert Meter von hier, eine Gastroenteritis aus. Das zweite Wunder macht einen Riesenschritt, der eine Warnung für den, der nicht hören will, sein müßte, und tritt hier in der Küche ein. Es materialisiert sich in dem geschwollenen Fleisch – Sie können auch Wucherung sagen – der Nase der Köchin, die für ihn das Spanferkel für die Karwoche zubereitete. Ohne Rawsons Skalpell wäre das arme Luder erstickt. Das letzte Wunder traf Olivia, die sich schon im *Habitat*, das heißt im Schlafzimmer Rolandos aufhält. Wir müssen zugeben, daß dieser Mensch, wenn er auch mein Vetter ist, auf eine Art räsoniert, die ich ohne Zögern sonderbar nennen würde. Er mißt eine wesentliche Bedeutung höchst zweifelhaften, durch seine Subjektivität verfälschten Phänomenen bei, in denen er Manifestationen der alten heidnischen Götter sieht, die heute Dämonen sind. Aber das ist noch nicht alles; hören Sie gut zu: er versteift sich darauf, ein ganzes Bombardement allgemein bekannter und anerkannter christlicher Wunder zu verachten, die wie der Mamboretá zeigen, wo Gott zu finden ist. Jedenfalls danke ich Ihm, daß Er mich vor seinen Wundern gerettet hat.«

»Er hätte auch Olivia retten können«, sagte ich bitter.

»Was für ein Mädchen!« rief Velarde und kniff die Augen zu. »Distinguiert, intelligent und eine Figur, phantastisch . . . Hoffen wir, daß die Wirkungen des Wunders vorübergehen.«

II

Sie gingen vorüber. Drei oder vier Tage später erwies sich die »Wunderheilung« dieses nordamerikanischen Doktors mit dem Verbandskasten als erfolgreich, und von der seltsamen Schwellung blieb nicht eine Spur zurück. Wenn ich mich nicht irre, trug sich an diesem *Weekend* keine andere denkwürdige Episode zu. Über die geplante literarische Akademie sprachen wir am letzten Nachmittag lange und angestrengt, während wir Tee tranken, aber bald bemerkte ich, daß Lanckers Geist in fernen Räumen schweifte. Entschlossen, unser mühseliges Gespräch abzubrechen, fragte ich schließlich:

»Sie denken an etwas anderes?«

»An etwas anderes?« antwortete er wie ein Echo. »Nein, immer an dasselbe. An das Wunder mit den Beinen.«

»Also: bereuet und bekehret euch, auf daß eure Sünden getilgt werden, wie es in der Heiligen Schrift heißt.«

Daß ich ihn so viele Bay Biscuits essen sah, bewog mich, ihn nachzuahmen; meine ausgestreckte Hand öffnete sich schon über einem Päckchen, als sie gegen den Teller mit den Toastscheiben stieß, den der Gastgeber geschickt dazwischengestellt hatte. Ich fand mich mit dem Toast und dem Himbeerkompott ab.

»Ich weiß nicht, was die Heilige Schrift sagt, aber ich weiß, daß eine Versöhnung nicht mehr möglich ist«, antwortete er. Dann fügte er nach einer Pause in einem weniger unpersönlichen Ton hinzu: »Vielleicht glauben Sie, ich sei an der Angelegenheit der Akademie nicht genügend interessiert. Ich war es, das versichere ich Ihnen. Jetzt denke ich nur an das Wunder und an den Krieg, in den ich mich verwickelt sehe. Nach dem Sieg werden wir Literatur lehren.«

»So sicher sind Sie des Sieges?«

»Des Sieges, nein, aber des Krieges bis zum Tod. Ich, das schwöre ich bei diesem Kreuz, werde keinen Pardon geben.«

Das nennt man den Teufel herausfordern. Da Lancker nicht mit seinen Lästerungen und Schmähungen aufhörte, kehrte ich mit dem Zug um 19 Uhr 45 nach Buenos Aires zurück. Aber ich gab meine Freunde nicht auf. Unter der Woche hatte ich Gelegenheit, das Mädchen zu sehen, vor allem mit ihr zu sprechen, meistens am Telefon. Ich weiß nicht, warum sich meine Verbindung mit diesen Menschen auf Olivia beschränkte. Weil ich zu oft Nachrichten erhielt, die mir Lancker als erbitterten Verfechter seines abscheulichen Heidentums beschrieben? Wie dem auch sei, ich rief zufällig immer an, wenn Lancker nicht zu Hause war. Das machte mir nichts aus; was mir dagegen etwas ausmachte, war, daß sich die melodische Stimme Olivias immer in die rauhe Pedros verwandelte, der sich an diese drei Worte hielt: »Fräulein nicht da.« Zweifellos hatte mich die Ungeduld aus der Fassung gebracht. Bevor noch in Olivias Geist süß und despotisch die Gewißheit einer Verwandtschaft mit dem meinen reifte, eröffnete ich das Feuer mit der schweren Artillerie meiner Galanterie. Das Ergebnis war unglückselig. Ich mußte manövrieren; ich manövrierte. Der Zufall führte eine Begegnung mit Lancker an einem Ort herbei, der für einen vertraulichen Umgang günstig war: im Palais (wie meine Freunde bei der Zeitung gern sagen) des Schriftstellerverbandes in der Calle México. Ich machte mir den Umstand zunutze, daß am 21. September der Frühling beginnt und daß wir den 20. hatten, und lud ihn zum Künstlerball in *Les Ambassadeurs* ein.

»Bringen Sie Olivia mit«, schlug ich ihm vor. »Gute Getränke, die Spezialitäten Picuchos und Jazz von Bartolino, ein Milieu ... Ach, zum Teufel! Wir müssen einfach zusammen den Frühling erwarten.«

»Ich bin nicht fürs Tanzen«, antwortete er lustlos.

Er wollte lange Reden über seinen Kampf, seine unbeugsame Entschlossenheit, das Christentum zu demütigen, halten. Ich unterbrach ihn.

»Versprechen Sie mir«, sagte ich, »daß Sie mit Olivia kommen, wenn sie mag.«

»Versprochen«, antwortete er.

Ich gab ihm die Hand und rief noch an der Tür aus:

»Morgen um neun rufe ich an, um die Antwort zu erfahren.«

Ich kannte sie schon. Lancker war *fey**, wie die Schotten sagen; er war mir in die Falle gegangen. Meine List konnte nicht fehlschlagen. Die Frauen sagen dir, daß sie sich auf Bällen langweilen und die Leute lästig finden? Glaub ihnen nicht. So absurd es klingen mag: Frauen können Einladungen zu Bällen nicht ablehnen. Mit einem ewig kindlichen Gemüt bilden sie sich ein, daß Feste etwas Wunderschönes seien. Ich für meine Person glaube das Gegenteil – ist das ein anderer Ausdruck eines ähnlich kindlichen Gemüts? Oder irgendeine schreckliche Erinnerung? Ich glaube, daß sie bedrückend sind, daß sich die furchtbarsten Unglücksfälle auf Festen ereignen, daß betrunkene Frauen unberechenbare Dämonen sind, daß die Treuesten unter ihnen am Morgen in den *Garçonnières* der Freunde ihrer Liebhaber aufwachen, über Müdigkeit und Kopfweh klagend, aber ohne Schuldgefühle, denn der Alkohol hat kein Gedächtnis.

Wie ich vorausgesehen hatte, sagte mir Lancker am nächsten Vormittag um neun, daß sie die Einladung annähmen. Aber das war nicht alles: Olivia, die nicht zu halten war, nahm ihm den Hörer aus der Hand und besprach glückselig ein Problem mit mir, das sie leidenschaftlich interessiert, diese Gefährtinnen, die wir wählen, damit sie unsere Anschauung von der Welt mit uns teilen, diese Halbgöttinnen, auf deren Altar unser Geist verraucht und leider auch unsere Zeit. Bis zum Mittag diskutierten wir das Problem des Kostüms. Voll Verachtung verurteilten wir die

**fey:* todgeweiht (A.d.Ü.)

plumpen Verirrungen der Phantasie, die sich Domino, Pierrot oder Teufel nennen. Statt dessen priesen wir einige ausgefallene Produkte wie etwa den unabweisbaren umgedrehten Menschen, der das Gesicht im Genick trägt und wahre Akrobatenstücke eines rein physischen Genies vollbringt, denen ich – wobei ich vielleicht meine konservative Wesensart, meine finstere Engstirnigkeit verriet – den klassischeren Schnitt des Kostüms eines Bären, Bajazzos oder Harlekins vorzog. Ich will meine Seele entblößen, es demütig gestehen: ich wollte mich als Harlekin verkleiden. Seit meiner Kindheit stellte ich mir vor, daß ich in dieser Rolle meine Skrupel und meine Schüchternheit verlieren, meine Persönlichkeit wechseln würde. Aber ich hatte immer geargwöhnt, daß dies wohl ein kitschiger Traum sei, und als Olivia sagte: »Nein, es ist besser, du gehst als Engel, als Schutzengel Rolandos«, unterwarf ich mich ihrem Spruch, ohne noch lange, kaum eine Viertelstunde nämlich, den Traum eines ganzen Lebens zu verteidigen. Lancker teilten wir kurzerhand ein Tierkostüm zu, und um jede Diskussion im Keim zu ersticken, verkündete ich:

»Die Schöne und das Tier.«

Olivia erfaßte sofort, daß ihr das Kostüm einer Schönen Gerechtigkeit widerfahren lassen würde, aber unersättlich, wie es ihre Jugend, und eitel, wie es ihre Schönheit forderte, wollte sie auch als Hawaii-Mädchen, Sklavin, Apache und Midinette gehen. Ich mußte einen langen und umständlichen Feldzug führen, um so gefährliche Irrtümer auszurotten. Jedenfalls erschienen an dem bewußten Abend in *Les Ambassadeurs* eine strahlende Schöne, ein geistesabwesendes Tier und ein eingeschüchterter Engel.

Gar so eingeschüchtert war ich allerdings auch wieder nicht. Wir nahmen einen Aperitif in der Bar, und ich war noch besonnen genug, den strategisch günstigsten Tisch zu wählen, nicht zu nahe beim Orchester – die Posaune lockte unsere Ohren nicht – und nicht so weit davon entfernt; die Musik übertönte noch die Gespräche und die *petits rien du tout*, die man der Freundin sagte, wurden vom Freund nicht gehört. Über das Festmahl, das ich meinen Gästen bot, mögen Sie selbst urteilen. Als uns der *Maître d'hôtel* die Speisekarte vorlegte, rief ich:

»Wir wollen essen, daß sich Tisch und Bänke biegen!«

Und ich bestellte sogleich *frivolités royales, consommé riche à la d'Arenberg*, Makrelen mit Kartoffeln, gebackenen Truthahn mit

Früchten und *diablotins*, Götterspeise, Pfirsiche, Kaffee, Zigarren. Dann hatte ich Bedenken.

»September ist ein Monat mit ›t‹«, sagte ich leise zum Maître. »Wird der Truthahn in Ordnung sein?«

»Ich empfehle Ihnen einen aus dem August«, sagte der *Maître.*

»Ausgezeichnet«, sagte ich.

Unseliger Leichtsinn! Seit damals grüble ich, bin aus dem Gleichgewicht, verbrauche eine Unmenge doppeltkohlensauren Natrons.

Mit dem Weinkellner hatte ich eine nicht minder geistsprühende Unterhaltung:

»Möge die *Veuve* durch unsere Adern rinnen!« rief ich.

»Clicquot?« fragte er.

»Ponsardin«, entgegnete ich. »Ohne Datum.«

Natürlich war Olivia entzückt. Die Frauen haben eine Nase für so etwas, sie entdecken mit feinem Gespür, wo sie finden, was ihnen behagt. Trotz eines veralteten Snobismus zugunsten der *Canaille* entdecken sie, daran ist nicht zu zweifeln, im echten Gentleman ein gewisses Etwas, das sie fasziniert. Ermutigt durch den Champagner, der das Gelage buchstäblich berieselte, gab ich mich völlig ungezwungen. Ich will damit sagen, daß ich Olivia ganz offen den Hof machte, näher an sie heranrückte, sie ständig berührte, alle fünf Minuten umarmte, um mit ihr über irgendeine Albernheit zu lachen – nicht nur, wenn wir tanzten, sondern vor Lanckers Augen. Irgendwann einmal gesellte sich ein Teufel zu uns an den Tisch, in dem ich einen gewissen Sileno Couto widererkannte oder wiederzuerkennen glaubte, einen schwermütigen argentinischen Herrn, der sich mir 1927 in Paris, im Royal Monceau, vorgestellt hatte. Er war damals blaß gewesen und so tief in Trauer, daß der ganze Mann durch die Färberei gegangen zu sein schien und der Anzug, das Haar, die Brauen und der Schnurrbart von Schwärze troffen. Als roter Teufel wirkte er nun natürlicher und weniger unheimlich, aber was kümmerte mich in dieser Nacht die Kleidung, die Herrn Couto am besten stand, oder die Identität eines Herrn, der an unserem Tisch saß und Couto war oder auch nicht. Wie ich schon andeutete, war ich mit anderen Dingen beschäftigt, so daß ich nur bruchstückhaft das Gespräch zwischen dem Unbekannten – im folgenden der Teufel genannt, wie es in den Verträgen heißt – und Lancker auffing. Letzterem war eine große Nervosität anzumerken. Die Ursache?

Zweifellos mein abscheuliches Benehmen. Da ihn die Eigenliebe, die Erziehung oder die Angst, Olivia zu verärgern, daran hinderten, mich zur Rede zu stellen, versuchte Lancker, sich abzureagieren, indem er sein übliches Schreckgespenst attackierte: die christliche Religion. Mit einer beklagenswerten Frechheit versicherte er, daß Venus ihn beschütze, und eine Zeitlang unterhielt er den Teufel mit gotteslästerlichen Witzen. Während ich mich mit Olivia befaßte, wurde aus diesem Gespräch, ich weiß nicht, wie, ein Streit. Anfangs nahm der Teufel mit scheinbarer Zustimmung die bissigen Bemerkungen hin, die mein Freund nicht nur gegen Gottvater, sondern auch gegen den Sohn und, *horresco referens*, den Heiligen Geist richtete; aber zweifellos ermüdeten ihn die Unverschämtheiten, denn plötzlich sagte er:

»Für sich persönlich können Sie glauben, was immer Sie wollen! Aber ich dulde nicht, daß Sie sich über die halbe Welt lustig machen, daß Sie einen Zweifel säen, der nicht konstruktiv ist, daß Sie die am tiefsten verwurzelten Glaubensvorstellungen verleugnen.«

Ich war vielleicht ein wenig wirr im Kopf von soviel Champagner und soviel Olivia. Unversehens formulierte ich diesen Gedanken: »Der Stimme nach zu urteilen ist das nicht Couto.« Tatsächlich hatte Couto eine tiefe und dumpfe, rauhe Stimme; dieser Teufel dagegen gab ein lächerliches, sehr hohes, sehr dünnes Stimmchen von sich, das dem eines gut bekannten und ebenfalls lächerlichen Kollegen ähnelte. Der Teufel fuhr fort:

»Es gibt also keinen Gott? Es gibt keinen Teufel? Es gibt keine Hemmnisse für die natürliche Schlechtigkeit der Menschen? Nein, mein Freund. Sie irren sich und machen mir Kummer. Sagen Sie mir: Gibt es auch keine Gefängnisse, wahre Mustereinrichtungen, in denen wir die Verbrecher einsperren und andere, die in ihrer traurigen Leichtfertigkeit vergessen, daß es nicht statthaft ist, den Nächsten zu beleidigen? Lassen Sie Ihre Scherze und glauben Sie mir: es gibt einen Himmel, es gibt eine Hölle, und die Hölle ist so notwendig wie der Himmel. Geben Sie zu, daß all das existiert, ich erwarte es von Ihrem guten Herzen, und ich werde Ihnen die Hand reichen.«

Der Teufel streckte eine riesige Hand über den Tisch. Ergriff Lancker sie? Menschen von friedfertiger Natur, ich, zum Beispiel, würden glauben, er habe sie gar nicht gesehen, aber er sah sie zweifellos und ignorierte sie verächtlich. Er sagte:

»Sehen Sie, ich glaube, nicht, daß Sie existieren. Sie bringen da alle Albernheiten vor, die in der Welt umgehen, die aber noch niemand auszusprechen gewagt hat.«

Während Lancker sprach, verwandelte sich der andere, er wechselte die Farbe, schien an Umfang zuzunehmen.

»Sie schlagen die Hand aus, die ich Ihnen anbiete?« fragte der Teufel rasch. »Sie beleidigen mich? Sie beleidigen mich absichtlich? Ich nehme die Herausforderung an.«

Mit einem Handschuh, den er, ich weiß nicht, wo, hervorholte, ohrfeigte er Lancker.

»Meine Sekundanten werden Sie aufsuchen«, sagte er.

Ich vergaß Olivia, ich war ehrlich besorgt. Lancker dagegen hatte seine Ruhe wiedergefunden.

Zwei Masken von traurigem Aussehen, die eine mit dem Kopf eines Esels, die andere mit dem eines Geißbocks, beide in eng anliegenden Overalls aus schwarzem Leder, erschienen vor uns. Sie sagten, sie kämen, um eine Entschuldigung entgegenzunehmen oder andernfalls Genugtuung mit der Waffe zu fordern und so weiter.

»Genugtuung mit der Waffe«, erklang kriegerisch Lanckers Stimme.

»Es gibt hier ein für diesen Zweck eingerichtetes Landhaus, nicht wahr?« fragte der Sekundant mit dem Bocksgesicht in vertraulichem Ton und mit einem ausländischen Akzent.

»Richtig«, bestätigte Lancker. »Ein Landhaus in Caballito, das alle kennen. Wie heißt doch der Besitzer?«

Diese Frage war an mich gerichtet. Ich stützte mich auf seine Schultern und flüsterte:

»Wissen Sie, wer der Teufel ist? Ein international bekannter Duellant! Es ist höchste Zeit, daß wir einen Vorwand *ad usum* erfinden, das Duell *sine die* aufschieben und uns *ipso facto* unsichtbar machen.«

Ich vermute, daß ich damals keinen Grund für die Behauptung hatte, dieser Teufel sei ein großer Duellant; trotzdem erfand ich keine vorsätzliche Lüge. Ich sagte, was ich zu wissen glaubte oder vielleicht auch gehört hatte. Wer jedoch nicht zu hören schien, war Lancker. Er rief:

»Ich brauche einen Sekundanten. Ich rechne mit Ihnen, der Sie als halber gelten, und ein zweiter fehlt mir noch. Würden Sie uns begleiten, mein Herr?«

Er hatte sich an einen der Gaffer gewandt, die man überall antrifft, wo es einen Tumult gibt. Dieser im besonderen trug einen Domino, und Sie wissen bereits, was Olivia und ich von Leuten halten, die das Zepter der Phantasie aus der Hand legen und in schlechten, abgeschmackten Kostümen auf höchst modischen Bällen erscheinen. Was wünschte sich der Unglückselige mehr, als Lanckers Sekundant zu sein und nebenbei ein wenig zu schnüffeln? Er nahm an, er nahm selbstverständlich an.

Kurz darauf brachen wir zu acht – Olivia, die nicht von Lanckers Seite wich, dieser selbst, ich, der Domino, der Teufel, seine Sekundanten und ein als Hahn kostümierter Arzt – in zwei Taxis nach Caballito auf. Ich weiß nicht wie wir, von außen betrachtet, aussahen; das andere Taxi schien ein Käfig voller als Menschen gekleideter Tiere zu sein. Ich will zugeben, daß das für jemanden ein Grund zum Lachen gewesen sein mochte; für mich war es keiner. Als ich sie am Bahnübergang im Mondlicht sah, erschrak ich. Tatsächlich hatte dieses Bild etwas Diabolisches an sich, das durch die Hörner des Teufelskostüms suggeriert wurde.

Vor dem Landhaus mußte man Olivia mit Gewalt zurückhalten. Die Arme wollte aussteigen. Lancker griff ein.

»Du bleibst im Wagen«, sagte er.

Diese Diskussion war beendet, und eine zweite begann mit dem Chauffeur, der sich auch nicht damit abfinden wollte, auf uns zu warten. Mit dem Versprechen, bald zurückzukommen, verabschiedete ich mich von den beiden. Wir fuhren durch Eukalyptus-Alleen auf das Haus mit seinen Statuen, einem Säulengang und einem Aussichtsbalkon zu. Ein betagtes Ehepaar empfing uns. Was für ein sympathischer alter Mann! Während die Frau mit uns über Pistolen und Säbel sprach wie über ihre Kinder, erklärte er die Unterschiede zwischen der französischen und der italienischen Florettschule, um dann unter Betonung des technischen Aspekts die traurigsten Duelle zu schildern. Mit einer Grimasse versprach uns die Frau:

»Nach dem Bumbum«, sie kniff ein Auge zu und zielte mit dem Finger, »wie nach der ersten Kommunion die klassische Tasse Schokolade mit Toast, Butter und Zucker und Bay Biscuits!«

Sie irrte sich. Es gab kein Bumbum. Es gab einen Zweikampf mit dem Degen an einem Ort, zu dem wir auf einem gewundenen Pfad zwischen duftenden Blumen hinunterstiegen. Hinter zwei steinernen Löwen, die klein und verwachsen, aber, wie uns der

Besitzer versicherte, die genaue Kopie irgendeines florentinischen Panthers waren, lag der Kampfplatz, ein von künstlichen Felsen und Kakteen umgebenes Gelände, das mich zu der an meinen Kollegen, den Domino, gerichteten Bemerkung inspirierte:

»Das muß der Eingang zur Hölle sein.«

»Wo sehen Sie hier einen Eingang?« fragte er.

Was konnte man von einem Domino anderes erwarten?

Ich für mein Teil war, wie Sie sich erinnern werden, ein Engel oder, wie Olivia entschieden hatte, der Schutzengel unseres Freundes, und in diesem Augenblick schlüpfte ich ganz in meine Rolle, und ich hatte die Gewißheit, daß es meine Pflicht war, Rolando de Lancker zu retten. Ich flüsterte ihm eindringlich ins Ohr:

»Sagen wir, es war ein Scherz. Das Leben ist wunderbar, Sie haben Olivia, und warum wollen Sie alles verlieren?«

»Ein Ehrenmann ist immer bereit, für eine Sache alles zu verlieren«, antwortete er.

»Dieser Teufel ist kein so großes Opfer wert«, versicherte ich ihm.

»Er hält mich schon für tot«, sagte er.

»Was für ein Unsinn!« widersprach ich sofort. »Aber, glauben Sie mir, wenn wir die Tasse heiße Schokolade trinken, die uns die Frau versprochen hat, werden Sie nicht bei uns sein, und warum nicht, wenn man fragen darf? Wegen einer Kinderei, die schon niemanden mehr interessiert.«

»Dann«, sagte er mit einem melancholischen Lächeln, »werden Sie eben zwei Tassen trinken müssen, die Ihre und die meine.«

Um ihm nicht das letzte Wort zu lassen, rief ich, während ich sah, wie er mit dem Degen in Fechtstellung ging:

»Sie werden mir wie Blei im Magen liegen.«

Von dem kleinen Alten geleitet, der mit angenehmer Unbefangenheit auftrat, begann das Duell. Woher hatte ich die Überzeugung genommen, daß der Teufel ein gefährlicher Gegner sei? Ich nehme jetzt an, daß sie von dem Nimbus des Übernatürlichen herrührte, in dem wir uns in dieser Nacht bewegten. Jedenfalls war der Teufel unschlagbar. Mit was für einer Entschlossenheit, mit welchem Mut kämpfte Lancker seinen aussichtslosen Kampf! Ich werde meine frommen Vorsätze aufgeben, ich werde mein scheinheiliges Wort brechen, aber dieses Epitaph, wenn man so sagen will, das ich hier für Lancker schreibe, sollen keine zweckdienlichen allgemeinen Redensarten zum Lob der wahren Religion und zur Verdammung der Abtrünnigen verdunkeln. Mag sich ein jeder die Moral von der Geschicht' aussuchen, die ihm behagt. Meine Feder wird nur die klare Rechtschaffenheit festhalten, mit der mein Freund gegen Himmel und Hölle focht, und seinen unerschrockenen Mut, der nicht bei der Hoffnung Zuflucht suchte. Das könnten wir von anderen Tapferen nicht sagen.

Lancker griff unermüdlich an, der Kampf schien nicht ungleich zu sein, bis zuletzt der Umhang des Teufels in Flammen aufging und wie zwei rote Flügel aussah – und sein Degen blitzschnell und tödlich zustieß. Lanckers Körper wurde auf der Höhe des Herzens von vorn bis hinten durchbohrt. Wir stürzten auf ihn zu, um freigebig unsere verspätete Hilfe anzubieten. Ein Wunder, das letzte der Serie, hielt uns zurück: wir sahen Rauch wie von einem kleinen Feuer, der unter der Leiche hervorquoll, wir atmeten Schwefelgeruch und wir hörten ein Rasseln von Ketten. Der Domino bekreuzigte sich und sagte leise:

»Er ist zur Hölle gefahren.«

Man weiß, daß aus dem Mund der Einfältigen die Wahrheit spricht.

Unmerklich verschwand der Mann, der den tödlichen Stoß geführt hatte, von unserer Seite. War das Couto mit der schwermütigen Miene aus den angenehmen Zeiten in Paris gewesen? Glauben Sie das nicht. Es war der Teufel, der echte Teufel, Satan, oder wie immer Sie ihn nennen wollen. Überflüssig, diese Maske im Landhaus zu suchen. Überflüssig, die Sekundanten zu suchen, den mit dem Kopf eines Geißbocks und den mit dem Eselskopf. Die drei hatten sich in nichts aufgelöst. Sie waren keine Masken gewesen.

Was blieb, war der Leichnam, der sehr bald zu lästigen und noch dazu polizeilichen Nachforschungen führen mußte. Es erschien mir bedauerlich, daß ihnen ein lediglich ganz zufälliger Freund wie, zum Beispiel, ich, ausgesetzt sein sollte. Ich bediente mich des Telefons, das manchmal funktioniert, um Jorge Velarde, alias der Drache, anzurufen. Ich sagte ihm, daß es seinem Vetter schlecht gehe und daß er unverzüglich ins Landhaus kommen solle.

»Fahre ich mit Monsignore?« fragte er.

Ich ärgerte mich, versuchte, mit zweifelhaftem Geschmack einen

Scherz über die Totengebete zu machen, die nie zu spät kommen, und legte auf. Im Wagen erzählte ich Olivia, ich weiß nicht mehr, was für ein Märchen, und um sie all diesen traurigen Dingen fernzuhalten, nahm ich sie mit in meine Wohnung.

Die Reisende erster Klasse

In jener tropischen Stadt, einem bescheidenen Handelsplatz, den gelegentlich die Einkäufer von Tabakfirmen aufsuchten, verstrich das Leben eintönig. Ging irgendein Schiff im Hafen vor Anker, so feierte unser Konsul das Ereignis mit einem Bankett im maurischen Salon des Hotels Palmas. Ehrengast war immer der Kapitän, dem der kleine Neger des Konsulats die Einladung an Bord brachte mit der Bitte, sie auf eine von ihm ausgewählte Gruppe von Offizieren und Passagieren auszudehnen. Obwohl eine glänzende, prächtige Tafel geboten wurde, ließ die feuchte Hitze die einfallsreichsten Produkte kulinarischer Kunst abgestanden, wenn nicht gar verdächtig erscheinen, so daß dort allein das Obst seine Anziehungskraft behielt; besser gesagt das Obst und der Alkohol, wie Reisende bezeugen können, die weder einen vortrefflichen Weißwein vergessen noch die, vermutlich unterhaltsamen, Unternehmungen, zu denen er anregte. Im Laufe eines dieser Diners hörte unser Konsul aus dem Munde der Touristin selbst – einer begüterten ältlichen Dame in bequemer englischer Kleidung von festem Charakter und ungezwungenem Wesen – die folgende Erklärung oder Geschichte:

»Ich reise in der ersten Klasse, gebe aber unumwunden zu, daß heute alle Vorteile dem Passagier der zweiten zugute kommen. Vor allem der Preis der Überfahrt, der ein wichtiges Kapitel ist. Die Speisen, wer wüßte das nicht, kommen, von denselben Köchen zubereitet, aus derselben Küche für die erste und die zweite Klasse, aber ohne Zweifel finden dank der Vorliebe der Besatzung für die einfachen Schichten des Volkes die köstlichsten und frischesten Gerichte unweigerlich den Weg in den Speisesaal der zweiten Klasse. Was die erwähnte Vorliebe für das einfache Volk betrifft, so halte man das für keinen Irrtum. Sie hat nichts Natürliches an sich; sie wurde gezüchtet von Schriftstellern und Journalisten, Leuten, denen alle Welt voll Ungläubigkeit und Mißtrauen zuhört, die aber doch durch ihre Beharrlichkeit auf die Dauer überzeugen. Da die zweite Klasse voll belegt ist und die erste praktisch leer, findet man beinahe keine Stewards in der ersten, und eben deshalb ist auch die aufmerksame Bedienung in der zweiten um soviel besser.

Sie werden mir glauben, wenn ich Ihnen versichere, daß ich

nichts vom Leben erwarte; immerhin gefallen mir ein wenig Betriebsamkeit und hübsche junge Leute. Und nun will ich Ihnen ein Geheimnis anvertrauen: sosehr wir auch auf dem Gegenteil bestehen, Schönheit und Jugend sind dasselbe; nicht von ungefähr verlieren alte Frauen wie ich den Kopf, sobald ein junger Mann in Erscheinung tritt. Junge Menschen – um wieder auf die Frage der Klassen zurückzukommen – reisen allesamt in der zweiten. In der ersten scheinen sich auf Bällen, sofern es welche gibt, wiederauferstandene Leichen zusammenzufinden, die ihre besten Kleider angezogen und sich mit Schmuck behängt haben, um die Nacht gebührend zu feiern. Das Logischste wäre, daß Schlag Mitternacht ein jeder, schon halb zu Staub zerfallen, in sein Grab zurückkehrte. Selbstverständlich können wir uns an den Festen der zweiten Klasse beteiligen, obgleich man dabei auf jegliche Empfindsamkeit verzichten müßte, denn die da unten leben, betrachten uns, als hielten wir uns für gekrönte Häupter auf Besuch in den Armenvierteln. Die aus der zweiten Klasse erscheinen, wenn es ihnen gerade so einfällt, in der ersten, und niemand, keine Autorität, stellt ihnen die verpönte Schranke entgegen, die von der Gesellschaft schon vor einiger Zeit einmütig abgeschafft wurde. Diese Besuche der Leute aus der zweiten werden gut aufgenommen von uns, den Reisenden der ersten; allerdings mäßigen wir unsere freundliche Bewirtung und Herzlichkeit, damit unsere gelegentlichen Gäste nicht entdecken, daß wir sie augenblicklich als die der anderen Klasse identifizieren – einer Klasse, die, solange die Überfahrt dauert, ihren aufrichtigen Stolz ausmacht –, und beleidigt sind. Weniger freuen wir uns über ihren Besuch, wenn es sich um die Einbrüche oder die Überfälle handelt, die im allgemeinen vor Tagesanbruch stattfinden, regelrechte Streifzüge, bei denen die Angreifer unbarmherzig darauf aus sind, einen Passagier – irgendeinen von uns! – zu finden, der die Tür seiner Kabine nicht abgesperrt hat oder draußen geblieben ist, in der Bar etwa, in der Bibliothek oder im Musiksalon. Ich schwöre Ihnen, mein Herr, daß ihn diese jungen Leute rücksichtslos auf die Brücke oder das Promenadendeck schleppen und über Bord werfen, hinunter in die schwarze Unermeßlichkeit des Meeres, das der gleichmütige Mond erhellt, wie ein großer Dichter sagte, und das von den schreckenerregenden Ungeheuern unserer Phantasie bevölkert ist. Jeden Morgen betrachten wir Passagiere der ersten Klasse einander mit Augen, in denen deutlich zu lesen steht: ›Sie sind also noch einmal davongekommen!‹ Aus Anstand erwähnt niemand die Verschwundenen; auch aus Vorsicht, denn gewissen, vielleicht unbegründeten Behauptungen zufolge – es gibt eine schaurige Lust, sich zu ängstigen, anzunehmen, daß die Organisation des Gegners perfekt ist – sollen die aus der zweiten Klasse ein Spionagenetz unter uns ausgebaut haben. Wie ich Ihnen schon vor einer Weile sagte, hat unsere Klasse alle Vorteile eingebüßt, einschließlich derer des Snobismus (der gleich dem Gold seinen Wert behält), aber ich kann mich aufgrund irgendeiner Schwäche, die bei Leuten meines Alters wohl unheilbar ist, nicht dazu entschließen, Reisende der zweiten Klasse zu werden.

Die Abkürzung

> Nach drei oder vier Stunden Fahrt auf der endlos gradlinigen Straße befahl die alte Dame, die welk geworden, aber noch so gebieterisch war wie in ihren besten Jahren, dem Chauffeur: »Fahren Sie querfeldein, schneiden Sie den Weg ab.«
>
> G. MESSINA: *Desde el pescante*

An diesem Junimittag, als er durch die Windfangtür ging, bemerkte Guzmán deutlich die Angst: eine leichte, vorübergehende Beklommenheit, die ihn seit einem Jahr jedesmal an dieser Stelle überkam, wenn er zu einer Reise aufbrach. Eben nur so ein Brauch, meinte er, ein Brauch der Seele, unbequem allerdings für einen Mann seines Berufs: Guzmán war Handelsreisender. Er meinte auch, daß er irgendeinen Ursprung haben müsse, und in rascher Schlußfolgerung führte er ihn auf seine Frau und auf die italienischen Vorfahren seiner Frau zurück. Diese, die ihm dicht auf den Fersen durch den Flur folgte, war eben dabei, die sattsam bekannten, unvermeidlichen Ermahnungen herunterzuleiern:

»Fahr langsam. Laß dich nicht ablenken. Hüte dich vor Überfällen.«

Guzmán schloß die Augen und stellte sich, Trost und Zuflucht suchend, seine Frau so vor, wie sie zweifellos die anderen sahen: eine beinahe robuste, sichtlich füllige Blondine, deren Jugendfrische sich nicht nur in der Haut, sondern ebenso auch in dem widerspenstigen, ungekämmten Haar und in dem prallen Mieder zeigte. Sagte nicht Battilana, ein Fachmann auf diesem Gebiet, die junge Frau sei ein sorgloses Tier? Er fragte sich, was ihm lieber wäre: eine sorglose Frau, die den Mann allein läßt, oder die seine, die ihm keine Ruhe gab. Da er nun einmal seine Carlota hatte, die ihn eben an sich drückte, als wäre die bevorstehende Trennung die letzte, endgültige, hob er sich die Frage für eine andere Gelegenheit auf. Schließlich machte er sich aus ihren Armen frei und wandte sich dem Hudson zu. Für jeden Reisenden (wenn ihm einmal die Nieren und der Hexenschuß zu schaffen machen) wird das Auto früher oder später zum Folterwerkzeug. Aber der Mensch lebt nicht von der Erfahrung allein: etwas bedeuten ihm auch die Meinungen der Mitmenschen und die Träume der Jugend. Getäuscht durch seine eigene Einschätzung dieses Hudson 8, Serienmodell 1935 – dessen Vorzüge gewiß tatsächlich vorhanden und ebenso mittelmäßig waren wie die eines jeden Autos –, betrachtete er ihn mit stolzer Befriedigung, wenngleich keineswegs blind für dieses ihm nur allzu bekannte pathetische Aussehen eines tadellos gepflegten alten Vehikels. Andererseits war diese Befriedigung auch nicht unbegründet, denn der Hudson erfüllte die beiden für das Glück unerläßlichen Bedingungen: er brachte ihn ans Ziel und wieder zurück. Guzmán sagte sich: »Jeder hat ein Recht auf seine Lächerlichkeiten«, und er dachte, daß er im vorgeschrittenen reifen Alter hinterhältig log. Denn weil sich seine Frau ängstigte, wenn sie wußte, daß er nachts unterwegs war, versicherte er ihr:

»Ich fahre jetzt gleich nach Rauch.«

Guzmán, der mit einem vollständigen Sortiment vorzüglicher Produkte der Marke *Lancero* längst der Route Nr. 2 bis Dolores und der Küstenstraße bis Salado reiste, wollte diesen Nachmittag auf Bitten des Herrn Geschäftsführers in Vertretung eines Kollegen, der Urlaub hatte, auf der Route Nr. 3 nach Las Flores und Cacharí fahren, nach Rauch abbiegen und auf dem Weg nach Ayacucho hinter dem Bach El Perdido versuchen, einen der besten Kunden dieses Gebiets zu beschwichtigen, der sich über die ständige Lieferung ganzer Posten von sauer gewordenem Quittengelee, verschimmeltem Mate und Fadennudeln mit Würmern darin beklagte. Schon im Wagen sitzend, ließ er den Motor einige Minuten warmlaufen, winkte mit komischer Steifheit mit einer Hand, die von schwarzen Haaren fein gestreift war, und rief, getrieben von diesem Eifer, Lügen zu bestätigen, der sie oft erst recht enthüllt:

»Nach Rauch!«

»Wieso nach Rauch?« fragte Carlota. »Holst du nicht zuerst Battilana ab? Fährst du denn nicht mit Battilana?«

Er verteidigte sich rasch:

»Hatte ich völlig vergessen. Da siehst du, was bei deinen Ermahnungen herauskommt: sie bringen einen nur durcheinander.«

In Wirklichkeit hatte er etwas anderes vergessen. Er erinnerte sich nicht mehr an ihr Gespräch über den Reisebegleiter; aber es war besser, nicht auf das Gesagte und das Verschwiegene zurückzukommen, ein schlüpfriges Terrain, auf dem der Schwindler bei der geringsten Unachtsamkeit ausrutscht.

»Was mich betrifft«, gestand Carlota, einem Gedanken folgend, der sie von diesem Gespräch ablenkte – es steuerte vielleicht schon gefährlich darauf zu, die Schwindeleien ans Licht zu bringen –, »so weiß ich nicht, was mich mehr beunruhigt ... Wenn dich niemand begleitet und etwas geschieht, ist keiner da, der dir hilft; fährst du mit einem anderen zusammen, plauderst du, läßt dich ablenken, und schon passiert ein Unglück.«

Guzmán sah sie an, ohne zuzuhören. Nur die Erinnerung an dieses junge Gesicht würde er mitnehmen, das auf magische Weise von Sorgen und Befürchtungen angesteckt war.

Belustigt durch die Spiele seiner unglaublichen Phantasie, dachte er auf der Fahrt zwischen seinem Haus in der Chacabuco 700 und dem Restaurant in der Nähe von Constitución: wenn ihm Carlota wie ein Vogel in der Luft folgte, würde sie jetzt vollkommen befriedigt – und getäuscht – umkehren. Er ließ den Wagen tatsächlich vor Battilanas Wohnung in der Calle General Hornos stehen, von wo aus er später nach Rauch fahren wollte. Um einige bescheidene Triumphe in das Leben zu streuen, die es so sehr verbessern, verläßt sich der kluge Mann nicht einfach auf sein Glück, sondern versetzt ihm ab und zu selbst einen geschickten Stoß.

Im Restaurant, das geräumig wie ein Lagerschuppen war, erwarteten ihn die Freunde schon am Tisch. Sie waren zu acht, die meisten alte Schulkameraden, alle reife Männer, müde, grauhaarig. Zu den »Neuen«, die die »Alten« mitgebracht hatten, zählten Battilana, sein Schützling, und Nardi, ein Bekannter Fondevilles. Die ursprüngliche Gruppe von fünfzehn Mann war durch Todesfälle, Krankheiten und andere Ursachen reduziert worden. Jeder setzte sich instinktiv auf einen bestimmten Stuhl – mit Ausnahme des alten Coria, den sie den »Fliegenden« nannten und der niemandes Stammplatz respektierte.

Es gab eine allgemeine Debatte über die Vor- und Nachteile des Gabelfrühstücks im Gegensatz zum Mittagessen, und einige versuchten, Battilana den Sachverhalt zu erklären und ihn jeweils für ihre Seite zu gewinnen.

»Sagt mir«, fragte Fondeville mit einem Zwinkern, »taugen die Leute noch zu etwas im Büro nach so einer Schlemmerei?«

»Und ich möchte wissen, ob die Alten zu etwas taugen, die spät schlafen gehen!«

»Viel taugen sie auf keinen Fall«, meinte Battilana.

Belvedere erklärte:
»Wir versammeln uns jeden Donnerstag.«
Jemand nannte die Gruppe »die Burschen«.
»Von Burschen haben wir nur noch den Namen«, gestand Sauro.
»Und was noch trauriger ist: den Geist«, gab Guzmán zu.
»Hoch der Geist«, deklamierte Battilana und fügte nachdenklich hinzu: »Mir fallen diese alten Männer ein, die sich auf den Plätzen versammeln.«
Guzmán schwankte zwischen einer Entgegnung und einem Glas Wein. Er entschied sich für den Wein und begann dann nervös, Brot zu essen.
»Bis vor kurzem«, erklärte Sauro, an Battilana gewandt, »trafen wir uns am Spätnachmittag in einem Café, wo das *Cuarteto del Centro* Tangos spielte, was Spaß machte, und um acht gingen wir ins Restaurant, immer eine gute Küche, und beendeten dann den Abend ... Wetten, daß Sie es nicht erraten?«
»Krank von soviel Tomatensaft«, antwortete Battilana ohne Zögern.
In diesem Augenblick bahnte sich ein Kellner, der keine Zeit zu verlieren hatte und in vorwurfsvollem Ton um Verzeihung bat, mit der Raviolischüssel einen Weg zwischen den Köpfen hindurch.
»Nein, mein Herr. *In illo tempore* tranken wir unseren Wermut in einer kleinen Bar und spielten Karten, aber jetzt als alte Leute unterhalten wir uns lieber und sind übereingekommen, daß uns Pistazieneis besser bekommt als Wermut.«
Fondeville mischte sich ein:
»Erstaunlich, wie gut uns allen dieses Eis schmeckt. Wir gehen in eine Eisdiele in der Calle San Juan, wo man es ganz frisch bekommt, weil der Umsatz so groß ist. Man lehnt sich an die Theke mit der Gewißheit, daß sie einen nicht vergiften.«
»Haben Sie sich einmal ausgerechnet, mein Herr, was für ein Unheil die Lebensmittelvergiftungen Jahr für Jahr anrichten?« fragte Nardi.
Coria, der einen Augenblick auflebte, forderte:
»Gebt dem Herrn die genaue Adresse der Eisdiele. Ich empfehle sie ihm von ganzem Herzen, natürlich unter der Voraussetzung, daß Sie, wie wir, ein Liebhaber sind.«
Sauro ergriff wieder das Wort:

»Jemand hat gesagt, daß die Pistazie (höchstwahrscheinlich ein ausgemachter Schwindel) die Vitalität des Mannes anregt, ich weiß nicht, ob Sie mich verstehen, so daß sich zwischen einem Scherz und dem andern jeder von uns sein Eis einverleibt – mit Ausnahme des ältesten Herrn hier« – er zeigte auf Coria –, »dem wir alle zureden, zwei zu essen, denn wir machen ihm klar, daß er sie dringend braucht.«

Im Tonfall der Bewunderung sagte Fondeville, indem er auf Battilana deutete und ein Auge zukniff:

»Der dagegen wird keine Pistazien brauchen.«

Der Angesprochene gab mit einem bescheidenen Lächeln zu:

»Vorerst, offen gesagt, nein.«

Guzmán, der sich selten ein Urteil über Menschen bildete, dachte dennoch, daß die seiner Generation die besten der Welt seien und daß man von den jüngeren Generationen lieber nicht sprach. Vor allem, weil man sich täuschte. Battilana, zum Beispiel, der im Milieu des Westbahn-Klubs als scharfer und umfassender Geist brillierte, verlor, verglichen mit den Freunden, an Glanz. Er fragte sich, ob es nicht ein Irrtum gewesen war, ihn in den Kreis der vertrauten Freunde einzuführen und, schlimmer noch, ihm von der Reise zu erzählen. Unter Berufung auf seine Neugier, die Wirklichkeit des Landes aus nächster Nähe kennenzulernen, hatte Battilana im Büro Urlaub bekommen, und nun würden sie, wenn nicht ein Wunder geschah, Reisegefährten bis über Rauch hinaus, hin und zurück, sein, wozu er sich eigentlich beglückwünschen mußte, denn im Falle von Unannehmlichkeiten durch eine Panne oder schlammige Straßen bot das völlige Alleinsein keine Vorteile.

Belvedere und Sauro nahmen lächelnd, aber hartnäckig, eine uralte Polemik zwischen Konservativen und Radikalen wieder auf.

»Ich bitte Sie«, flehte Battilana, »von diesen ausgestorbenen Spezies sind vielleicht noch zwei Exemplare im La-Plata-Museum übriggeblieben: Sie.«

»Und wenn ich ihn sitzen ließe?« dachte Guzmán. »Wenn ich ihn im Durcheinander des Abschiednehmens vergäße? Die Fahrt wäre doch gleich etwas anderes.«

Als Nachspeise wurde Pistazieneis serviert, eine angenehme Überraschung für alle.

»Jemand hat es bestellt«, meinte Sauro.

Bald fiel ihnen auch das kaum verhohlene Grinsen Corias auf.
»Er war es, er war es!« riefen einige und zeigten mit dem Finger auf ihn.
Sie klopften ihm auf die Schulter. Sauro trug dem Kellner auf:
»Für Señor Coria die doppelte Portion.«
Als er den Teller Battilanas sah, sagte Coria:
»Der genießt nur. Er hat es nicht nötig, aber zuwider ist es ihm auch nicht.«
»Das junge Blut ißt für zwei«, erklärte Fondeville.
Belvedere bemerkte gelassen:
»Ihr werdet dieses Pistazieneis wohl nicht mit dem in der Calle San Juan vergleichen.«
Beim Abschied stand man noch eine Weile draußen auf dem Gehsteig in Gruppen beisammen. Als Guzmán die Abwesenheit Battilanas bemerkte, zog er die Möglichkeit, ihn zu vergessen, in Betracht. Der Augenblick zu gehen kam, der Reisebegleiter war noch immer nicht erschienen, und er machte sich auf den Weg zur Calle Hornos, aber er ging langsam, denn der Mut verließ ihn. Bald hörte er auch die keuchende Stimme des anderen:
»Ich dachte schon, Sie hätten mich im Stich gelassen, Don Guzmán. Ich habe mit einer lästigen Person telefoniert. Sie wissen ja, wie die Frauen sind, was Ratschläge und Versprechungen anbelangt. Als ich wieder herauskam, war im Lokal keine Menschenseele mehr zu sehen, aber der Instinkt führte mich hierher.«
»Sagen Sie nicht ›Don‹ zu mir«, antwortete Guzmán, und er dachte, daß Battilana wahrhaftig komplett ausgestattet war: Mütze, englische Pfeife, buntes Tuch um den Hals, Regenmantel, der rauhhaarige Sakko, den er im Restaurant an ihm gesehen hatte, braune Hose, gelbe Schuhe. Er musterte ihn ohne Voreingenommenheit und sagte mit Nachdruck: »Kritisieren Sie mir nicht den Hudson, sonst fahren Sie nicht mit.«
»Aber nein, diese Autos von früher ...« schmeichelte Battilana.
Der Motor des Hudson brummte wie ein Flugzeug, zweifellos weil das Auspuffrohr ein wenig verrostet war. Guzmán fuhr durch die General Iriarte, überquerte die Pueyrredón-Brücke und schlug, indem er die Gefrierfleischfabrik *La Negra* zur Rechten ließ, die endgültige Richtung ein. Als Battilana die Mütze abnahm, drehte Guzmán trotz der Kälte eine Scheibe ganz herunter, damit die Luft von draußen ein wenig den Geruch nach

Kopf vertrieb. »Der Liebling der Frauen«, dachte er. »Was für Schlampen!« Mit dem blöden Ausdruck, den manche Tote an sich haben, schlief sein Begleiter seine schwere Verdauung aus, und wie als Kommentar zu den Straßenverhältnissen gab er Schnaufer, Pfiffe oder kurze Schnarchlaute von sich. Nach langer Fahrt lichtete sich die Vorstadt zu beiden Seiten. Sie kamen endlich ins offene Land hinaus. Auf Pfosten oder Holzzäunen hingen, von einem langen Pfahl zum andern, Schilder mit den Namen von Viehfarmen: »La Primavera«, »Las Encadenadas«, »La Perdida«, »Los Cerrillos«, »La Legua«, »El Toro«. Guzmán dachte: »Noch nie habe ich sie so traurig gefunden.«

Einer seiner eigenen Schnarchlaute schreckte Battilana auf. Als er wach war, sagte er:

»Sie werden entschuldigen, daß ich im Restaurant ein wenig unfreundlich war, aber ich halte dieses Milieu nicht aus.«

»Was haben Sie gegen dieses Milieu?«

»Ich will nicht den Anspruchsvollen spielen, das würde mir nie einfallen, aber diese selbstzufriedene Dummheit ... Sie leben in der besten aller möglichen Welten oder glauben es jedenfalls.«

»Gibt es mehrere mögliche Welten?« fragte Guzmán verächtlich.

»Mehrere Welten, mehrere Argentinien, mehrere Zukünfte, die uns erwarten: in die eine oder andere werden wir bald eintreten.«

Außerstande, Battilana bei solchen Überlegungen zu folgen, beschränkte sich Guzmán auf das konkrete Thema und bemerkte:

»Ich mache Sie darauf aufmerksam, daß das wertvolle Menschen sind.«

»Das will ich nicht bestreiten. Aber wenn sie alle beisammen sind – das ist es. Soll ich Ihnen gestehen, warum ich sie nicht ertrage? Sie sind das lebendige Abbild der Republik. Diese Sorte in der Regierung – es ist zum Totlachen.«

»Das ist die Demokratie. Oder würden Sie lieber – wie, ich weiß nicht mehr, was für eine hochgestellte Persönlichkeit – einen Inka haben?«

»Nein, die Geschichte geht nicht rückwärts. Man muß einen großen Sprung machen, die große Wendung. Schluß mit dieser Regierung der Penner vom Komitee.«

»Sie werden sie vermissen.«

»Keine Angst. Legen Sie die Zügel in die Hände von Politikern und Technikern mit einer anderen Mentalität, ändern Sie die Strukturen, und Sie können voll Hoffnung in die Zukunft blicken. Sind Sie sich darüber im klaren?«

Ohne sich ganz dessen bewußt zu sein, was er sagte, entschied Guzmán:

»Das Leben ist ein Durcheinander.«

Er dachte gründlicher nach und kam zu einem verblüffenden Schluß: er war ein glücklicher Mann. Er war auf Reisen, was etwas Erholsames an sich hatte, oder er ging mit seiner Frau in die »Westbahn«, den Klub in dem Viertel, in dem sie früher gewohnt hatten, oder er blieb zu Hause, mit einem guten Buch, vor dem Fernsehapparat. An Freunden fehlte es nicht; da waren die »Burschen«, die Kollegen von Ferro, zu denen Battilana gehörte, die im neuen Viertel, Leute, die keine Wurzeln schlugen und mit denen man sich vielleicht nicht allzu gut verstand.

Battilana sagte: »Erlauben Sie«, und schaltete das Radio ein. Sie hörten *La zamba de Vargas.* Ein Lastwagenfahrer gab ihnen die Straße nicht frei; als sie ihn endlich doch überholt hatten, stießen sie beinahe mit einem Omnibus zusammen. Guzmán schrie Schimpfworte, die der Adressat nicht hörte, weil er zu weit weg war. Battilana meinte nachsichtig:

»Versetzen Sie sich an ihre Stelle. Männer, die arbeiten, müde.«

»Und was bin ich?« fragte Guzmán voll Haß.

In Monte verloren sie mehr als eine Viertelstunde an der Tankstelle. Es war niemand da, um sie zu bedienen. Als er sah, daß Battilana das Haus betrat, dachte Guzmán, er werde den Tankwart holen, aber er ging nur auf die Toilette. Endlich erschien ein alter Mann mit einem Kofferradio, das irgendein unwichtiges Fußballspiel übertrug, füllte den Tank, kassierte in aller Eile und ging wieder, um sein Match zu hören.

Da es schon spät geworden war, verschob Guzmán den Besuch von zwei oder drei Kunden in Las Flores auf die Rückfahrt. Sie ließen die Güter von La Colorada, heute Doctor Domingo Harostegui, das berühmte von Pardo und das von Miramonte hinter sich und bogen kurz vor Cacharí auf einer nicht asphaltierten Straße nach Osten ab. Battilana hustete und sagte schüchtern:

»Es kommt etwas Staub herein.«

»Zum Glück nicht so viel wie bei den neuen Wagen«, antwortete Guzmán hustend.

Nach etwa zwölf Meilen fuhren sie über die Brücke über den Los Huesos, dann vorbei an dem Lagerhaus, das einen scharfen Winkel bildet; und schon am Ortsbeginn von Rauch, hinter den Versteigerungs- und Markthallen, überquerten sie sehr langsam die Schienen einer aufgegebenen Bahnstrecke. Battilana bemerkte:

»Der Mann kennt seinen Weg gründlich.«

Während er mit tiefer Befriedigung dieses Lob entgegennahm, das er für verdient hielt, fragte sich Guzmán, ob er sich nicht schon verfahren hatte. Durch den Ort war der Weg sicher, aber länger; um Zeit zu gewinnen, fuhr er lieber an den Villen am Rand entlang, was letzten Endes keine größere Gefahr mit sich brachte, als daß er die gewonnenen Minuten wieder verlor. Bald müßte er nun zum Bahnhof kommen. Als er schon seine Zweifel gestehen wollte, tauchte tatsächlich der Bahnhof auf. Sie ließen ihn zur Linken liegen. Guzmán dachte: »Nach dreihundert Metern überquere ich die Schienen der Hauptstrecke.« Die dreihundert Meter zogen sich unerklärlich in die Länge. Nach seinen Berechnungen waren sie schon tausend Meter gefahren. Einen Mann, der auf einer Mistfuhre vorbeikam, hätte er beinahe gefragt: »Bin ich hier auf dem richtigen Weg?« Aber er fuhr weiter, er entdeckte, daß er entschlossen war, dem neuen Bild eines Kenners aller Wege und Stege gerecht zu werden, das Battilana von ihm gezeichnet hatte. »Was für ein Wahnsinn«, sagte er sich. Als er endlich die lang erwarteten Gleise überquerte, stellte er für sich eine unhaltbare Behauptung auf: »Ich finde heute alles, aber sie haben etwas mit den Entfernungen gemacht. Sie haben sie nicht gelassen, wie sie waren. Sie haben sie verkürzt oder verlängert.«

Die beiden Reisenden fanden die Straße, die sie von Rauch wegführte, übereinstimmend »sehr holperig, ja geradezu voller Löcher«. Ein kurzer Platzregen ging nieder. Am Nachmittag veränderte sich das Licht, das nun dem Grün der Weiden und der Schwärze der Kühe eine ungewöhnliche Intensität verlieh. Der Himmel verdunkelte sich plötzlich.

»Man sieht jetzt schlecht«, gab Guzmán zu. »Wir dürfen den Wegweiser mit dem Pfeil nicht übersehen, der die Straße nach Udaquiola anzeigt. Wir müssen rechts daran vorbei. Dann kommen wir im Bezirk Ayacucho, hinter dem Bach El Perdido, zu dem Lagerhaus La Campana, gegenüber einer Schule.«

Obwohl sie eine ganze Weile fuhren, war vom Wegweiser nichts zu sehen. In der Ferne donnerte es, und auf den Wagen prasselte hart und undurchsichtig der Regen nieder. Guzmán erwog und verwarf die Möglichkeit, die Fahrt zu unterbrechen und umzukehren. Er schaltete vergeblich die Scheinwerfer ein. Da der Straßendamm sehr schlüpfrig war, fuhr er langsam mit gedrosseltem Motor.

Er sagte:

»Der Regen unseres Vaterlandes«, und er fragte sich, wie sich der (selbstverständlich in gelassenem Tonfall ausgesprochene) Vorschlag, nach Rauch zurückzukehren, mit seinem Ruf eines wegekundigen Reisenden vertragen würde. Er brachte nicht den Mut dazu auf. Er fuhr weiter und sagte schließlich in der Hoffnung, von seinem Begleiter die passende Antwort zu hören: »Was für ein Regen!«

»Der geht vorüber«, erwiderte Battilana.

Guzmán warf einen nervösen Blick auf ihn, sah ihn mit offenem Mund auf die graue und weiße Undurchsichtigkeit der nassen Scheibe starren und sagte sich: »Er ist ein Mistkerl in seinem Panzer der Gefühllosigkeit.« Wie von einem perversen Willen besessen, wiederholte Battilana:

»Der geht vorüber. Ein solcher Guß hält nicht an.«

»Er hält nicht an«, gab Guzmán zerstreut zu, während er innerlich seinen Begleiter zurechtwies: »Was verstehen denn Sie davon?«

Es regnete nun langsam und gleichmäßig, und es sah so aus, als wollte es die ganze Nacht regnen. Noch einmal wechselte das Licht, das Land erhellte sich wieder, und jede Einzelheit trat mit klarer Lebhaftigkeit hervor, bedeutete auf dramatische Weise etwas, was der Betrachter im nächsten Augenblick zu begreifen glaubte. Zu sich selbst sprechend, bemerkte Guzmán:

»Das ist das letzte Licht des Nachmittags.«

»Und eines, von dem man nicht weiß, woher es kommt. Es scheint von der Erde auszugehen«, sagte Battilana rasch mit einer gewissen Erregung. »Haben Sie gesehen, wie das Licht alles verändert? Die Landschaft ist nicht mehr dieselbe wie eben noch.«

»Ich kann nicht nach links und nach rechts schauen«, antwortete er verärgert. »Dieser weiße Schlamm ist wie Seife, und bei der geringsten Unachtsamkeit landen wir im Graben.«

Ein von Soldaten gesteuerter Lkw, der ihnen entgegenkam, wich nicht von der Straßenmitte, und um an ihm vorbeizukommen, ohne abzurutschen, mußte Guzmán seine ganze Geschicklichkeit aufbieten.

»Haben Sie das Kennzeichen nicht gesehen?« fragte Battilana. »Sehen Sie es sich an, drehen Sie sich um und sehen Sie es sich an. Woher stammt dieses Kennzeichen?«

»Was kümmert mich das Kennzeichen? Solche Leute gibt es! Nichts interessiert Sie so sehr wie das Kennzeichen des Autos, an dem Sie vorbeifahren. Es ist nicht zu glauben. Wir sind gerade noch davongekommen, weil ich steuere wie ein König, und jetzt soll ich mich umdrehen, um mir das Kennzeichen anzusehen?« Er sprach noch lauter und fragte entrüstet: »Soll ich Ihnen sagen, was ich denke? Es wäre das beste, das wenige Licht auszunutzen, das uns noch bleibt, um zu wenden und nach Rauch zurückzufahren.«

»Meinen Sie?« fragte Battilana.

»Sind Sie ein Held oder so ahnungslos? Entscheiden Sie sich. Die Scheinwerfer des Hudson taugen nicht viel, dieser Regen, der vorübergeht, dauert meiner Ansicht nach bis morgen, die Straße ist ein eingeseiftes Brett. Ich kann nicht aus purer Laune eine neue Kardanwelle gießen. Sehen Sie, hier scheint die Straße breiter zu sein. Wir werden wenden.«

Er führte ein tadelloses Manöver aus, aber als er wieder in Richtung Rauch fahren wollte, rutschte der Wagen gefährlich weit über die Grabenböschung.

»Hören Sie, Sie steigen aus, ich starte und Sie schieben, und ich lenke den Wagen auf die Straße zurück«, befahl Guzmán. »Mit einem glücklichen Schubs kriegen wir ihn wieder hin.«

Battilana stieg sofort in den Regen hinaus. Guzmán machte eine Bewegung, um ihm die Mütze zu reichen, die auf dem Rücksitz lag; aber da der andere das Anerbieten und offenbar auch das Wasser nicht bemerkte, das ihm übers Gesicht rann, dachte Guzmán: »Soll er doch klatschnaß werden. Er ist an allem schuld mit seiner Sturheit. Schlimm wird nur der Geruch nach nassem Hund sein. Wenn ich vor einer Weile einfach nicht auf ihn geachtet hätte, wären wir jetzt zwei Herren im Hotel von Rauch, die von derselben Wirtstochter bedient werden. Ich möchte wetten, daß der Hund sie erobert.«

»Fertig?« fragte er.

»Fertig«, sagte Battilana.

Guzmán schob den ersten Gang ein und gab vorsichtig Gas. Der Wagen riß Battilana um (der beim Loslassen auf den Knien in den Schlamm fiel), und anstatt auf den Fahrdamm zurückzukehren, schlitterte er auf der Schulter der Böschung ohne größere Abweichung nach oben oder nach unten weiter. Guzmán stellte den Motor ab.

»Für solche Arbeiten sind Sie ziemlich unbrauchbar«, diagnostizierte er kalt. »Ein Stümper.« Dann betrachtete er die Räder und die Spur und fügte hinzu: »So mache ich nicht weiter, denn ich rutsche ab. Ob man irgendwo Hilfe holen könnte?«

Zur Rechten, nicht weit von der Straße, sahen sie ein altes Haus, vermutlich war es ein Polizeiposten.

»Soll ich Hilfe holen?« fragte Battilana.

Guzmán dachte: »Wenn man ihn schlecht behandelt, wird er fügsam.«

»Gehen wir beide«, sagte er.

Da sie den Pfützen ausweichen mußten, hielten sie die Augen auf den Boden gesenkt; als sie aufblickten, standen sie vor einem hohen, breiten, quadratischen weißen Haus.

Es gab keine Klingel. Guzmán schlug mit der Faust gegen die Tür und rief:

»Ave María!«

»Wir sind nicht im Theater, Don Guzmán.«

»Wir sind auf dem Land, Don Battilana. Was soll ich Ihrer Ansicht nach tun? Prusten? Kaum vertraue ich Ihnen, da kommen Sie mir auch schon mit Ihren Launen. Sehen Sie sich diesen Turm an.«

Der Turm stand rechts neben dem Haus, er war aus Beton, sehr hoch, gleichsam von einer Plattform gekrönt, auf der man Gestalten erkannte, wahrscheinlich Wachen. Der Turm sandte ein kreisendes Lichtbündel aus.

»Ich schwöre Ihnen«, sagte Battilana, »ich schwöre Ihnen . . .«

Da sich die Tür ein wenig geöffnet hatte, verstummte er. Eine junge blonde Frau mit kräftigem Busen zeigte sich; sie trug eine Art olivgrüner Uniform, zweifellos eine militärische (Hemd mit hochgeschlossenem Kragen, Rock). Ernst, furchtlos sah sie die beiden mit kalten blauen Augen an.

»Ursache?« fragte sie.

»Ursache?« wiederholte Guzmán befremdet. Dann berichtete er

mitteilsam und lächelnd: »Der Herr hier ist an allem schuld . . .«

Battilana unterbrach ihn mit der offenkundigen Absicht, die Erklärung zu übernehmen, und sagte:

»Verzeihen Sie, Señorita« – er deutete eine leichte Drehung in den Hüften an –, »wir belästigen Sie, weil wir mit dem Auto steckengeblieben sind. Wenn Sie uns ein Pferd leihen, ziehen wir es im Nu heraus . . .«

»Pferde?« fragte die Frau erstaunt, als hätte jemand etwas ganz Unglaubliches gesagt. »Passierscheine!«

»Passierscheine?« stammelte Guzmán.

Battilana erklärte:

»Señorita, wir sind gekommen, weil wir jemanden bitten wollten, uns zu helfen. Wenn Sie nicht können, ist das etwas anderes.«

»Haben Sie Passierscheine, ja oder nein? Kommen Sie herein.«

Sie betraten einen Korridor mit grauen Wänden. Die Frau schloß die Tür, drehte den Schlüssel zweimal um und behielt den Schlüsselbund in der Hand. Sie sahen einander an, ohne zu begreifen. Battilana protestierte jammernd:

»Aber, Señorita, wir wollten Sie nicht aufhalten. Wenn Sie uns kein Pferd leihen können, gehen wir wieder.«

Ausdruckslos, mit müder Stimme, forderte die Frau:

»Papiere!«

»Wir wollten Sie nicht aufhalten«, wiederholte Battilana höflich. »Wir gehen wieder.«

Die Frau rief, ohne die Stimme zu heben (einen Augenblick glaubten sie, sie spreche zu ihnen):

»Korporal, führen Sie diese beiden Elemente dem Obersten vor.«

Ein Korporal in Dienstuniform kam, packte sie an den Armen und führte sie rasch durch den Korridor. Während des schnellen Gehens fragte Guzmán – und er versuchte, Haltung zu bewahren, was nicht leicht war –: »Was soll das bedeuten?« Battilana rühmte sich hochgestellter Freunde, die den Schuldigen an diesem, zweifellos unfreiwilligen, Irrtum teuer zahlen lassen würden, dann bot er seinen Personalausweis der Frau an, die gegangen war, und dem Korporal, der nicht zuhörte. Der Korporal brachte sie in einen kleinen Raum, wo ein Mädchen, das ihnen den Rücken zukehrte, eine Kartei ordnete. Als er sie losließ, ermahnte er sie:

»Ruhe!«

Er öffnete eine Tür, steckte den Kopf in das angrenzende Zimmer und meldete:

»Herr Oberst, ich bringe zwei.«

Die Antwort war ein einziges Wort:

»Zelle.«

Battilana lehnte sich auf.

»Ah, nein – man wird mich anhören«, stieß er, beinahe schreiend, hervor. »Der Herr Oberst wird, dessen bin ich sicher, unsere Lage verstehen.«

»Wohin wollen Sie denn?« fragte der Korporal und versetzte ihm einen Stoß, daß er sichtlich taumelte.

Guzmán fragte sich, ob nun der Augenblick zu handeln gekommen sei. Der Korporal stieß sie wieder vorwärts, diesmal gröber, und führte sie ab. Beim Verlassen des Raumes ertappte Guzmán Battilana dabei, wie er nach der Frau schielte, die die Kartei ordnete, und er dachte bewundernd: »Er läßt aber auch keine Gelegenheit aus.« Als er selbst hinsah, entpuppte sich das Mädchen, das sich mittlerweile umgedreht hatte, als eine dieser häßlichen alten Frauen, die von hinten jung aussehen.

Die Zelle war ein sehr sauberer kleiner Raum mit gekalkten Wänden. An der einen stand eine Pritsche.

»Ein Glück noch, daß sie uns zusammen hier hereingesteckt haben«, bemerkte Guzmán.

Die spontane Herzlichkeit dieser Worte oder die Härte der vorausgegangenen Augenblicke brach Battilanas Widerstand.

»Was soll aus uns werden, Don Guzmán?« fragte er beinahe schluchzend. »Ich möchte nach Hause, zu Elvira und zu meinen kleinen Mädchen.«

»Wir kommen schon wieder nach Hause.«

»Glauben Sie? Soll ich Ihnen etwas gestehen? Wir werden für immer hier bleiben.«

»Sagen Sie so etwas nicht.«

»Soll ich Ihnen etwas gestehen? Ich bin ein Schuft meiner Frau gegenüber. Ich habe eine Frau, die mich liebt, die lacht, wenn sie mich nur sieht, und ich, ein Vieh, Señor Guzmán, ich treibe mich mit anderen herum. Sagen Sie, gehört sich das? Vor allem, wo ich doch zu Hause eine Frau habe, die das wahrhaftig nicht verdient. Aber sagen Sie mir, was soll aus uns werden? Was ist das hier? Ich verstehe nichts, aber, soll ich Ihnen etwas sagen? Es gefällt mir nicht. Soll ich Ihnen etwas gestehen? Ich vermisse meine Stadt, mein Buenos Aires, so als wäre ich schon sehr weit weg. Sehr weit weg und in einer anderen Zeit. Schrecklich ist das, so als sagten sie uns: Sie werden nicht zurückkehren. Wissen Sie, die Mädchen sind sieben und acht Jahre alt, ich helfe ihnen bei den Hausaufgaben, spiele mit ihnen, und jeden Abend küsse ich sie in ihren Betten, wenn sie schon schlafen.«

»Genug«, befahl Guzmán. »Lassen Sie die Kinder aus dem Spiel. Das ist ein Tiefschlag. Was haben Sie vor, wollen Sie mich durch Mitleid verwirren, so daß ich mich nicht richtig verteidigen kann? *Uns* verteidigen, denn Sie werden in dieser Verfassung nicht viel wert sein.«

»Die Frau ...«

»Also gut, die Frau.«

»Ich möchte über die Frau mit Ihnen sprechen. Verstehen Sie mich recht, nicht über meine Frau, Guzmán, über Ihre. Das werden Sie mir übelnehmen.«

»Was hat meine Frau mit all dem zu tun?«

»Ich weiß nicht, was aus uns wird. Was für ein Unglück, hier eingesperrt zu werden. Es ist meine Schuld. Ich habe den Wagen nicht richtig angeschoben. Ich bitte Sie, seien Sie deshalb nicht wütend auf mich. Das würde ich Ihnen nie verzeihen. Ich bin rachsüchtig. Das Ganze hier gefällt mir überhaupt nicht. Was wird nun geschehen? Ich möchte mein Gewissen erleichtern: Ich treffe mich mit Carlota.«

Die Tür ging auf und der Korporal befahl:

»Mitkommen!«

Sie gehorchten. Guzmán stellte fest, daß ihm die Mitteilung Battilanas gar nichts ausmachte. Er dachte: »Mir ist, als hätte er nichts gesagt. Immerhin, das ist keine Kleinigkeit ... Habe ich ihn auch richtig verstanden?« Als er sich sagte: »Es erscheint mir unglaublich«, wurde ihm schwarz vor Augen, und er mußte sich am Türrahmen festhalten. Der Korporal drängte sie durch den Korridor. Sie betraten einen Saal, der an ein Klassenzimmer erinnerte. Hinter einem Tisch saßen ein Offizier und die Frau, die sie vor einer Weile eingelassen hatte. An der Wand, über den Köpfen dieser beiden, hing das Porträt eines bärtigen Mannes. Der Offizier, ein noch ziemlich junger Mann, bleich, mit schmalen Lippen, betrachtete sie voll Anmaßung und Abneigung. Was Guzmán vielleicht am unangenehmsten überraschte, war

Carlotas Name in Battilanas Mund. Diese Personen hinter dem Tisch erinnerten ihn an Prüfungen in der Schule, auch an ein Gericht. Für einen Augenblick vergaß er die Mitteilung Battilanas. Er gab seine Überlegungen und Betrachtungen auf und stellte sich ganz auf die Situation ein, die er erlebte.

Der Korporal führte sie zu zwei kleinen Bänken, die an der hinteren Wand standen, ziemlich weit vom Tisch entfernt. Der Offizier und die Frau unterhielten sich leise; die Frau spielte mit einem Schlüsselbund. Da sich das Warten in die Länge zog, überließ sich Guzmán wieder seinen Überlegungen. Der äußere Reiz, der ihn, als er seine Aufmerksamkeit weckte, aus der vollständigen und ängstlichen Teilnahme an den Geschehnissen herausriß, war der Verdacht, daß die Frau mit einer gewissen Beharrlichkeit Battilana musterte. Dieser seinerseits sah sie mit weit offenen Augen an, die sich auf eine kaum merkliche Weise greifend bewegten wie Polypen. In seine Entdeckung versunken, vergaß Guzmán wieder die Situation und sagte sich: »Er verschlingt sie mit den Augen, und sie antwortet ihm. Er ist ohne Zweifel ein Profi, ein echter Profi.« Der Offizier murmelte der Frau etwas zu. Die Frau rief den Korporal. Sie sahen ihn auf den Tisch zugehen, einen Befehl entgegennehmen und zu ihnen zurückkehren. Der Korporal zeigte auf Battilana:

»Sie da, treten Sie vor.«

Dann spielte sich eine rein mimische Szene ab. Battilana ging durch den Raum und zeigte seinen Ausweis vor. Der Offizier prüfte ihn, warf ihn auf den Tisch, richtete den Oberkörper auf, schob das Gesicht vor, hob das Kinn und verharrte unbeweglich in einer drohenden und für ihn zweifellos unbequemen Haltung. Die Frau nahm den Ausweis und prüfte ihn, sah Battilana an und schüttelte den Kopf. In diesem Augenblick kam zur Mimik die (allerdings nur gedämpfte) Sprache hinzu. Battilana gab und forderte eine Erklärung; der Offizier schnitt ihm verächtlich das Wort ab, und die Frau nahm ihn ins Verhör. Obwohl Guzmán angestrengt horchte, verstand er nur knapp einzelne Wörter: Reisender, Eisenbahn, Lancero, Kollege. Battilana kam zurück, offensichtlich verwirrt. Guzmán sagte sich: »Jetzt bin ich an der Reihe.« Er hätte ihn beinahe gefragt, wie es ihm ergangen sei, aber dann dachte er an Carlota und mochte nicht mit ihm sprechen.

»Sie!« befahl der Korporal.

Die Entfernung erschien ihm endlos, vielleicht weil die hinter dem Tisch ihm entgegensahen. Da sie nicht grüßten, grüßte auch er nicht.

»Einortung?« fragte die Frau

Nach einer kurzen Verblüffung antwortete er:

»Buenos Aires.«

»Einortungsbescheinigung?«

Er sah sie an, ohne zu verstehen. Die Frau sagte beharrlich und mit Widerwillen:

»Antworten Sie, ob Sie eine Einortungsbescheinigung besitzen oder nicht. Irgendwelche anderen Dokumente?«

»Ich mache Sie darauf aufmerksam, Rätin, daß ich auf einen anderen Ausweis nicht neugierig bin«, sagte der Oberst schroff.

Die Rätin antwortete:

»Mit Recht, Oberst. Wissen Sie, ich dachte zuerst, er habe etwas von einem Ausweis gesagt.«

»Ich könnte zum Wagen gehen«, schlug Guzmán vor, und er dachte, daß er zu bereitwillig mitarbeitete. »Im Wagen habe ich mein Soldbuch.«

»Bravo. Sie übertreffen alle Erwartungen«, sagte der Oberst, dann brüllte er: »Flucht!«

Die Frau richtete ihren kalten Blick auf Guzmán und sagte:

»Wir sind nicht dumm. Hier kommt ohne unsere Einwilligung niemand heraus. Was haben Sie vor?«

»Bin ich verhaftet?« protestierte er. »Antworten Sie mir, ob ich verhaftet bin.«

»Was haben Sie vor?« wiederholte die Frau.

»Im Hotel España in Rauch übernachten«, erklärte Guzmán, »und wenn es der Straßenzustand zuläßt, morgen einen Kunden besuchen, hinter dem El Perdido, in Ayacucho.«

»Das genügt«, sagte der Oberst mit erhobener Stimme. »Was denken sich die beiden, Rätin Cadelago? Wollen Sie uns für dumm verkaufen? Wollen sie uns provozieren?«

Die Frau riet:

»Machen Sie sich nichts daraus, Oberst. Den kürzeren ziehen sie.«

»Aber ich verliere die Geduld. Ich weiß schon, ich verfalle wieder in den Subjektivismus, aber alles, auch unsere Gesundheit hat eine Grenze.«

»Offen gesagt, Oberst«, widersprach die Rätin gereizt, »ich bin den beiden dankbar. Sie kommen uns gelegen. Wenn morgen jemand erscheint, um das Geleistete zu überprüfen ...«

Nun protestierte der Oberst:

»Das hätte uns noch gefehlt.«

»Warum nicht, Oberst Cruz? Wer ist davor sicher? Mein Motto ist: die Nachhut decken. Wenn morgen jemand mit der festen Absicht kommt, uns abzuservieren, sind Sie und ich abgesichert, denn die Verweigerung der Mitarbeit läßt keinen Deutungsspielraum zu.«

»Es gibt nur eine Strafe.«

»Darauf will ich hinaus. Bedenken Sie zudem, daß wir ja keine Zuteilungen unterschlagen, weder in lokaler noch in personeller Hinsicht. Und die Toten – wer soll sie dazu bringen, gegen ihre Richter auszusagen?«

»Urteil«, entschied der Oberst.

Die Rätin hob eine Hand, öffnete sie; der Schlüsselring fiel auf den Tisch.

Der Oberst befahl:

»Auf die Anklagebank.«

Er sagte möglicherweise nur Bank, aber Guzmán verstand Anklagebank. Er ging langsam. Als er wieder saß, bemerkte er, wie ihn Müdigkeit überkam. Er versuchte, sich zu beherrschen, die Situation zu begreifen und die Verteidigung, auch die Flucht, zu planen. Er sah Battilana an: der schien weder müde noch niedergeschlagen zu sein. Er wandte die Augen nicht von der Rätin. Ihm dagegen fielen sie zu. Er sagte sich, er wolle sie schließen, um besser denken zu können, und er erinnerte sich an eine hohe weiße Säule, oder vielmehr er sah eine dunkle Straße, die sich in zwei Bögen gabelte, in deren Mitte sich diese Säule mit einer Statue obenauf erhob. Auf eine geheimnisvolle und tiefe Weise hatte er teil an dieser Vision, denn er fühlte sich bedrückt. Er erkannte die Säule: es war das Lavalle-Denkmal. Er fragte sich, wann er auf der Plaza Lavalle gewesen sei und welche Erinnerungen er daran habe. Als einzige Antwort sagte er sich: »Vor langer Zeit und keine.« Er begriff, daß dieses so lebendige Bild nicht in seiner Erinnerung aufgetaucht war, sondern in einem Traum. Er überlegte: »Ich werde mir keine Schwächen erlauben. Ein vergeudeter Augenblick ...« Er beendete den Satz nicht, denn er sah zwei hohe, dürre, entfärbte Eukalypten vor einer verschwommenen Reihe alter Häuser. »Und das, wo ist das?« fragte er sich, als wäre darin sein Leben eingeschlossen. Nach einer Weile erkannte er die Gegend: »Die Plaza de la Concepción, von der Calle Bernardo de Irigoyen aus gesehen.« Er verstand, daß ihn ein zweiter Traum für eine sehr kurze Zeitspanne nach Buenos Aires und in die Freiheit zurückversetzt hatte. Beim Erwachen fühlte er einen Stoß. Er öffnete die Augen und hatte ein Lederkoppel und eine grünliche Uniform vor sich. Er blickte auf. Der Oberst sah lächelnd auf ihn herab.

»Sie schlafen? Wie wenn nichts wäre. Ich beneide Sie um Ihren Schneid. Ich bitte Sie, mißtrauen Sie mir nicht. Wir wollen von Mann zu Mann sprechen.«

Er zog die andere Bank heran und setzte sich. Guzmán fragte:

»Und Battilana?«

»Den hat die Rätin mit auf ihr Zimmer genommen. Eine unersättliche Frau.«

»Ich habe mir schon so etwas gedacht, als ich ihr Hemd mit den Brüsten sah.«

»Aber ein kalter Charakter, der keine Gnade kennt, glauben Sie mir.«

Guzmán dachte: »Jetzt könnte ich an Battilanas Stelle sein und den Günstling der Königin spielen.« Aber so war er: ein Faulpelz. Um sich nur ja nicht anzustrengen, hatte er der Rätin nicht den Hof gemacht. Dabei erinnerte er sich nur zu gut an diesen Spanier, El Campesino, dem die Flucht aus Rußland mit Hilfe der Frauen mehr als eines Polizeikommissariats gelungen war.

»Ich will Ihnen beweisen, daß ich offen mit Ihnen rede«, sagte der Oberst. »Diese Frau ist zu allem fähig, eine Fanatikerin. Aber nun, unter uns, wollen Sie nicht zugeben, daß Ihnen bei Ihrer Tarnung Fehler unterlaufen sind?«

»Tarnung?«

»Sie begehen Fehler. Sie machen sich beide verdächtig.«

»Ich bin müde», protestierte Guzmán.

»Ich weiß schon, in Ihrem Beruf muß man leugnen. Ich respektiere Ihre Haltung, obwohl sie für mich einem Geständnis gleichkommt. Haben Sie gesehen, daß die Rätin den Schlüsselring auf dem Tisch zurückgelassen hat?«

Guzmán erkannte die Schlüssel. Er fragte:

»Damit ich einen Fluchtversuch unternehme und man mich erschießt?«

»Und wenn Sie nicht fliehen – werden wir Ihnen verzeihen?

Aber, lieber Freund! Hören Sie, was ich Ihnen sage: Mein Vertrauen gegen Ihr Mißtrauen. Hören Sie: ich bin bedrückt, ich ersticke hier. Wenn ich so alt wie Sie wäre, würde ich Sie auf dem Weg in die Freiheit begleiten. Aber ich muß an meine Zukunft denken. Ich bin zu jung, um mich ins Abenteuer zu stürzen.«

Guzmán ließ sich von seiner Ungeduld hinreißen und fragte:

»Soll ich gleich gehen?«

»Ich an Ihrer Stelle würde die Salve abwarten. Dann haben Sie die Gewißheit, daß die Rätin nicht erscheint. Sie läßt sich keine Hinrichtung entgehen.«

»Wer wird erschossen?«

»Wenn Sie die Salve hören, haben Sie drei oder vier Minuten Zeit.«

»Um zu fliehen? Wer wird erschossen?« fragte er beharrlich, obwohl er die unglaubliche Antwort kannte. »Wird Battilana erschossen?«

»Die Hündin nimmt sie sich zuerst und löscht sie dann mit der größten Seelenruhe aus. Diesen Unglücklichen rettet niemand mehr. Aber Sie ... Da gibt es allerdings etwas, was ich nicht verstehe: wenn Sie hier herauskommen, wo wollen Sie hin? Ich kenne in diesem Land nur zwei Arten von Menschen: die Fanatiker – das sind noch die wenigsten –, die Sie der Polizei ausliefern, und die übrigen, die Sie, um sich nicht zu kompromittieren, der Polizei ausliefern.«

Guzmán bemerkte sarkastisch:

»Und die Polizei läßt mich frei.«

»Sie tötet den einen und läßt den anderen laufen. So macht sie es jedem recht: der Regierung und der Revolution.«

»Oder macht man mir nur Hoffnungen, um mich dann wieder festzunehmen?«

»Sie lassen nicht locker, wie? Aber sagen Sie mir, bleibt Ihnen eine andere Möglichkeit? Nehmen Sie, wenn Sie wollen, an, wir hätten nicht miteinander gesprochen, und folgen Sie Ihrem eigenen Urteil. Ich verlasse Sie jetzt. Viel Glück!«

Er hatte seine Gedanken noch nicht geordnet, als er die Salve hörte. Er stand auf, murmelte: »Armer Teufel«, ging – schwankend, stolpernd, weil er die Türen nicht aus den Augen ließ – durch diesen endlosen Saal. Beim Tisch blieb er stehen und horchte. Mit einer raschen Bewegung nahm er die Schlüssel an sich. »Wenn es nur keine Falle ist«, sagte er sich. Er hatte den

Eindruck, laut gesprochen zu haben, und eine kalte Schwäche rieselte durch seine Arme und Beine: die Angst. Er zögerte wieder: er konnte sich in der Tür irren. Doch er kam in den grauen Korridor. Vor der Ausgangstür erinnerte er sich mit einiger Verzweiflung an die Worte des Obersten: »Sie haben drei oder vier Minuten Zeit.« Er mußte die Schlüssel probieren; es waren so viele, und da die einen nach der einen Seite hingen und die anderen nach der andern, drehte er den Schlüsselring mehrere Male, denn er befürchtete, schon ausgeschiedene Schlüssel noch einmal zu verwenden, anstatt neue zu versuchen. Er zählte zwölf Schlüssel, bis das Schloß nachgab. Dann stieß er die schwere Tür auf. Zweifellos hatte er erwartet, beim Hinaustreten ein Gefühl der Kälte im Gesicht zu spüren, denn ihm fiel auf, wie lau die Nacht war. Er spähte in die Dunkelheit. Vergeblich versuchte er, die Umrisse des Hudson zu erkennen. Hatten sie ihn weggeholt? Er wartete, bis das Lichtbündel des Turms über das Haus strich. Als es so weit war, lief er in Richtung der Straße los. Er wich Pfützen aus, einmal stürzte er (der kreisende Lichtstrahl ging über ihn hinweg, hielt nicht an). Ungeschickt stieg er über den Stacheldraht. Da stand tatsächlich der Hudson. Er dachte: »Wenn sich die Räder nur nicht auf der Stelle drehen. In solchen kühlen Nächten saugt er gut Luft an.« Er stieg ein, zog die Starterklappe. »Hoffentlich ersäuft er mir nicht«, dachte er. Einen Augenblick glaubte er, der Motor werde nicht anspringen. »Er ist eingefroren«, dachte er. Aber der Motor sprang an, und da das Auspuffrohr durchgerostet war, machte er einen beträchtlichen Lärm. Guzmán sah zum Haus hinüber. Es schien ihm, daß man die Lichter gelöscht hatte, und in seiner Aufregung deutete er diesen Umstand als »vielsagend«. Der Hudson rutschte ein wenig, die Räder griffen in die Spur vom Vorabend, und er arbeitete sich auf den Fahrdamm hinauf. Guzmán gab mehr Gas. Nach der ersten Querrinne machte der Wagen einige unbeherrschte und gefährliche Sprünge. Um diese Zeit der Morgendämmerung sah man auch mit den Scheinwerfern schlecht. Die Flucht mit mäßiger Geschwindigkeit stellte seine Nerven auf eine harte Probe. Er schaltete das Radio ein und hörte Nachrichten. Der Erste Bevollmächtigte sollte an diesem Nachmittag an einer Feier in der Lehrwerkstatt von Remedios Escalas teilnehmen. Der anhaltende schlechte Geschmack des Trinkwassers in Groß Buenos Aires werde bald beseitigt werden und sei nicht gesundheitsschädlich. Der alte Mann, der bei der Schießerei zwischen dem Sturmtrupp der Gewerkschaft und der Polizei ums Leben gekommen war, war an den Vorgängen völlig unbeteiligt gewesen. Guzmán stellte das Radio wieder ab und blickte nach hinten: durch das Rückfenster sah er die schmutzig-weiße, leere Straße und auf dem Rücksitz Battilanas Mütze. Er sagte sich: »Es ist nicht zu glauben.« Dann sah er in seiner Phantasie in natürlichen Farben, lebendig und in allen Einzelheiten, Carlota (das Muttermal, die Narbe auf dem Bauch) und Battilana, beide nackt, lächelnd, jeder die Blößen des anderen abtastend. Guzmán empfand einen krampfhaften Schmerz und schloß die Augen. Der Hudson geriet gefährlich nahe an den Rand des Straßengrabens. Wie sollte er nach Hause zurückkehren? Und wohin sollte er gehen, wenn nicht nach Hause? Wie sollte er dem Geschäftsführer erklären, warum er seinen Auftrag in Ayacucho nicht ausgeführt hatte? Er war in Las Flores krank geworden. Er könnte nach Las Flores fahren, die Kunden dort besuchen, erwähnen, daß es mit seiner Gesundheit – Gott behüte! – nicht zum besten stand. Eine sehr schlechte Ausrede, die der Geschäftsführer gelten lassen müßte, denn nach Ayacucho zurückkehren würde er um nichts in der Welt. Um nach Las Flores zu fahren, müßte er seinen ganzen Willen aufbieten. Und er hatte in diesem Augenblick nur einen einzigen Wunsch, den, nach Hause zu kommen. Konnte er nach Hause zurückkehren, zum Leben mit Carlota zurückkehren? Er war sicher, daß sie die »lästige Person« war, die Battilana am Telefon aufgehalten hatte. Sobald er die asphaltierte Straße erreicht hatte, hielt er. Er nahm Battilanas Mütze, die ganz von dem Geruch nach Kopf getränkt war. »Carlota, so eine Schlampe«, murmelte er. Er warf die Mütze hinter einige Distelsträucher, versuchte sie so zu verstekken. Sie war noch zu sehen. »Sie werden sie finden«, dachte er. Er wußte nicht, wo er sie verbergen sollte. Voll Ekel – der Geruch nach Kopf war da, lebendig wie ein Tier – steckte er sie in eine Tasche. Seine Hand berührte den Schlüsselring der Rätin. »Sie werden mich durchsuchen. Sie werden mir die Schuld an Battilanas Tod geben.« Wenn sie ihn verhörten, wollte er die Wahrheit sagen. Aber wer würde die Wahrheit glauben? Wer würde ihm die Geschichte dieser Nacht glauben? Am Verschwinden Battilanas war nicht zu zweifeln. Aber *seine* Erklärung des Geschehens ... Glaubhafter wäre eine gute Lüge. »Ich bin allein gefahren.« Nach dem Essen mit den Freunden hatte er Battilana aus den Augen verloren. Carlota gegenüber würde er sich so verhalten, als wüßte er nichts von ihrer Treulosigkeit. Wer könnte ihm also ein Motiv unterstellen? . . . Wahrscheinlich kam es gar nicht erst so weit, aber – was weiß man –, es geschehen so seltsame Dinge. Carlota und Battilanas Frau würden annehmen, er habe die Fahrt nur als Vorwand gebraucht, um sich mit irgendeiner Frau zurückzuziehen. Guzmán fragte sich, wie weit es ihm gelingen werde, seinen Groll zu unterdrücken und zu verbergen. Als Antwort dachte er, daß mehr als ein Unglück ein Teil des Glücks ist. Eine andere Lehre zog er nicht aus der Nacht von Ayacucho. Was den armen Battilana anbetraf, so war er auf eine so unwahrscheinliche Weise ums Leben gekommen, daß er nicht wußte, ob er ihn bedauern sollte.

Fliegen und Spinnen

Sie heirateten aus Liebe. Raúl glaubte nicht, daß es auf der ganzen Welt einen so sicheren Ort gebe wie sein Vaterhaus, aber Andrea, seine Frau, sagte, um ihre Liebe niemals zu verlieren, müßten sie allein leben. Da er ihr keinen Verdruß bereiten wollte, beschloß er, die Provinz zu verlassen und sich ins Abenteuer zu stürzen. Durch die Vermittlung eines Verwandten, der in einer Weinkellerei arbeitete, erhielt er eine Weinvertretung. Er hob seine Ersparnisse ab und fuhr mit Andrea nach Buenos Aires. Sobald sie angekommen waren, wollte er ein Haus kaufen, teils um Andrea gefällig zu sein, teils um das Geld vernünftig anzulegen: damals, sagte er, brachte man nur selten das Geld für Kost und Miete auf. Sie kannten niemanden, sie entdeckten die Stadt, sie waren verliebt; die Suche nach dem Haus hinterließ glückliche Erinnerungen. In Ramos Mejía fanden sie eine alte Remise, die sie leicht in eine zufriedenstellende Wohnung hätten verwandeln können. Sie war ein Nebengebäude der Villa von, ich weiß nicht, wem, gewesen und wurde zusammen mit einem kleinen Garten verkauft, den ein auffallend schöner Orangenbaum zierte. Er stand damals in voller Blüte. Eine Woche lang sprachen sie von der Remise, den Änderungen, die sie vornehmen, wie sie sich dort einrichten wollten. Der Preis, den man von ihnen verlangte, war hoch, aber Raúl wollte ihn schon annehmen, als man ihnen in der Calle Crámer, wenige Schritte von der Station Colegiales entfernt, ein altes Haus anbot, das er selbst als verführerisch bezeichnete.

Was schließlich den Ausschlag zugunsten des alten Hauses gab, war, daß sich hinter seinen Mängeln ebensoviele Vorteile verbargen. Der Ausblick über die Schienen war nicht erhebend, und das unaufhörliche Vorbeirumpeln der Züge verursachte einen Lärm, eine Erschütterung, an die man sich erst gewöhnen mußte; aber bedeuteten, unparteiisch betrachtet, diese Belästigungen nicht soviel wie eine verschlüsselte Botschaft, die dem Käufer etwas Wertvolles enthüllte: Sie werden keine Schwierigkeiten haben, in die Stadtmitte zu fahren und zurückzukehren? Was das bedrükkende Aussehen des Gebäudes anbetraf, so war das ein weiterer günstiger Umstand, da er zweifellos dazu beitragen würde, den Preis einer so beträchtlichen Anzahl von Quadratmetern Geländes im besten Teil der Hauptstadt zu drücken.

Andrea ließ sich von den Vernunftgründen ihres Mannes überzeugen; an die Remise von Ramos Mejía erinnerte sie sich nicht mehr; nur daran, das alte Haus herzurichten, dachte sie. Sie erklärte oft:

»Wir werden nur einen Teil instand setzen, aber diesen Teil ändern wir vollständig um. Von denen, die dort lebten, dürfen keine Spuren übrigbleiben. Wer weiß, was für Fluida sie auf uns ausstrahlen.«

Obwohl sie sich nur in drei Räumen einrichteten, gaben sie ziemlich viel Geld aus. Die Zimmer, die sie bewohnten, waren sehr behaglich, aber das bloße Vorhandensein der übrigen, verschlossenen und leeren Räume bedrückte Andrea. Raúl beeilte sich, Abhilfe zu schaffen.

»Ich verstehe, wie dir zumute ist«, sagte er. »Es ist, als lebten wir in einem von Gespenstern bewohnten Haus. Ich glaube, ich habe eine Lösung gefunden. Wir werden für eine Weile einige Pensionsgäste aufnehmen. Es wird keine leeren Zimmer mehr geben, was das Wichtigste ist, und wir bekommen die Unkosten herein.«

Sie schafften ihre Sachen in das obere Stockwerk; das untere überließen sie den Gästen. Andrea fand sich damit ab. Sie würden wohl nicht mehr allein sein, aber das Haus mit Unbekannten zu teilen, die einem der Zufall beschert, ist doch nicht dasselbe, wie mit Familienangehörigen zusammenzuleben, die das Recht für sich in Anspruch nehmen, über unser Leben zu bestimmen und zu allem ihre Meinung zu äußern. Den ausführlichen Empfehlungen ihres Mannes folgend, führte Andrea die Pension sehr sparsam. Sehr bald schon erhöhten sich ihre Einkünfte. Das Verdienst kam nicht ausschließlich dem Organisationsgeist und Ordnungssinn Raúls zu. Sie hatte die Zimmer bewundernswert eingerichtet, tat sich als Wirtschafterin ebenso hervor wie als Köchin und war vor allem eine bezaubernde Frau; durch ihre Sanftheit, ihre Jugend, ihre Schönheit nahm sie alle für sich ein, die mit ihr Umgang hatten. Von gleichmütigem Charakter, beklagte sie sich nie, wenn sie auch manchmal Raúl vorwarf:

»Du läßt mich zu viel allein.«

An dem Tag, an dem ihr Mann sein Versprechen einlöste, die Weinvertretung aufzugeben, würden sie sich am Nachmittag nicht mehr trennen müssen. Aber obwohl Raúl sie nicht mehr nötig hatte – die Pension war ein gutes Geschäft –, tat es ihm leid, sie aufzugeben, denn sie brachte ihm erhebliche Einkünfte. Er versuchte, Andrea zu überzeugen, und erklärte: »Es ist Geld, das ich ohne Anstrengung verdiene.« Darin log er, denn er kam jeden Abend todmüde nach Hause, und wenn er sich schließlich neben seiner Frau ins Bett legte, schlief er augenblicklich ein. Stellen wir ihn uns aber nicht als einen Mann vor, der voll Ungeduld seinem Unglück ein Ende zu machen wünschte. Es steht für uns fest, daß er glücklich war.

Der erste Pensionsgast, den sie aufnahmen, war Atilio Galimberti, der geschniegelte Atilio nach dem allgemein übernommenen Ausdruck eines anderen Gastes, der Hertz hieß. Galimberti, nicht mehr ganz jung und immer sehr adrett, arbeitete in einem Geschäft, spielte zweimal in der Woche Tennis, war allem Anschein nach in der Gewerkschaft tätig und genoß im Viertel den Ruf eines Don Juans (Hertz meinte dazu ironisch: »Er ist ein Löwe bei den Damen.«). Daß Galimberti, der unbedingt die Fotos seiner Bewunderinnen aufhängen mußte, die Tapeten mit Nägeln durchlöchert hatte, war etwas, was ihm Andrea nicht verzeihen konnte. Der Schuldige bemerkte dazu:

»Die Frauen sind doch alle gleich. Die Wirtin ärgert es doch nur, daß die Fotos nicht von ihr sind.«

Raúl hetzte sie auf:

»Laß dir nicht gefallen, daß ein Pensionsgast oder sonst so ein Kerl auf dir herumtritt. Es gibt auf dieser Welt Fliegen und Spinnen. Versuchen wir, Spinnen zu sein, die die Fliegen fressen.«

»Wie gräßlich!« rief Andrea.

Kurz danach kam Doktor Mansilla: ein robuster Mann, dunkelhäutig, mit herabhängendem Schnurrbart, sehr kreolisch, der erklärte, Arzt zu sein, die Pflanzenheilkunde ausgeübt zu haben und rundheraus die These zu leugnen, daß es über das Atom hinaus nichts gebe. Da sein Wahlspruch *Es gibt immer noch etwas mehr* lautete, fuhr er täglich mit dem Zug nach Turdera, wo er von einem Jogi Unterricht erhielt, der die Karten legte, Träume deutete und die Zukunft voraussagte.

Danach folgten rasch nacheinander einige Pensionsgäste, die bald wieder auszogen und von den anderen unnachsichtig als Landstreicher bezeichnet wurden.

An einem kalten Septembermorgen zog in das Haus, in einem Rollstuhl, den ein sehr junger Mann schob, und von einem Pudel begleitet, die Señorita Helene Jacoba Krig ein. Ohne zu klingeln, betrat der junge Mann einfach den Hausflur, ließ dort seine Last stehen, ging wieder und machte nicht einmal die Tür ordentlich hinter sich zu. Niemand im Viertel sollte ihn jemals wiedersehen. Die Señorita hatte blondes Haar, seltsam eng beieinander stehende blaue Augen, einen großen Mund, rote, sehr bewegliche Lippen, die unregelmäßige Zähne und sehr viel Speichel sehen ließen. Sie war gelähmt, über sechzig Jahre alt, Holländerin und Übersetzerin von Beruf.

Raúl sah sich gezwungen, Helene Jacoba Krig mit folgenden Worten zu empfangen:

»Es ist mir peinlich, Sie abzuweisen, Señorita, aber Sie müssen einsehen, daß ich meiner Pension etwas schuldig bin und daß der Hund ein unhygienisches Tier ist, abträglich für das Haus.«

»Wenn Sie Josefina meinen«, antwortete Señorita Krig, »irren Sie sich. Sie werden sich nicht zu beklagen haben. Ich werde Ihnen vorführen, wie sittsam sie ist.«

Die Señorita sah die Hündin Josefina an. Beinahe im selben Augenblick stellte sich das Tier auf die Hinterbeine, ging mit lebhaften Schritten durch die Tür hinaus und kam wieder zurück.

»Wie haben Sie das fertiggebracht?« fragte Raúl erstaunt.

Helene Jacoba richtete ihre engstehenden, zugleich harten und sanften Augen auf ihn und lächelte mit ihrem feuchten Mund. Schließlich antwortete sie:

»Mit Geduld. Werden Sie es für möglich halten? Anfangs mochte mich die Hündin nicht. Zuerst mag mich niemand. Nach und nach gewann ich sie für mich. ›Du hast etwas in mir entdeckt, nicht wahr, Josefina?‹«

Raúl dachte rasch, daß es ihm zuwider war, einer alten gelähmten Frau die Gastfreundschaft zu verweigern, und wenn er sie aufnähme, würden zwei aus ihrer Börse verköstigt werden. Er teilte den neuen Gästen ein Zimmer im Erdgeschoß zu, für das er einen Sonderpreis festsetzte.

Wenn ich mich nicht täusche, fiel das Erscheinen der Eheleute Hertz mit Raúls ersten Träumen zusammen. Über dieses Paar – es wohnte gleich um die Ecke, und nach der Übereinkunft mit den Gigenas begann es, in der Pension zu frühstücken und die anderen Mahlzeiten einzunehmen – gab es widersprüchliche Meinungen. Für die einen war der alte Hertz, ein reizbarer und ironischer Herr, unerträglich stolz auf seinen Posten als Kassierer in einer Konditorei der Calle Cabildo, nicht nur ein Opfer, sondern geradezu das Muster eines unglücklichen Ehemannes. Selbstverständlich schien Magdalena Hertz zu jung für ihn zu sein. Recht hübsch, sehr reinlich, was ihre Person betraf, vernachlässigte sie den Haushalt. Sie wusch die Wäsche nicht, lüftete das Bettzeug nur einmal die Woche und ließ ihren Mann bis zu der Regelung mit den Gigenas in der Molkerei frühstücken, zu Mittag und zu Abend essen. Stets lehnte sie mit gekreuzten Armen (hat man je so runde Arme gesehen?) in der Haustür und betrachtete mit ihren frechen Augen gleichmütig die Vorübergehenden. Aber wie ich schon sagte, waren die Meinungen geteilt, und es fehlte nicht an Leuten, die den Mann als den typischen alten Wüstling anklagten, der eine junge, um nicht zu sagen minderjährige, Frau beschwatzt und kurzerhand zum Traualtar schleppt.

»Eine schöne Ehe ist mir das«, hatte Galimberti bemerkt. »Der Konditor ißt vierzig Tage alte Hühnerbrust und beklagt sich noch im Belgrano Deutsch.«

Mit der Zeit entwickelte diese Pension Charaktere, wie man sie in jeder Familie findet; aber Andreas Vorhersage über die Gefahr für das Glück, wenn man nicht allein miteinander lebt, erfüllte sich nicht – oder jedenfalls erst lange, nachdem Raúl, ohne ersichtlichen Grund, zu träumen begonnen hatte. Raúl war nicht bereit, den Träumen Bedeutung beizumessen, die ihn zu überkommen drohten wie nach einem übernatürlichen Plan, der die Absicht verfolgte, ihn von etwas zu überzeugen, denn sie wiederholten sich, und da sie aus dem Unbekannten kamen, wäre die Versuchung, in ihnen eine Offenbarung zu sehen, für einen weniger starken Mann unwiderstehlich gewesen. Die Wahrheit ist, daß schließlich sogar Raúl zu zweifeln begann. Er bemühte sich, Andrea nichts merken zu lassen, aber auch die Verstellung gibt sich zu erkennen. Er spionierte ihr nach, versuchte, sie zu überraschen. Während des Tages bewiesen ihm die Handlungen seiner Frau, daß sie von vornehmer Gesinnung und treu war; des Nachts enthüllten ihm die Träume eine ganz andere Andrea. Einmal murmelte er, als er aufwachte und sie voll Befremden betrachtete: Sie schläft wie eine Heuchlerin.

Um die vollen vierundzwanzig Stunden im Haus bleiben zu können, dachte Raúl nun ernstlich daran, die Weinvertretung aufzugeben. Er kehrte von den endlosen Nachmittagen, die er außer Haus verbrachte, übellaunig und mit frisch erwachtem Mißtrauen zurück. Nun war er beinahe nie mehr zärtlich zu seiner Frau, und wenn er es war – wie an dem Abend, an dem er sie dabei überraschte, wie sie mit Galimberti zusammen eine Lampe reparierte –, verriet eine leichte Veränderung im Tonfall seiner Stimme Unaufrichtigkeit. Wenige Tage darauf kam es zu dem ersten unangenehmen Zwischenfall. Auf dem Rückweg vom Kolonialwarenhändler ging Andrea am Haus der Hertz vorbei, wo sie Magdalena an der Tür begegnete. Sie unterhielten sich eine Weile, und Andrea ließ sich – was ungewöhnlich genug war – zu Vertraulichkeiten verleiten.

»Ich kann die Ursache der Veränderung nicht erraten«, sagte sie, »aber er ist anders geworden.«

»Sie kennen ihn doch«, sagte Magdalena interessiert. »Glauben Sie, er wäre imstande, sich nach einer anderen Frau umzusehen?«

»Warum nicht?«

»Sie haben recht. Ich hätte es nie gedacht. Wie dumm ich doch bin«, begann Magdalena und verdrehte die Augen.

»Manchmal scheint es, daß er mir alles sagen will, aber plötzlich schweigt er, als fände er nicht den Mut dazu. Wer weiß, was mit ihm geschehen ist, aber verändert hat er sich. Er verabscheut mich; der Arme kann nicht dagegen an, obwohl er es aus Herzensgüte und Mitleid zu verbergen sucht.«

In diesem Augenblick erschien Raúl. Er grüßteMagdalena kaum und nahm seine Frau mit, die er brutal am Arm packte. Sie gingen schweigend, bis endlich Raúl, ohne zu schreien, aber mit leidenschaftlicher Stimme sagte:

»Das ist nicht der rechte Augenblick, um mit einer Nachbarin von zweifelhaftem Ruf auf der Straße zu schwatzen.«

Andrea antwortete nicht. Ihr Blick war verstört und trostlos.

Zweifellos, Raúl hatte sich verändert. Er spürte es selbst. Er erledigte seine Vertretung automatisch und dachte dabei an Andrea, er dachte an die Andrea, die ihm Nacht für Nacht seine Träume zeigten. Manchmal wollte er fortgehen, sie nicht mehr wiedersehen, sie vergessen. Bei anderen Gelegenheiten dachte er sich Strafen aus und stellte sich, mit geringer Aufrichtigkeit, vor, wie er sie ohrfeigte, ja sogar tötete.

Als er bei einem Friseur in Zeitschriften blätterte, stieß er auf diesen Satz: *Die Sorgen, die man verschweigt, sind die schlimmsten.* Aus Ängstlichkeit schnitt er ihn nicht heraus, aber er war sicher, ihn getreulich in sein Gedächtnis eingegraben zu haben. Sowie er den Satz las, schöpfte er Hoffnung. Er glaubte, die

Lösung finden zu können, wenn er mit jemandem spräche. Aber: mit wem sprechen? Er hatte in Buenos Aires, wie er nun entdeckte, viele Kunden, aber keine Freunde. Die nächststehenden Menschen waren vielleicht die Pensionsgäste. Obwohl es ihm unangenehm war, mit ihnen über seine Frau zu sprechen, dachte er oft daran, sie um Rat zu fragen. Galimberti würde gar nicht erst versuchen, das Problem zu verstehen, sondern nur Lächerlichkeiten und Schwächen entdecken und sich nachher hinter seinem Rücken über ihn lustig machen. Was die arme Helene Jacoba Krig betraf – wie könnte man eine so ekelerregende Person zu seiner Vertrauten machen? Hatte er sie nicht außerdem einmal dabei ertappt, wie sie ihn mit einer gewissen Miene ansah, so als erriete sie sein Unglück, als wünschte sie es ihm sogar? Hertz um Rat zu bitten, der mit seiner eigenen Ehe nicht fertig wurde, wäre absurd gewesen. Am anziehendsten erschien ihm noch Magdalena. Wenn er mit Dritten über sie sprach, zögerte er nicht, sie zu verurteilen, wie es sich gehörte, aber in seinem Innersten sah es anders aus. Jedenfalls entschloß er sich aus Treue gegenüber Andrea, ihr nichts zu sagen. Mansilla schließlich flößte ihm kein Vertrauen ein. Wer weiß, zu was für Grübeleien ihn die Neigung, die diesen Mediziner zum Okkultismus trieb, verführen mochte.

Dann ereignete sich etwas Neues.

Bleich und zitternd und nur mit Mühe sprechend, fragte ihn Andrea eines Nachmittags, als er zur Arbeit gehen wollte:

»Warum reden wir nicht miteinander?«

»Gut, reden wir«, antwortete Raúl sarkastisch. Er schloß die Augen, um anzudeuten, daß er resigniert auf Andreas Worte wartete.

Unterdessen dachte er an die Schwäche seiner eigenen Position. Wie sollte er, ohne als Schwachsinniger dazustehen, erklären, daß alle seine Klagen und alle seine Beweise einzig und allein erträumt waren? Nur mit Mühe unterdrückte er den Drang, Andrea in die Arme zu nehmen und zu bitten, diese Verrücktheiten zu vergessen. Doch es gab immer noch die Möglichkeit, daß er betrogen wurde. Ein wenig zumindest mußte er sich verteidigen. Als Andrea zu sprechen anfing, haßte er sie schon.

»Wenn du eine andere Frau liebst, solltest du es mir nicht verheimlichen«, sagte Andrea.

Raúl antwortete:

»Schamlose!«

Keine andere Beleidigung konnte sie so kränken. Raúl wußte es; er begriff, daß er zu ungerecht gewesen war; er hatte nicht den Mut, ihr ins Gesicht zu sehen, und ging.

»Du gehst, ohne mich anzusehen?« fragte sie.

Im Laufe der Jahre sollte sich Raúl noch oft an diesen Schrei seiner Frau erinnern, diesen erbarmungswürdigen Schrei des Vorwurfs und des Kummers.

Auf dem Bahnhof traf er Mansilla. Sie stiegen zusammen ein. Unversehens fragte Raúl:

»Wenn Sie jemanden kennen würden und das Verhalten dieser Person bewiese Ihnen das eine, wenn Sie aber nachts träumten, bewiesen Ihnen die Träume das Gegenteil . . .?«

Er unterbrach sich. Er glaubte, sein Problem mit Andrea zu deutlich dargestellt zu haben. Mansilla antwortete:

»Ich sage Ihnen die reine Wahrheit: ich verstehe kein Wort.«

»Wenn das Verhalten dieser Person sie als Freundin zeigt und sie Ihnen in den Träumen als Feindin erscheint – woran glauben Sie dann?«

»An die Träume«, antwortete Mansilla lächelnd.

Raúl wurde blaß. Nach dieser Antwort, sagte er sich, war es das beste, die Angelegenheit offen zu besprechen. Er beobachtete Mansilla, versuchte seine Gedanken zu erraten, und erklärte alles. Nun lächelte Mansilla nicht mehr.

Der Zug war angekommen. Das Gespräch wurde in der Konditorei in Retiro fortgesetzt.

»Der Reihe nach«, sagte Mansilla. »Wie sind diese Träume?«

»Sie sind grauenhaft. Verlangen Sie nicht von mir, daß ich mich an sie erinnere. Sie betrügt mich mit allen Leuten im Haus.«

»Mit allen Leuten im Haus? Sehr gut. Auch mit Leuten von draußen?«

»Auch mit Leuten von draußen. Mit Unbekannten.«

»Lassen Sie mich sehen. Ich bitte Sie, sich an eine dieser Personen zu erinnern. Schmerzt es Sie übrigens? Sehr gut. Was haben Sie mir über ihre Kleidung zu sagen?«

»Jetzt, wo ich daran denke: es ist etwas Seltsames an der Art, wie sie sich kleiden.«

»Etwas Seltsames? Erläutern Sie mir diesen Begriff.«

»Ich weiß nicht, wie ich es erklären soll. Wie Menschen von anderswo, aus einer anderen Zeit.«

»Römer? Chinesische Mandarine? Ritter in Rüstungen?«

»Um Gottes willen, nein. Leute, die angezogen sind wie am Beginn des Jahrhunderts. Auch Bauern. Jetzt bin ich sicher: Bauern in Holzpantinen. Ich höre das rauhe Gelächter und das Klappern der Pantinen auf dem Holzboden. Ich kann Ihnen nicht sagen, wie übel mir dabei wird.«

»Wo spielt sich das alles ab?«

»In unserem Zimmer. Sie wissen, wie Träume sind: ich bin in unserem Zimmer, aber es ist alles anders.«

»Der Reihe nach. Die Möblierung, wie steht es damit?«

»Lassen Sie mich nachdenken. Ich habe diese Möbel nur im Traum gesehen, im Traum, jede Nacht. Kaum sehe ich eine Anrichte, weiß ich auch schon, was geschehen wird. Der Alptraum beginnt immer mit der Anrichte.«

»Wie ist sie?«

»Aus dunklem Holz. Erinnern Sie sich an diese kleinen Gemälde von ländlichen Interieurs mit einer Frau an einem Spinnrad? Unser Zimmer könnte in meinen Alpträumen ein solches Zimmer sein. Und eben weil man sich sagt: hier kann nichts geschehen, ist das, was dann geschieht, um so schrecklicher.«

»Sehr gut. Noch ein anderer bemerkenswerter Umstand?«

»Wenn ich zum Fenster hinausschaue, sehe ich beinahe nie die Bahngleise. Vielmehr gibt es da Kanäle, überschwemmtes Flachland, hinten das Meer.«

»Sie haben an der Küste gelebt?«

»An welcher Küste? Ich stamme aus der Provinz. Ich habe nie die Küste oder das Meer gesehen. Den Río de la Plata habe ich gesehen, als ich hierher kam.«

»Ich will offen sprechen. Ich kann nichts für Sie tun, und ich kann alles. Stellen Sie sich vor, Sie stecken in einer tiefen Grube. Möchten Sie aus der Grube herauskommen?«

»Wie sollte ich das nicht wollen?«

»Dann kommen Sie sofort mit nach Turdera. Ich sage Ihnen gleich, Sie werden Scolamieri nichts vormachen. Was entdecke ich in Ihren Träumen? Ich würde sagen, Sie haben sie einem anderen gestohlen. Was sonst? Verrat: Treue. Kanäle: schlechte Freunde. Pantinen: Sie sind ein wenig naschhaft. Aber nicht ich habe darüber meine Meinung abzugeben.«

»Und wer ist Scolamieri?«

»Ein Herr, mein Freund, der in Turdera wohnt. Er treibt Joga, ist imstande, Träume zu deuten, Sie atmen zu lehren, was weiß ich. Ihn werden Sie befragen.«

»Hören Sie, lieber Freund«, antwortete Raúl, »seien Sie mir nicht böse, aber ich bin nicht in der Stimmung, nach Turdera zu fahren noch einem Jogi, oder wie sich dieser Inder nennt, mein Herz auszuschütten.«

Mansilla ließ nicht locker. Raúl blieb fest, die Konsultation wurde auf ein andermal verschoben. Als sie sich verabschiedeten, sah Raúl ein, daß er auch nicht in der Stimmung war, sich um seine Weinvertretung zu kümmern. Er fuhr mit einem Gegenzug zurück. Ebenso begriff er auch, daß er den Jogi niemals aufsuchen würde. Weil er ihn nicht mehr aufzusuchen brauchte. Das Sprechen hatte ihn sehr ermüdet – es hatte ihn mehr ermüdet, als wenn er einen ganzen Nachmittag zu Fuß durch Buenos Aires gegangen wäre, um Bestellungen aufzunehmen –, aber es hatte ihm gut getan.

Aufrecht auf der Bank des Waggons sitzend, müde und glücklich, ein wenig zerstreut auch, dachte er über die Gefahren nach, auf die er sich in letzter Zeit zubewegte. Es war ihm, als sähe er, wie die Stücke einer zerbrochenen Nußschale, den Wahnsinn vor sich, der ihn umnachtet hatte und dem er endlich entrann. Er sagte sich, daß das Leben zu kurz wäre, um Andrea um Vergebung zu bitten.

Als er auf dem Bahnhof Colegiales ausstieg, glaubte er, auf eine seltsame Weise betrachtet zu werden. Er ging vielleicht ein wenig zu weit, aber er dachte, daß die Einbildung, auf eine seltsame Weise betrachtet zu werden, ein Symptom des Wahnsinns sei. Um sich Klarheit zu verschaffen, wandte er sich an den Zeitungsverkäufer. Der Mann sah ihn sonderbar an.

»Wissen Sie es denn noch nicht? Don Gigena«, sagte er nach längerem Schweigen und indem er die Hand hob. »Er ging über die Jorge Newbery und fiel von der Mauer auf die Gleise, als eine elektrische Bahn nach Retiro fuhr.«

Andere mischten sich ein. Sie sprachen von Rettungswagen, dem Polizeirevier, zwei Sanitätern, einem, der näselte, und einem anderen, der der Sohn einer gewissen Doña Ramos war. Er hörte den Namen zum erstenmal. Sie bestanden nachdrücklich darauf, daß einer der Sohn der Doña Ramos gewesen sei.

Er verstand, daß er auf das Polizeirevier gehen mußte, aber wie von einer unwiderstehlichen Macht angezogen, begab er sich nach Hause. Von der Wegstrecke blieb ihm nichts in Erinnerung, außer, daß man ihn, als er die Federico Lacroze überquerte, von einem Lastwagen aus beleidigt hatte. Er ging weiter, bis man wieder zu ihm sprach, diesmal sanft, ganz aus der Nähe. Er befand sich, er wußte nicht, wie, im Zimmer der Señorita Krig. Mit halb offenem Mund, der unschöne Zähne sehen ließ, und mit feuchten Lippen sah ihn das Fräulein mit ihren engstehenden, sehr starren Augen an, lächelte und sagte:

»Kummer? Das geht vorbei.«

Er fragte:

»Woher wissen Sie davon?«

»Wie soll ich nichts davon wissen?« antwortete die Alte. »Regen Sie sich nicht auf, lieber Freund, wenn ich es Ihnen sage. Zwischen uns beiden soll es keine Mißverständnisse geben. Raúl, ich liebe Sie.«

Er verwahrte sich dagegen:

»Das ist nicht der rechte Augenblick ...«

Er dachte, daß er gehen müßte, blieb aber, ohne zu wissen, warum.

»Oh ja, es ist der rechte Augenblick«, versicherte Señorita Krig sanft, und er roch schon ihren Atem. »Ich möchte, daß Sie alles wissen, von Anfang an, das Beste und das Schlechteste. Schon lange habe ich meine Netze gesponnen, in denen Sie sich gefangen haben. Sie glauben, Sie flattern umher, dahin und dorthin? Reine Phantasie. Ich schwöre Ihnen, daß Sie sozusagen ins Netz gegangen sind, praktisch in meiner Gewalt. Widersprechen Sie nicht, regen Sie sich nicht auf. Verstehen Sie etwas von Gedankenübertragung, mein lieber Raúl? Es wäre bezaubernd, wenn Sie sich ungläubig zeigten, aber die Wahrheit ist, daß sie mich jedenfalls bezaubert. Gedanken übertragen, Träume übertragen, auf eine Hündin wie Josefina, auf Menschen wie Sie, wie Ihre Frau, das ist alles ein und dasselbe. Offensichtlich gibt es rebellische, störrische Subjekte, die einen schließlich ermüden. Ich wollte nur, daß Ihre Frau uns verläßt. Vergebliche Mühe. Keine Macht der Welt konnte sie von Ihnen trennen. Trotzdem waren Sie beide nicht das, was ich für ein harmonisches Ehepaar halte. Andrea fehlten, weil sie eine Lyrikerin ist, meine Gaben, mich auf Ihren, auf die Wirklichkeit, das Geld gerichteten Sinn einzustellen. Aber verschwenden Sie keine Zeit damit, Gründe für ihre Halsstarrigkeit zu suchen. Es gab keine Macht der Welt, die diese junge Frau von Ihnen hätte trennen können. Jedenfalls, wenn wir das Extreme ausschließen. Denn diese Charaktere, glauben Sie mir, sind immer geneigt, zum Äußersten zu schreiten. Ich entschied mich dann dafür, Andrea auf die Bahngleise zu schicken. Zum Glück fand ich in meinem lieben Raúl eine fügsamere Materie. Ich fürchtete, Sie könnten Verdacht schöpfen, wenn Sie in Ihren Träumen die Kanäle Hollands und die stattlichen Burschen meiner Jugend wiederfinden. Ich wollte sie ausschalten, aber bei der geringsten Unachtsamkeit kehrten die Erinnerungen zurück: zweifellos sind es solche, die in meiner Seele die tiefsten Spuren hinterlassen haben. Sind Sie mir böse wegen der Träume, die ich Ihnen geschickt habe? Das wird vorübergehen. Noch lieben Sie mich nicht. Anfangs liebt mich niemand. Nach und nach werde ich Sie erobern. Sie werden schon etwas in Ihrer Helene Jacoba entdecken, nicht wahr, Raúl?«

Wunder gibt es nur einmal

In Constitución, vor dem Zeitungskiosk – damals durfte man noch hoffen, dort ein gutes Buch für die Reise zu finden –, begegnete ich einem gewissen Greve, der mein Mitschüler am *Instituto Libre* gewesen war. Er fragte mich, was ich vorhätte.

»Ich nehme den Zug nach Las Flores«, sagte ich, »aber durch ein unglaubliches Versehen bin ich eine Stunde und fünf Minuten zu früh gekommen.«

»Daraus kann gerade ich dir keinen Vorwurf machen«, sagte er. »Ich will nach Coronel Pringles fahren, und durch ein unglaubliches Versehen bin ich fünfzig Minuten zu früh gekommen. Gehst du mit mir in die Konditorei?«

Wir gingen hin, bestellten etwas, und ich bemerkte:

»Ich habe festgestellt, daß alles im Leben serienweise kommt. Heute hätten wir also eine Serie von Übereinstimmungen, die ganz nutzlos sind.«

»Nutzlos?« fragte er.

Ich wollte ihn nicht beleidigen und erklärte rasch: »Nutzlos in dem Sinne, daß sie nichts beweisen.«

»Ich bin da nicht so sicher«, antwortete er.

»Inwiefern?«

»Daß sie nichts beweisen . . . Niemals.«

Nach einer kurzen Pause gesagt, klang dieses »Niemals« wie eine Erklärung; vielleicht wie eine rätselhafte Erklärung, die eine Frage meinerseits und eine weitere Erklärung Greves erfordert hätte. All das entmutigte mich als zu kompliziert, und da es mir in Wirklichkeit nur darum ging, daß er nicht glaubte, ich hätte, als ich unsere Übereinstimmung als nutzlos erklärte, sagen wollen, unser Zusammentreffen sei nutzlos oder lästig, berichtete ich ihm die Episode von der Verdoppelung Somerset Maughams. Oder vielleicht berichtete ich sie ihm, weil ich immer die Hoffnung habe, daß mir einmal ein Gesprächspartner zeigen würde, wie sie sich literarisch auswerten ließe. Oder vielleicht, weil es mir zur Gewohnheit wird, meine Geschichten zu wiederholen.

»Es geschah«, sagte ich, »während einer Reise auf einem Schiff der Cunard Line zwischen New York und Southampton. Im Speisesaal saß ich am selben Tisch wie der einzige Landsmann an

Bord; vielmehr war es eine Landsmännin, eine herrische und offenherzige alte Dame, mit der ich mich recht gut anfreundete.

Ich erinnere mich an den Abend, an dem die Passagierliste verteilt wurde. Jeder vertiefte sich in die seine und suchte seinen eigenen Namen. Betroffen, so als hätte mich die Auslassung in einen blinden Passagier verwandelt, fand ich die drei magischen Wörter nicht . . . Ich dachte: ›Ruhe. Überlegen wir‹, und ich hatte eine Eingebung. Hatten mich die Dummköpfe vielleicht statt unter ›B‹ unter ›C‹ angeführt? Tatsächlich fand sich dort ein *Cesares, Mr. Adolfo B.*, in dem ich mich nach einigem Zweifel wiedererkannte. Meine Freundin, die auf keine Schwierigkeiten solcher Art stieß, hatte sich Zeit mit der Überprüfung gelassen und zeigte mir schließlich mit triumphierendem Finger ihren Namen, korrekt gedruckt. Mich interessierte allerdings mehr der Name, der vor dem ihren stand. Ich las laut:

›*Maugham, Mr. William Somerset.*‹

Meine Nachbarin hob die Stimme und las, um mich zu korrigieren, ihren eigenen Namen vor.

›Nein, Señora‹, widersprach ich. ›Wie Sie heißen, weiß ich. Es hat mich nur überrascht, den berühmten Romancier Somerset Maugham auf der Passagierliste zu finden.‹

In ihrem Blick sah ich ein Aufblitzen des Wiedererkennens. Wer will eine argentinische Dame alten Schlages mit den jungen Dingern von heute vergleichen? Eine andere Kultur, eine andere Intelligenz.

›Somerset Maugham‹, wiederholte die Dame. ›Aber natürlich, wenn ich ein Buch von ihm las, spielte es im Pazifik. Ich weiß nicht, warum mich das Geheimnis des fernen Ostens so sehr anzieht.‹

Sie fragte mich, ob ich Somerset Maugham wiedererkennen würde und ob er im Speisesaal sei.

›Ja‹, sagte ich. ›Ich habe Fotos von ihm gesehen. Aber hier ist er nicht.‹

Daß wir ihn nicht fanden, erwies sich dann als eine Erleichterung, denn die alte Dame erklärte:

›Sobald er erscheint, spreche ich mit ihm und sage ihm, daß ich ihm einen argentinischen Schriftsteller vorstellen werde. Was will der *Mister* mehr? Ich sage ihm, daß Sie ein großer Schriftsteller sind.‹

›Aber, ich bitte Sie‹, stotterte ich.

›Was uns Südamerikanern zu schaffen macht‹, versicherte sie, ›ist, daß wir zu bescheiden sind.‹

›Das hat mit Bescheidenheit nichts zu tun. Wir werden dastehen wie zwei Bittsteller.‹

›Sehen Sie?‹ fragte sie mich, als spräche sie mit einem kleinen Jungen. ›Bescheidenheit, falsche Bescheidenheit, Stolz. Es ist immer dasselbe. Die Krankheit des Argentiniers.‹

Um der gefürchteten Vorstellung zu entgehen, wich ich der alten Dame am folgenden Tag aus, so gut es ging. Meine Vorsicht erwies sich als überflüssig, denn Somerset Maugham ließ sich nirgends blicken, so als reiste er in seiner Kabine versteckt.

Am Tag vor der Ankunft begleitete ich meine Landsmännin zur Zahlmeisterei und zu den Läden. Die alte Dame war unermüdlich. Hinauf und Hinunter verzichteten wir auf den Fahrstuhl. In einem Zwischendeck, an einem dunklen Ort, der sich in den Häfen belebte, weil er sich dort in einen Eingangsraum verwandelte, saß in einem Ledersessel vor einer Fotografie der wichtigsten Mitglieder des britischen Königshauses, gekleidet wie Phileas Fogg für seine Reise um die Welt in achtzig Tagen, allein und in sich versunken ein alter Herr, in dem ich augenblicklich Somerset Maugham erkannte. Vielleicht war mir die so gefürchtete Vorstellung gleichgültig geworden, oder sie erschien mir durch den ständigen Aufschub schon unglaubhaft; jedenfalls flüsterte oder vielmehr schrie ich, denn die alte Dame war ziemlich schwerhörig: ›Das ist er!‹

Hätte ich es nur nicht gesagt. Ohne einen Augenblick zu zögern, ging meine Freundin in ihrem Reisemantel, der wie eine Fahne flatterte, zum Angriff über. Ich erinnere mich, daß ich, als ich sie so sah, rasch dachte: ›Noch ist der Schneid unserer Krieger von Maipú, Navarro und La Verde nicht ganz erloschen.‹ Der Unzulänglichkeit ihres Englisch völlig unbewußt, erklärte die Dame stürmisch:

›Wir möchten Sie kennenlernen. Eine große Ehre. Der Herr hier ist ein argentinischer Schriftsteller. Wir beide bewundern Sie.‹

Der Geistesabwesende faßte sich mit gelassener Weltgewandtheit.

›Darf man wissen, weshalb Sie mich bewundern?‹ fragte er.

Er betrachtete uns mit dieser ihm eigenen hochmütigen Miene einer verachtungsvollen, aber nicht heimtückischen Schlange, die man von seinen Fotos her kannte.

Rasch, denn Skrupel waren ihr fremd, erging sich die alte Dame in patriotischen Beteuerungen des Sinnes, daß der Argentinier, wenn auch das Gegenteil der Fall zu sein schien, kein Indio mit Federn im Haar sei und daß die ausländischen Romane alle nach Buenos Aires kämen. Sie beschloß ihre Tirade mit der Frage:

›Und Sie, Mr. Somerset, glauben Sie nicht auch wie ich, daß der Osten ein faszinierendes Geheimnis birgt?‹

Alles hat seine Grenzen, und ich wollte mich nicht beschämen lassen. Aus Eitelkeit mischte ich mich ins Gespräch:

›*Cakes and Ale* ist ein unvergeißlicher Roman‹, betonte ich. ›Und ich werde es nicht müde, den Reichtum Ihres letzten Buches, *A Writer's Notebook,* zu bewundern.‹

Der Engländer murmelte etwas, aber ich mußte ihn (so als hätte mich die Taubheit meiner Landsmännin angesteckt) bitten, es zu wiederholen. An die alte Dame gewandt, erklärte er von oben herab:

›Sie ... Sie halten mich für einen anderen. Ich habe nie einen Roman geschrieben. Ich bin Oberst im Ruhestand.‹

Als einzige Antwort versuchte meine Freundin eine Übersetzung unseres Ausdrucks ›eine Katze für einen Hasen ausgeben‹. Wir waren verärgert. Ich entschuldigte mich kühl mit konventionellen Wendungen, und wir zogen uns zurück.

›Die Miene des Obersten‹, bemerkte die alte Dame. ›Wo hat man so etwas schon gesehen! Ausgerechnet mir, einer Tochter der Unabhängigkeit, mit einem solchen Schwindel zu kommen.‹

Um sie zu ärgern, denn sie war schuld an dem lächerlichen Gespräch, machte ich sie aufmerksam:

›Aber *Sie* haben sich geirrt. Man wollte uns nicht eine Katze für einen Hasen ausgeben, sondern umgekehrt.‹

Am nächsten Morgen, auf der Reede von Cherbourg, sahen wir vom Deck aus zu, wie die Passagiere auf den Schlepper umstiegen, der sie an Land bringen sollte. Auf die Seite des Schleppers zeigend, die unserem Schiff zugekehrt war, sagte die alte Dame:

›Da ist er.‹

Ich widersprach ihr und zeigte auf die gegenüberliegende Seite:

›Nein, dort ist er.‹

›Er ist auf beiden Seiten‹, gab die Señora niedergeschlagen zu.

Tatsächlich sahen wir auf dem Schlepper, wie durch eine unverständliche Wasserspiegelung, sozusagen zwei Exemplare von Somerset Maugham.

›Sie sind derselbe‹, gestand ich verblüfft.
›Aber anders gekleidet‹, verbesserte mich die Señora.«

Greve starrte ins Leere wie ein unparteiischer Richter, dessen Urteilsspruch nicht durch Sympathien beeinflußt werden soll. Da er sich zu lange Zeit ließ, sagte ich:

»Das ist alles.«

Er sagte noch immer nichts.

»Du hast recht«, gab er endlich zu. »Eine völlig nutzlose Übereinstimmung. Was du mir erzählt hast, wirft nicht einen Lichtstrahl auf meine Geschichte. Oder beweist es, daß es Augenblicke gibt, in denen alles nur Erdenkliche geschehen kann?«

Ich wußte nicht, was ich antworten sollte.

»Vielleicht«, sagte ich auf gut Glück.

»Augenblicke«, fuhr er fort, »die unwiederbringlich sind (weshalb sie sofort Vergangenheit werden) und dennoch echt. Augenblicke, die eine Welt für sich bilden, in der die Naturgesetze nicht gelten.«

Ich unterbrach die Abschweifung durch die Frage:

»Sagtest du eben *deine Geschichte*?«

»Ja, was ich erlebt habe. Als ich dir zuhörte, hatte ich eine Hoffnung.«

»Habe ich dich enttäuscht? Hast du die Aufklärung eines Geheimnisses erwartet?«

»Ich weiß nicht, was ich erwartet habe. Vielleicht gibt es keine andere Erklärung, als anzunehmen, daß es sich eben um einen dieser einzigartigen Augenblicke handelte, von denen ich sprach. Was mir widerfuhr, ist sehr sonderbar. Trotzdem entspricht es etwas, was wir alle empfinden, einer tiefen Überzeugung. Und einer absurden. Erinnerst du dich an Carmen Silveyra?«

»Die Ärmste, selbstverständlich. So voller Leben. Ich fand . . .«

Ich wollte sagen, ich fand, sie sah Louise Brooks ähnlich, einer Filmschauspielerin, in die ich als Junge verliebt gewesen war. Im Geiste sah ich das zarte Oval dieses vollkommenen Gesichts – der einen wie der anderen –, die weiße Haut, die dunklen Augen und Haare, die Schmachtlocken an den Seiten.

»Hast du sie gekannt?« fragte er mit einer leichten Unruhe.

»Ich weiß nicht: unwiderstehlich jung und schön war sie.«

»Es freut mich, daß sie dir gefiel«, antwortete er und sagte dann: »Ich werde eine Entweihung begehen: sie liebte mich. Ich liebte sie auch, aber ohne mir dessen bewußt zu sein. Was für eine Gefühlsroheit! Woran ich nie zweifelte, war, daß ich mich mit ihr gut unterhielt. Du weißt, wie die Frauen sind. Immerzu entdeckte sie oder, besser gesagt, erfand sie Gelegenheiten auszugehen, Reisen zu unternehmen, obwohl es in ihrer besonderen Situation gar nicht gut für sie war, mit mir zusammen gesehen zu werden.«

»Die unvermeidliche Situation. Alle haben sie eine Situation, die berücksichtigt werden muß. Und vor allem gefährdet ist.«

Ich lachte trocken auf. Mein Epigramm – oder was immer es war – hatte mich wieder aufgemuntert, aber Greve schien es zu bedrücken.

»Ich wußte nichts«, sagte er. »Vielleicht bin ich naiver als andere. Ich glaubte an Carmens Situation und redete ihr oft ihre Pläne aus; aber ich ließ mich auch mitreißen. Ich bereue es nicht. Was für einen Glauben an das Leben diese Frau hatte. Irgendwo – in einem Restaurant, bei einer Bootsfahrt auf dem Paraná, an einem Wochenende in einem Gasthaus – ahnten wir, wie soll ich sagen?, die größten Vergnügungen voraus, die wir natürlich auch fanden, immer fanden. Bei einer unserer Eskapaden fuhren wir nach Mar del Plata.

Ich hatte den Wagen verkauft. Wir nahmen den Zug, was gefährlich war, weil wir nicht wußten, wen wir treffen konnten. Auf der Bank uns gegenüber saß zufällig eine junge Frau – später entdeckten wir, daß sie Zahnärztin war –, die gern geplaudert hätte. Leise mahnte mich Carmen:

›Charakter! Gib nicht nach. Ein Augenblick der Schwäche – fünf Stunden geistreiche Konversation. Wie langweilig!‹

Bald war Carmen davon überzeugt, daß die einzige Gefahr, die uns in diesem Zug drohte, uns gegenüber saß.

›Es gibt keine Gefahr‹, antwortete ich. ›Allenfalls ein wenig Langeweile. Aber wissen wir, was uns in den anderen Waggons erwartet?‹

›Es kommt niemand‹, versicherte sie mir.

Sie wollte sagen: niemand, den wir kennen.

›In welches Hotel gehen wir?‹ fragte ich.

Ich hatte keine Zeit gehabt, ein Zimmer vorzubestellen. Wir hatten uns an diesem Tag erst beim Mittagessen zur Reise entschlossen. Jeder ging nach Hause, um seinen Koffer zu packen, und um fünf trafen wir uns auf dem Bahnsteig in Constitución. Im letzten Augenblick fiel es Carmen noch ein, daß sie versprochen hatte, sich am Samstag und Sonntag an einer Sammlung für wohltätige Zwecke zu beteiligen. Laufend suchten wir ein Telefon. Carmen konnte noch anrufen und sich entschuldigen. Sie erzählte mir: ›Ich habe Glück gehabt. Ich hatte befürchtet, mit der Präsidentin sprechen zu müssen, der ehrwürdigsten und strengsten alten Dame von ganz Buenos Aires. Es kam aber Ihre Sekretärin ans Telefon, die ein Schatz ist. Ich sagte, ich sei krank und läge im Bett. Wetten, daß du nicht weißt, was sie mir antwortete? Daß die Alte krank im Bett liegt. Das ist doch herrlich, oder?‹

Auf meine Frage nach dem Hotel antwortete sie:

›Was hältst du vom Provincial?‹

›Du bist verrückt‹, protestierte ich. ›Wir müssen ein halb verstecktes kleines Hotel suchen.‹

Wenn ich heute daran zurückdenke, habe ich den Eindruck, daß ich der Verrückte war. Wie unter dem Zwang einer erbärmlichen Manie zügelte ich aus lauter Vorsicht immer meine Impulse. Ich glaube, wenn ich mich heute mit ihr zeigen könnte . . . Ich glaube es, weil sich vielleicht niemand ändert.

›Wie lästig‹, antwortete sie. ›Hast du mir nicht von einem gewissen León erzählt, der ein Hotel mit Heizung und gutem Essen hat?‹

›Dort gehen alle hin.‹

›Wer wird bei dieser Kälte schon hinfahren!‹

Ich antwortete nicht, weil ich mich in der Rolle des Lehrers sah, der den Schüler ermahnt, und weil ich sehr wohl wußte, daß die Liebe dieses Mädchens tatsächlich ein Luxus war. Mich wundert – mich wunderte schon damals – ihre Geduld.

Ich würde sagen, das beschriebene Gespräch fand während der ersten Hälfte der Reise statt – frag mich nicht, was in der Zwischenzeit geschah –, und ich würde sagen, daß im letzten Abschnitt die Frau ihren Mut zusammennahm, um uns das Hotel zu empfehlen, in dem sie gewöhnlich abstieg, das Quequén, und um uns mitzuteilen, daß sie Akademikerin sei (nur das, als ob das Wort allein genügte). Nach einer Weile erklärte sie sich jedoch genauer: ›Zahnärztin.‹ Darauf folgten Szenen und Erinnerungen, die einem Traum anzugehören scheinen. Zum Beispiel, als uns die Zahnärztin nicht nur auf den Mund sah, um unser Gespräch zu belauschen, sondern buchstäblich in den Mund. Carmen bestand das Examen mit Glückwünschen, ich gequält, wenn nicht gerade mit einem Nichtgenügend. Ungerührt durch die flehenden Blicke, sagte ich wütend:

›Ersparen Sie mir bitte die Einzelheiten.‹

Ich dachte, daß ich nun eben für meine Schuld zahlte, denn die Einmischung der Zahnärztin in unser Gespräch wird nicht ganz so verlaufen sein, wie ich sie geschildert habe; ich tat wohl etwas, um sie herauszufordern. Wir Männer neigen zu der Feigheit, auf Kosten der geliebten Frau Dritten gegenüber zuvorkommend zu sein.

Wir stiegen aus und standen in einer kalten, finsteren Nacht. Draußen im Freien warteten die Menschen in einer langen Schlange auf die Taxis. Wir waren mit der Zahnärztin zusammen, die uns fest entschlossen in ihr Hotel bringen wollte. Ich hatte mich ihr ausgeliefert, und Carmen mußte eben mitkommen. Plötzlich wurde ich am Arm gepackt und hörte den Befehl:

›Gehen wir.‹

Carmen zog mich hinter sich her. Wir liefen durch die undurchsichtige Dunkelheit bis zur halben Höhe der Avenida Luro, durch die Wagen mit brennenden Scheinwerfern fuhren. Ich höre noch das unterdrückte Lachen Carmens. Mit erhobenem Arm winkte sie einem Taxi. Ich protestierte peinlich berührt:

›Aber wir müssen doch auf die Schlange der Wartenden Rücksicht nehmen!‹

Der Chauffeur wollte schon vorbeifahren – auch er respektierte das Gesetz der Schlange, das ihm einen Vorwand dafür bot, seine Mitmenschen zu kränken –, aber als er Carmen sah, hielt er. Wie hätte er nicht halten sollten? Du hast es selbst gesagt: sie war so schön und so jung.

›Wohin fahren wir?‹ fragte ich.

›Zum Hotel deines León‹, sagte sie, und als sie dem Fahrer das Ziel angegeben hatte, meinte sie: ›Das Quequén Palace, ich *bitte* dich! Ich bin doch nicht verrückt. Was wird das für ein Hotel sein, das sich in Mar del Plata so nennt. Da weiß man doch, welcher Kategorie es angehört. Und was wollen die Leute eigentlich? Dem, der ankommt, Lust machen, gleich wieder umzukehren?‹

Die Wahrheit ist, daß ich Proben einer Idiotie ablegte, als wollte ich mich selbst vollends entmutigen. Ich übertreibe nicht: der Umstand, daß ich den Geschäftsführer des Hotels kannte, störte mich in *meiner Situation.* Weißt du, was meine ›Situation‹ war?

Carmen! Ich fühlte mich verpflichtet zu erklären, mich zu rechtfertigen. Anstatt stolz zu sein.

Man empfing uns mit der Nachricht, daß keine Mahlzeiten serviert wurden, weil man in der Küche umbaute, und daß die Heizung nicht funktionierte. Um nicht zu so später Stunde wieder in die Kälte hinausgehen und ein anderes Hotel suchen zu müssen, blieben wir. Man stellte uns einen elektrischen Heizkörper ins Zimmer. Bald entdeckten wir, daß wir nur die Wahl hatten, uns ein wenig von ihm zu entfernen und zu frieren oder ganz nah heranzurücken und uns zu verbrennen. Wir baten um zusätzliche Decken und legten uns angezogen ins Bett. Um den Kopf zu schützen, wickelte sich Carmen einen Turban aus einem Handtuch. Ich versichere dir, daß mich ihre Schönheit blendete.

Am nächsten Tag schien eine bleiche Sonne, und wir gingen zum Strand hinunter. Mit Zeltplanen zugedeckt und im Windschatten einer Badekabine verschafften wir uns genug Wärme, um einen angenehmen Vormittag zu verbringen. Wir schauten auf das Meer hinaus, sprachen von Reisen, und ich erinnere mich, daß wir ein Paar alter Leute vorübergehen sahen, gegen den Wind gelehnt und gleichsam den Sand pflügend. Carmen sagte, außerhalb der Saison sei jeder Badeort poetisch.

Am Nachmittag tranken wir Tee in einer Konditorei in Santiago del Estero y San Martín, die einige Jahre später geschlossen wurde. Jedesmal wenn jemand, um einzutreten oder hinauszugehen, die großen Glastüren aufstieß, schien sich eine Eisscholle bis zur Mitte des Saals vorzuschieben. Nur mit der Kälte beschäftigt, starrten wir diese Türflügel an, vielleicht in der Hoffnung, die Leute fernzuhalten.

›Mein Gott!‹ murmelte Carmen plötzlich.

Eine füllige Matrone war eingetreten, aufrecht wie ein stolzer Seelöwe.

›Sie ist ein Monstrum‹, gab ich zu.

›Das ist *sie*‹, verbesserte mich Carmen.

›Wer?‹

›Die Präsidentin höchstpersönlich.‹

›Vielleicht sieht sie dich nicht.‹

Bevor ich noch meinen kurzen Satz beendet hatte, blieb die Dame, den Blick starr auf unseren Tisch gerichtet, stehen. Es folgte ein Augenblick der Erwartung, der mir sehr lang vorkam. Ich sah einen erhobenen Zeigefinger. Vielleicht habe ich eine melodramatische Phantasie. Ich erwartete wohl, dieser Finger werde anklagend auf Carmen deuten. Ich war verblüfft. Zweimal legte die Dame den Zeigefinger auf ihre Lippen. Carmen sprach später von einem Zwinkern. Ich kann es nicht bestätigen und nicht widerlegen. Was ich sagen kann, ist, daß hinter der majestätischen Masse ein kleiner alter Mann mit einer geschwollenen Nase und einem feuchten Schnurrbart auftauchte, der offensichtlich nicht ahnte, was vorging. Leise fragte Carmen:

›Bin ich verrückt, oder hat sie mich um Stillschweigen gebeten?‹ – um fröhlich hinzuzufügen: ›Sie hat sich, wie ich, als krank entschuldigt. Und wie wir ist sie nach Mar del Plata gekommen.‹

›Mit dem Unterschied allerdings‹, bemerkte ich, ›daß sich ihr Alter einen Schnupfen geholt hat.‹

Von diesem Augenblick an war alles anders. Vielleicht befreite mich die, zweifellos karikaturenhafte, Erscheinung der erschrokkenen Alten von meiner Vernunftbesessenheit und etwas noch Niedrigerem: dem Bewußtsein der heiklen Umstände. Von diesem Augenblick an überließ ich mich unserem guten Glück. Ich könnte schwören, daß die Kälte am Abend nachließ. Jedenfalls legte ich mich nicht in meinen Kleidern ins Bett, und wenn ich Schutz suchte, so suchte ich ihn in Carmens Körper.

Die Parodie der Geste der Alten blieb unter uns so etwas wie ein Privatscherz. Wenn man uns Geheimnisse anvertraute und uns bat, nichts weiterzusagen, ahmten wir diesen feierlich-lächerlichen Zeigefinger nach. Solche wiederholten Scherze wirken albern, ich weiß, aber dieser erinnerte uns an das schönste Wochenende des Lebens.

Das Gedächtnis ist so lückenhaft. Erzählt man sie der Reihe nach, so tauchen Erinnerungen auf, die lange vergessen waren. Ich erinnerte mich wohl, daß wir den Zug um ein Uhr nachmittags nahmen, nicht aber daran, daß Carmen mich bat, die Rückkehr aufzuschieben. Jetzt sehe ich sie wieder vor mir, auf dem Bauch im Bett liegend, den Kopf im Kissen vergraben. Ich hob ihr Gesicht, um sie zu küssen. Carmen lachte nicht. Sie bat mich ernst:

›Bleiben wir noch.‹

Sie sah mich beklommen an, beinahe angstvoll. Ich glaube, diese unvermutete Angst machte mich unnachgiebig. Ich sagte:

›Jeder weiß, daß die Frau periodisch und zyklisch ist – vergleicht man sie nicht mit dem Mond? –, aber der Mann, der es bedenkt und einen Weinanfall den Drüsen oder Nerven zuschreibt, gilt als gefühllos. Wer es vergißt, soll, wenn man ihn verläßt, nicht rufen: Aber du hast doch um meinetwillen geweint! Man wird ihm antworten, er habe geträumt.‹

›Schlimm‹, murmelte Carmen lächelnd.

›Warum ein Drama daraus machen, wenn der Augenblick der Abreise gekommen ist?‹

›Dann‹, entgegnete sie, ›bleiben wir doch für immer.‹

Als einzige Antwort packte ich den Koffer. Wenn einmal ein Entschluß gefaßt ist – ich rühme mich dessen, als wäre es ein Verdienst –, dulde ich keine Änderung mehr.

Wenige Tage später, in Buenos Aires, entdeckte ich gleichzeitig, daß ich das Zusammensein in Mar del Plata vermißte und daß Carmen, wenn sie auch noch zärtlich und liebevoll war, nicht mehr ängstlich von mir abhing. Sie besuchte mich zu Hause, wir gingen spazieren und scherzten, wir erinnerten uns an die Geste der Alten, alles amüsierte uns, aber – und das war etwas Neues zwischen uns beiden – ich verspürte die Neigung, sie zu fragen, ob sie mich weniger liebe.

Im Frühling schlugen mir einige Freunde eine Reise nach Ushuaia vor. Feuerland hatte mich schon immer angezogen; ich wollte die Gelegenheit, es kennenzulernen, nicht versäumen. Das einzige Hindernis war Carmen. Mitzukommen war für sie nicht schicklich. Würde sie mich allein reisen lassen? Ich wich allen Schwierigkeiten aus: ich fuhr, ohne mich zu verabschieden.

An dem Nachmittag, an dem ich aus dem Süden zurückkehrte, traf ich zwei Männer im Haustor. Merkwürdig: diese Männer haben für mich kein Gesicht, keine Gestalt, nichts, was sie von anderen unterscheidet. Sie schwanden aus meinem Gedächtnis, ließen nur ein paar Worte und ein Schwindelgefühl zurück. Sie belästigten mich mit Fragen über eine Angestellte, die sich irgendwie, ich weiß nicht was für einer Nachforschung entzogen hatte, und ich sehnte mich nach nichts anderem als nach einem heißen Bad und ein wenig Einsamkeit.

›Was habe ich damit zu tun?‹ begehrte ich auf.

Sie bestanden auf Erklärungen, und bei all meiner Müdigkeit begriff ich, daß sie mir etwas von einem Unfall erzählten. Ich hörte ein Wort: *ermordet,* und zwei andere, mit einer teilnahmslosen Stimme ausgesprochen, die nicht verstummte, die den Satz monoton beendete: Carmen Silveyra. Die Angestellte hatte sich, als man sie aufforderte, mit ins Leichenschauhaus zu kommen, in ihrem Zimmer eingeschlossen. Von was für einer Angestellten redeten sie denn? Von der Bedienerin, die jeden Morgen kam, um die Wohnung der nun Toten aufzuräumen. Nun baten sie mich, die Leiche zu identifizieren. Gott verzeih mir: trotz meines Schmerzes empfand ich so etwas wie Stolz.«

»Ich habe dich bei der Totenwache gesehen«, sagte ich.

Luis Greve antwortete:

»Ich erinnere mich an so gut wie nichts.«

»Es muß ein furchtbarer Schmerz gewesen sein«, sagte ich mitfühlend. »Wie schön Carmen war – und sie plötzlich tot zu sehen ...«

»Schmerz? Das wollte ich auch sagen, aber jetzt glaube ich, daß es nicht genau das ausdrückt, was ich empfand, was ich noch empfinde. Sie tot zu sehen, schmerzte mich weniger als der Gedanke, daß ich sie danach niemals mehr sehen sollte. Das Unglaubliche am Tod ist, daß die Menschen verschwinden.«

»Manchmal ist der Tod etwas Unfaßbares«, gab ich zu. »Man verfällt leicht abergläubischen Vorstellungen und Schuldgefühlen. Was dir geschehen ist, ist schrecklich, aber du hast dir nichts vorzuwerfen.«

»Da bin ich nicht so sicher«, antwortete er. »Was soll ich dir noch sagen? Daß sich mein Leben nur wenig änderte. Glaube nicht, ich hätte Carmen nicht vermißt; bei Tage dachte ich an sie und nachts träumte ich von ihr. Aber die Vergangenheit bleibt schließlich zurück. Ich fand Geschmack am Landleben. Die Fahrten nach Pringles wurden immer häufiger, die Aufenthalte dort immer länger. In dem gleichen Zug, den ich jetzt nehmen werde, lernte ich im Speisewagen einen Herrn kennen, der mir Wunder über das Ausland erzählte und mich ermunterte, eine Reise um die Welt anzutreten. Da der Herr Inhaber eines Reisebüros war, konnte ich ohne Schwierigkeiten Plätze buchen. Seit Carmens Tod hält mich nichts mehr an einem Ort fest. Eines Nachmittags, während eines Fluges über dem Meer, erkannte ich meinen Irrtum. Die Welt ist großartig, aber ich betrachtete sie lustlos. Stell dir nicht vor, ich sei allzu traurig gewesen, nur eben gleichgültig. Der Tourist führt sich selbst spazieren; dafür muß man wenigstens Illusionen haben. Ich brachte die letzten Etappen rasch hinter mich. Anstatt zwei oder drei Tage in einer Stadt zu bleiben, setzte ich die Reise mit dem nächsten Flugzeug fort.

Mehrere Male täglich mußte ich meine Uhr vor- oder zurückstellen. Durch diesen Zeitwechsel und durch die Müdigkeit empfand ich schließlich die Unwirklichkeit des Ganzen, der Zeit, meiner selbst. Ich flog von Bombay nach Orly. Gleich darauf, ohne den Flughafen zu verlassen, trat ich den Rückflug nach Buenos Aires an. Wir machten eine Zwischenlandung in Dakar, ich glaube, bei Tagesanbruch. Ich hatte halb und halb geschlafen, war verstimmt, aus dem Gleichgewicht. Ich weiß, daß wir dort, oder vielleicht auch später, die Uhr zurückstellten. Wir mußten aussteigen. Wir gingen durch eine von Holzplanken gebildete Gasse wie durch einen langen Pferch zu einer Bar, wo uns Neger bedienten. Kurz bevor wir dort waren, hörten wir eine Stimme, die den Abflug der Maschine nach Kapstadt ansagte, und wir kamen an den Menschen vorbei, die durch eine Einzäunung parallel zu der unseren zu dieser Maschine hinausgingen. Zerstreut bemerkte ich einen kleinen Wirbel in dieser Gegenströmung, wie er entsteht, wenn jemand versucht, sich hinter den anderen zu verstecken. Aus reiner Müßigkeit blickte ich genauer hin. Als sie sich entdeckt sah, entschied sie sich dafür, mich zu grüßen. Ich konnte einen Menschen mit einem anderen verwechseln, aber niemanden mit ihr. Sie war bildschön. Ich sah sie an, ohne zu begreifen. Sie parodierte unsere alte Dame jenes fernen Wochenendes in Mar del Plata, legte zweimal den Zeigefinger auf die Lippen und bat mich so, das Geheimnis zu wahren. Ich zögerte einen Augenblick. Carmen ging mit ihrer Gruppe weiter zur Maschine nach Kapstadt, und ich blieb, bis wir unseren Flug fortsetzten.«

Das Schöpfrad

In diesem Städtchen ereignete sich in den letzten Tagen mehr als in seiner ganzen übrigen Geschichte. Um zu ermessen, was meine Worte bedeuten, bedenken Sie, daß ich von einem der alten Provinzstädtchen spreche, von einem, dessen Leben reich ist an bemerkenswerten Geschehnissen: die Gründung um die Mitte des 19. Jahrhunderts, bald darauf die Cholera – ein Keim, der sich zum Glück nicht weit ausbreitete – und die Gefahr der Indianerüberfälle, die zwar niemals stattfanden, aber die Menschen für die Dauer von fünf Jahren in Schach hielten, in denen angrenzende Bezirke die Bedrängnis durch den Indianer kennenlernten. Ich verlasse die heroische Epoche und übergehe die zahllosen Besuche von Gouverneuren, Abgeordneten, Kandidaten aller Art nebst Komikern und einem der Giganten des Sports. Um zu einem Ende zu kommen, will ich diese Aufzählung mit dem Fest der Hundertjahrfeier der Gründung beschließen, einem echten Wettstreit der Redekunst und der Ehrungen.

Da ich eine Begebenheit ersten Ranges mitzuteilen habe, lege ich dem Leser meine Glaubwürdigkeit dar. Offenen Geistes und von fortschrittlichen Ideen erfüllt, verschlinge ich alle Bücher, die ich in der Buchhandlung meines Freundes, des Galiciers Villarroel, in die Finger bekomme, von Doktor Jung bis Hugo, Walter Scott und Goldoni, nicht zu vergessen das letzte Bändchen der *Madrider Szenen*. Mein Ziel ist die Bildung, aber ich nähere mich den »verflixten dreißig Jahren« und fürchte ernstlich, daß mir noch mehr zu lernen bleibt, als ich schon weiß. Kurz gesagt, ich versuche, der Bewegung zu folgen und meinen Nächsten Bildung einzuimpfen – lauter vortrefflichen Menschen, gediegenes Silber, allerdings sehr der seit dem Mittelalter ererbten Siesta und dem Obskurantismus zugeneigt. Ich bin ein Lehrender – Schullehrer – und Journalist. Ich leihe meine Feder bescheidenen Lokalblättern, bald als Faktotum der *Sonnenblume* (ein schlecht gewählter Titel, der zu Sticheleien Anlaß gibt und eine Menge irrtümlicher Korrespondenz zur Folge hat, da man uns für das Sprachrohr der Getreideanbauer hält), bald dem *Neuen Vaterland.*

Der Gegenstand dieses Berichts hat etwas Besonderes an sich, das ich nicht verschweigen möchte: nicht nur trug sich das Ereignis in meinem Städtchen zu, sondern sogar in dem Häuserblock, in dem ich mein ganzes Leben verbringe, in dem sich mein Heim, meine kleine Schule – mein zweites Heim – und die Bar eines Hotels gegenüber dem Bahnhof befinden, in der wir, der unruhige Kern der Jugend des Ortes, uns Abend für Abend zu später Stunde zusammenfinden. Das Epizentrum des Phänomens, der Brennpunkt, wenn Sie so wollen, war das Holzlager Don Juan Camargos, dessen Gelände im Osten an das Hotel grenzt und im Norden an den Hof des Hauses. Einige Umstände, die nicht jeder miteinander in Verbindung bringen würde, kündigten das Ereignis an: ich spreche von der Anforderung der Bücher und vom Verschwinden des Schöpfrades.

Las Margaritas, das private *petit-hôtel* Don Juans, ein regelrechtes *Chalet* mit einem blühenden Garten an der Straße, nimmt die Hälfte der Vorderseite und einen kleinen Teil des übrigen Geländes des Holzlagers ein, wo sich unermeßliche Materialien ansammeln wie die Reliquien von Wäldern auf dem Grunde des Meeres. Was das Schöpfrad anbetrifft, so hatte es sich schon immer in dem erwähnten Garten befunden, so daß es eine der ältesten Traditionen und eine der interessantesten Sehenswürdigkeiten unseres Städtchens darstellt.

Eines Sonntags am Monatsanfang war das Schöpfrad aus geheimnisvollen Gründen verschwunden. Da es am Ende der Woche noch nicht wieder erschienen war, verlor der Garten seine Farbe und seine Frische. Während viele hinschauten, ohne zu sehen, gab es einen, den vom ersten Augenblick an die Neugier packte. Dieser eine steckte andere an, und abends in der Bar gegenüber dem Bahnhof brodelte es unter den jungen Männern von Fragen und Kommentaren. Auf diese Weise deckten wir unter dem Ansporn einer naiven und ganz natürlichen Besorgnis etwas auf, was nur wenig Natürliches an sich hatte und sich als Überraschung entpuppte.

Wir wußten sehr wohl, daß Don Juan nicht der Mann war, der in einem trockenen Sommer dem Garten aus reiner Unachtsamkeit das Wasser entzogen hätte. Wir würdigen ihn zunächst einmal als eine Stütze des Städtchens. Getreulich zeichnet die Presse den Charakter unseres Fünfzigers nach: hohe Statur, korpulent, graues Haar, dessen fügsam in der Mitte gescheitelte Wellen parallele Bögen zu denen des Schnurrbarts und des unteren Teils der Uhrkette bilden. Andere Einzelheiten lassen den Caballero alten Schlages erkennen: Breeches, Ledergamaschen.

In seinem von Mäßigkeit und Ordnung beherrschten Leben konnte ihm, soweit ich mich erinnere, niemand eine Schwäche nachsagen, sei es Trunksucht, Weibergeschichten oder ein politischer Fehltritt. In einem Gestern, das wir gern vergessen würden – wer von uns hat sich da nicht, was die Infamie anbetrifft, so manches Stück geleistet? –, hielt sich Don Juan sauber. Aus gutem Grund anerkannten sogar die Inspektoren der Genossenschaft etcetera seine Autorität, sehr wenig achtbare Leute sonst, offen gesagt: Habenichtse. Aus gutem Grund stellte in jenen unangenehmen Jahren dieser große Schnurrbart den Handgriff dar, an dem sich die gesunde Familie des Städtchens festhalten konnte.

Man muß zugeben, daß dieser unvergleichliche Mann Ideen alter Prägung verficht und daß unsere, von Natur aus idealistischen, Reihen bis heute noch keine prominenten Männer von vergleichbarer Wesensart hervorgebracht haben. In einem neuen Land fehlt es den neuen Ideen an Tradition. Und man weiß, ohne Tradition gibt es keine Beständigkeit.

Über dieser Gestalt steht in unserer Rangordnung *ad usum* niemand außer Doña Remedios, die Mutter und einzige Ratgeberin eines so bedeutenden Sohnes. Unter uns nennen wir sie, weil sie *manu militari* jeden Streit schlichtet, den man ihr vorlegt oder auch nicht, Remedios die Heroische. Der Spitzname klingt spaßig, ist aber liebevoll gemeint.

Um das Bild derer, die im *Chalet* wohnen, abzurunden, fehlt nur noch ein unzweifelhaft geringeres Anhängsel, der Patensohn Don Tadeíto, ein Schüler der Abendklasse meiner Schule. Da Doña Remedios und Don Juan beinahe nie Fremde im Haus dulden, und zwar weder als Mitarbeiter noch als Gäste, vereinigt der junge Mann in sich die Ämter eines Gehilfen und Angestellten im Holzlager und eines Hausdieners in *Las Margaritas*. Man füge dem Vorauserwähnten hinzu, daß der arme Teufel regelmäßig meinen Unterricht besucht, und man wird verstehen, warum ich all denen eine sehr unfreundliche Antwort erteile, die ihm aus reiner Dummheit und Bosheit einen Spottnamen nachplärren. Daß man ihn mit olympischer Erhabenheit vom Militärdienst freistellte, macht mir nichts aus, denn von der Sünde des Neids weiß ich mich frei.

An dem fraglichen Sonntag, zu einer Zeit zwischen zwei und vier Uhr nachmittags, an die ich mich nicht mehr genau erinnere, klopfte jemand an meine Tür, dem Dröhnen nach zu urteilen mit dem Vorsatz, sie einzuschlagen. Taumelnd stand ich auf, murmelte: »Das hat mir noch gefehlt«, gab Worte von mir, die sich im Munde eines Lehrers nicht gut ausnehmen, und so, als wäre dies nicht eine Zeit allerlei unangenehmer Besuche, öffnete ich mit der Gewißheit, Don Tadeíto vorzufinden. Ich hatte mich nicht getäuscht. Da stand mein Schüler mit seinem so hageren Gesicht, hinter dem man nicht einmal ein wenig Schutz vor der Sonne gefunden hätte, und lächelte mir in die Augen. Soweit ich ihn verstand, verlangte er unerwartet mit dieser Stimme, die ihm immer plötzlich versagt, Lehrbücher der ersten, zweiten und dritten Klasse. Gereizt fragte ich:

»Könntest du mir sagen, wozu?«

»Der Pate will sie haben«, antwortete er.

Ich gab ihm die Bücher auf der Stelle und vergaß die Episode, als wäre sie Teil eines Traums.

Stunden später, als ich zum Bahnhof ging und einen Umweg machte, um die Zeit totzuschlagen, bemerkte ich in *Las Margaritas* das Fehlen des Schöpfrades. Ich sprach davon auf dem Bahnsteig, während wir auf den Schnellzug aus Plaza warteten, der um 19 Uhr 30 fällig war und um 20 Uhr 45 ankam, und ich sprach davon abends in der Bar. Die Anforderung der Bücher erwähnte ich nicht, und ich brachte auch das eine nicht mit dem anderen in Verbindung, weil ich anfangs, wie ich schon sagte, kaum Notiz davon nahm.

Ich nahm an, daß wir nach einem so aufregenden Tag unseren gewohnten Trott wiederaufnehmen würden. Am Montag, zur Stunde der Siesta, sagte ich mir gut gelaunt: »Jetzt wird es richtig gemütlich«. Aber ich hatte mir eben den Rand des Ponchos bis unter die Nase gezogen, als das Getöse anfing. »Was ist ihm heute wieder eingefallen; wenn ich ihn dabei erwische, daß er gegen die Tür tritt, zahlt er mir das mit blutigen Tränen«, murmelte ich, schlüpfte in die Leinenschuhe und ging in den Flur hinaus.

»Ist das nun schon eine Gewohnheit, deinen Lehrer zu stören?« sagte ich streng, als ich den Bücherstapel zurücknahm.

Dann war ich vollends überrascht, denn als Antwort bekam ich zu hören:

»Der Pate will die der vierten und fünften.«

Ich brachte gerade noch heraus:

»Wozu?«

»Der Pate will sie haben«, erklärte Don Tadeíto.

Ich gab ihm die Bücher und legte mich wieder ins Bett, um zu schlafen. Ich gebe zu, daß ich auch schlief, aber, glauben Sie mir bitte, nur sehr unruhig.

Dann, auf dem Weg zum Bahnhof, stellte ich fest, daß das Schöpfrad nicht an seinen Platz zurückgekehrt war und daß sich ein gelber Farbton im Garten ausbreitete. Ich reimte mir mit Hilfe meiner Logik allerlei zusammen, und mitten auf dem Bahnsteig, während sich der Arzt vor einem Schwarm frivoler junger Damen aufspielte, arbeitete mein Gehirn noch immer an der Deutung des Geheimnisses.

Während er den Mond betrachtete, der riesengroß am Himmel stand, bemerkte einer von uns, ich glaube, es war Di Pinto, der immer dem romantischen Hirngespinst nachhing, ein einfacher Landmann zu sein (ich bitte Sie, vor den Freunden seines ganzen Lebens!):

»Der Mond zeigt Trockenheit an. Schreiben wir die Entfernung des Apparats also nicht einer Voraussage von Regenwetter zu. Unser Don Juan wird schon seine Gründe gehabt haben!«

Badaracco, ein aufgeweckter Bursche, der ein Schandmal an sich trägt, weil er zu einer anderen Zeit neben seinem Gehalt als Bankangestellter noch einiges als Denunziant kassierte, fragte mich:

»Warum knöpfst du dir in dieser Sache nicht einmal den Schwachsinnigen vor?«

»Wen, bitte?« fragte ich anstandshalber.

»Deinen Schüler«, antwortete er.

Ich fand den Plan gut und führte ihn noch am selben Abend nach dem Unterricht aus. Zuerst versuchte ich, Don Tadeíto mit der Binsenweisheit zu beeindrucken, daß der Regen die Pflanzen kräftigt, um dann energisch zum Angriff überzugehen. Das Gespräch verlief wie folgt:

»Man hat das Schöpfrad zerlegt?«

»Nein.«

»Ich sehe es nicht im Garten.«

»Wie sollten Sie es auch sehen?«

»Was heißt: wie sollten Sie es auch sehen?«

»Wo es doch jetzt das Depot bewässert.«

Hier muß ich erklären, daß wir die letzte Baracke des Holzlagers Depot nennen. Dort sammelt Don Juan schlecht verkäufliche Dinge, zum Beispiel seltsame Öfen und Statuen.

In dem Drang, den Kameraden die Neuigkeit über das Schöpfrad mitzuteilen, entließ ich meinen Schüler, ohne ihn über den anderen Punkt auszufragen. Ich hörte und war auch schon unterwegs. Aus dem Flur sah mir Don Tadeíto mit Schafsaugen nach.

»Was macht Don Juan mit den Lehrbüchern?« rief ich noch.

»Na ...« rief er zurück. »Er legt sie ins Depot.«

Verwundert lief ich ins Hotel. Meine Mitteilungen lösten unter den jungen Leuten, wie ich vorausgesehen hatte, Verblüffung aus. Alle äußerten irgendeine Ansicht, denn zu schweigen wäre in diesem Augenblick eine Schande gewesen, und zum Glück hörte keiner dem andern zu. Oder vielleicht hörte der Wirt zu, der Koloß Don Pomponio mit dem wassersüchtigen Bauch, den unsere Gruppe nur mit Mühe von den Säulen, den Tischen und dem Geschirr unterscheidet, weil uns der Hochmut des Intellekts blendet. Die eherne, durch Ströme von Gin gedämpfte Stimme Don Pomponios rief zur Ordnung. Sieben Gesichter blickten auf, und vierzehn Augen hingen an einem einzigen, rot glänzenden Gesicht, das der sich öffnende Mund teilte, um zu fragen:

»Warum gehen Sie nicht alle zusammen hin und bitten Don Juan um eine Erklärung?«

Der Sarkasmus ermunterte einen gewissen Aldini, der durch Fernunterricht studiert und eine weiße Krawatte trägt. Mit gehobenen Brauen sagte er zu mir:

»Warum befiehlst du nicht deinem Schüler, die Gespräche zwischen Doña Remedios und Don Juan zu belauschen? Dann legst du ihm die Daumenschrauben an.«

»Was für Daumenschrauben?«

»Du machst von deiner Autorität als Schafskopflehrer Gebrauch«, erklärte er gehässig.

»Don Tadeíto hat ein Gedächtnis?« fragte Badaracco.

»Das hat er«, versicherte ich. »Was einmal in seinem Schädel hineingegangen ist, bleibt eine Weile drin wie fotografiert.«

»Don Juan«, fuhr Aldini fort, »holt sich in allem bei Doña Remedios Rat.«

»Vor einem Zeugen wie dem Patensohn«, meinte Di Pinto, »werden sie ganz offen miteinander reden.«

»Wenn es ein Geheimnis gibt, wird es ans Licht kommen«, prophezeite Toledo.

Chazarreta, der als Marktgehilfe arbeitete, brummte:
»Und wenn es kein Geheimnis gibt, was dann?«
Da das Gespräch auf Abwege geriet, brachte Badaracco, der für seinen Gleichmut berühmt ist, die Streitenden zur Vernunft.
»Leute«, wies er sie zurecht, »ihr seid nicht mehr jung genug, um eure Energie zu vergeuden.«
Um das letzte Wort zu haben, wiederholte Toledo:
»Wenn es ein Geheimnis gibt, wird es ans Licht kommen.«
Es kam ans Licht, aber bis dahin sollten noch einige Tage vergehen.
Bei der nächsten Siesta, als ich in tiefstem Schlaf lag, ertönten, wie auch nicht, wieder die Schläge. Dem Pochen nach zu urteilen, ertönten sie gleichzeitig an der Tür und in meinem Herzen. Don Tadeíto brachte die Bücher vom Vortag zurück und verlangte die Lehrbücher des ersten und auch gleich des zweiten und dritten Jahres der Oberschule. Da ich für die Oberschule nicht zuständig bin, mußte ich zur Buchhandlung Villarroels gehen, den Galicier mit lauten Schlägen an die Tür wecken und ihn dann durch die Genugtuung besänftigen, daß es Don Juan war, der die Bücher anforderte. Wie zu befürchten war, fragte der Galicier:
»Was für eine Fliege hat den Kerl gestochen? In seinem ganzen Leben hat er kein Buch gekauft, und auf seine alten Tage verblödet er. Es versteht sich von selbst, daß der alte Gauner sie nur geliehen haben will.«
»Nehmen Sie es nicht so tragisch, Galicier«, redete ich ihm zu, wobei ich ihm leicht auf die Schulter klopfte. »So verbittert, wie Sie sind, könnten Sie geradezu ein Einheimischer sein.«
Ich berichtete von den früher verlangten Lehrbüchern für die Volksschule und übte die größte Zurückhaltung, was das Schöpfrad betraf, dessen Verschwinden ihn, wie er mir selbst zu verstehen gab, tief bewegte. Mit den Büchern unter dem Arm sagte ich zuletzt:
»Am Abend versammeln wir uns in der Hotelbar, um über all das zu sprechen. Wenn Sie Ihr Scherflein beisteuern wollen: dort finden Sie uns.«
Auf dem Hin- und Rückweg sahen wir keine Seele außer dem rotbraunen Hund des Fleischers, der sich wieder den Magen verdorben haben mußte, denn in normaler Verfassung setzt sich auch die unvernünftigste Kreatur nicht der Gluthitze von zwei Uhr nachmittags aus.

Ich wies meinen Schüler an, mir wortwörtlich die Gespräche zwischen Don Juan und Doña Remedios zu berichten. Nicht umsonst behauptet man, daß in der Sünde auch schon die Strafe liege. Am selben Abend noch mußte ich eine Tortur über mich ergehen lassen, die ich in meiner Neugier nicht vorausgesehen hatte: ich mußte mir diese Punkt für Punkt wiederholten endlosen und abgeschmackten Unterhaltungen anhören. Von Zeit zu Zeit lag mir eine grausame ironische Bemerkung auf der Zunge, etwa, daß mich Doña Remedios' Ansichten über die letzte Lieferung gelber Seife und das Flanellhemd gegen Don Juans Rheuma nicht interessierten, aber ich hielt mich zurück, denn wie sollte man dem Burschen verständlich machen, was unwichtig war und was nicht?

Dafür störte er am nächsten Tag meine Siesta mit den Büchern, die Villarroel zurückzugeben waren. Hier ergab sich nun die erste Neuigkeit. Don Juan, sagte Don Tadeíto, wollte keine Lehrbücher mehr haben; jetzt brauchte er alte Zeitungen, die er kiloweise beim Kurzwarenhändler, beim Bäcker und beim Fleischer beschaffen mußte. Ich erfuhr schließlich, daß die Zeitungen, wie vorher die Bücher, ins Depot wanderten.

Danach kam eine Zeit, in der nichts geschah. Die Seele kennt keine Ordnung: ich vermißte die Schläge an der Tür, die mich zuvor aus der Siesta aufgescheucht hatten. Ich wollte, daß irgendetwas geschehe, etwas Gutes oder Schlimmes. An ein bewegtes Leben gewöhnt, konnte ich mich nicht mit der Untätigkeit abfinden. Endlich berichtete mein Schüler eines Abends nach einer weitschweifigen Schilderung der Wirkung von Salz und anderen Nahrungsmitteln auf Doña Remedios' Organismus und ohne die geringste Änderung des Tonfalls, die auf einen Themawechsel hingewiesen hätte:

»Der Pate sagte zu Doña Remedios, daß sie einen Besucher haben, der im Depot wohnt und den er vor ein paar Tagen rein zufällig entdeckte, weil er nach einer Art Jahrmarktsschaukel sah, die er noch nicht in die Bücher eingetragen hatte, und daß er nicht die Fassung verlor, obwohl einem der Zustand des Besuchers leid tun konnte und er nach einem Bagrewels aussah, der auf dem Trockenen nach Luft schnappt. Er sagte, er kam darauf, ihm einen Eimer voll Wasser zu bringen, denn ohne zu denken, verstand er, daß er um Wasser gebeten wurde, und er wollte nicht untätig zusehen, wie so einer stirbt. Er erreichte damit nicht viel und stellte dem Besucher lieber einen Trog hin. Auch damit kam er nicht weit, und da fiel ihm das Schöpfrad ein, und wie der Hausarzt, sagte er, auf gut Glück alle Mittel ausprobiert, um einen Sterbenden zu retten, holte er sofort das Schöpfrad und schloß es an. Das Ergebnis war sichtlich befriedigend, denn der Sterbende erholte sich, so als wäre es das beste für ihn, feuchte Luft zu atmen. Der Pate sagte, daß er mit seinem Besucher eine Menge Zeit verlor, denn er fragte ihn, so gut es ging, ob er etwas brauche, und er sagte, daß der Besucher sehr gescheit war und nach einem Viertelstündchen schon den einen und den andern Brocken Spanisch hervorbrachte und ihn um Material bat, um sich zu bilden. Der Pate sagte, daß er den Patensohn zum Lehrer schickte und ihn um die Lehrbücher der ersten Klassen bitten ließ. Da der Besucher wirklich sehr gescheit war, lernte er alle Klassen in zwei Tagen und in einem, worauf er Lust bekam, auch noch die Oberschule zu machen. Danach, sagte der Pate, fing er an, die Zeitungen zu lesen, um zu erfahren, wie es auf der Welt zugeht.«

Ich wagte die Frage:

»Das Gespräch hat heute stattgefunden?«

»Na, Selbstverständlich, aber ich erinnere mich nicht.«

»Was heißt: ich erinnere mich nicht?« protestierte ich aufbrausend.

»Na, Sie haben mich unterbrochen«, erklärte der Schüler.

»Da hast du recht, aber«, argumentierte ich, »du wirst mich doch nicht so sitzenlassen, halb tot vor Neugier. Los, streng dich an.«

»Na, Sie haben mich unterbrochen.«

»Ich weiß. Ich habe dich unterbrochen. Ich trage die ganze Schuld.«

»Die ganze Schuld«, wiederholte er.

»Don Tadeíto ist gut«, sagte ich. »Er wird seinen Lehrer nicht so sitzenlassen, mitten im Gespräch, um morgen weiterzumachen oder nie.«

Tief bekümmert wiederholte er:

»Oder nie.«

Ich war verärgert, so als nähme man mir einen Gewinn von großem Wert weg. Ich weiß nicht, warum ich darüber nachdachte, daß unser Dialog aus lauter Wiederholungen bestand, aber plötzlich sah ich gerade darin eine Hoffnung. Ich wiederholte den letzten Satz des Berichts Don Tadeítos:

»Er las die Zeitungen, um zu erfahren, wie es auf der Welt zugeht.«

Mein Schüler fuhr gleichmütig fort:

»Der Pate sagt, der Gast war bestürzt, als er erfuhr, daß die Regierung der Welt nicht in den Händen der besten Leute liegt, sondern in denen von Schwachköpfen, um nicht zu sagen von Taugenichtsen. Da ein solches Gesindel über die Atombombe verfügt, wird man noch sein blaues Wunder erleben. Sogar wenn die guten Leute sie haben, werfen sie sie zuletzt ab, denn das hat man schon gesehen: wenn sie einer hat, wirft er sie auch ab. Aber daß das andere Pack da draußen sie hatte, war nicht so schlimm. Er sagte, daß sie in anderen Welten die Bombe schon erfunden hatten und daß solche Welten elend zugrunde gegangen sind, daß ihnen ihr Untergang aber nichts ausgemacht hat, denn sie waren weit genug weg gewesen; unsere Welt aber ist zu nahe, und sie fürchten, daß sie eine Kettenreaktion in Mitleidenschaft ziehen wird.«

Der unglaubliche Verdacht, daß sich Don Tadeíto über mich lustig machte, ließ mich die strenge Frage stellen:

»Hast du etwa Doktor Jungs *Über Dinge, die wir am Himmel sehen* gelesen?«

Zum Glück überhörte er die Unterbrechung und sprach weiter:

»Der Pate sagte, der Besucher sagte, daß er von seinem Planeten in einem Fahrzeug gekommen ist, daß als reine Lunge konstruiert wurde, denn dort ist die geeignete Materie knapp und die Frucht langer Jahre der Forschung und Arbeit. Er ist als Freund und Befreier gekommen und erbittet die volle Unterstützung des Paten, um einen Plan zur Rettung der Welt auszuführen. Der Pate sagt, daß das Gespräch mit dem Besucher diesen Nachmittag stattgefunden hat und daß er angesichts des Ernstes der Angelegenheit nicht zögert, Doña Remedios zu stören, um ihre Meinung zu hören, von der er mit Sicherheit annimmt, daß sie auch die seine ist.«

Da die folgende Pause kein Ende nahm, fragte ich, was die Señora geantwortet habe.

»Ah, das weiß ich nicht«, sagte er.

»Wieso: ah, das weiß ich nicht«, wiederholte ich, wieder verärgert.

»Ich ließ sie weiterreden, denn es war Zeit für den Unterricht. Ich dachte mir: wenn ich nicht zu spät komme, ist der Lehrer zufrieden.«

Mit einem stolzen Ausdruck in seinem Schafsgesicht erwartete er ein Lob. Ich überlegte mit bewundernswerter Geistesgegenwart, daß mir die anderen meinen Bericht nicht glauben würden, wenn ich nicht Don Tadeíto als Zeugen mitbrächte. Heftig packte ich ihn am Arm und beförderte ihn mit Stößen in die Bar. Dort warteten schon die Freunde und dazu der Galicier Villarroel.

Solange ich denken kann, werde ich diesen Abend nicht vergessen.

»Meine Herren!« rief ich, während ich Don Tadeíto auf unseren Tisch zustieß. »Ich bringe die Erklärung für alles, eine Neuigkeit von größter Tragweite und einen Zeugen, der meine Worte bestätigen wird. Don Juan schilderte den Sachverhalt mit allen Einzelheiten seiner Frau Mutter, und mein treuer Schüler ließ sich kein Wort entgehen. Im Depot des Holzlagers haust gleich hier nebenan, Wand an Wand mit uns – erraten Sie, wer? – der Bewohner einer anderen Welt. Erschrecken Sie nicht, meine Herren: der Reisende verfügt augenscheinlich über keine robuste Konstitution, denn er erträgt die trockene Luft unserer Stadt – wir werden damit noch Córdoba Konkurrenz machen – nur schlecht, und damit er nicht eingeht wie ein Fisch auf dem Trockenen, hat ihm Don Juan das Schöpfrad angeschlossen, das die Umgebung des Depots ständig feucht hält. Weiter: das Motiv der Ankunft des Untiers braucht offensichtlich keinerlei Beunruhigung auszulösen. Es ist gekommen, um uns zu retten, überzeugt davon, daß die Welt durch die Atombombe zugrunde gehen wird, und es teilte Don Juan offen seinen Standpunkt mit. Natürlich beriet sich Don Juan, während er seinen Kaffee trank, mit Doña Remedios. Leider zog sich der hier anwesende junge Mann« – ich beutelte Don Tadeíto wie einen Hampelmann – »gerade zur rechten Zeit zurück, um Doña Remedios' Meinung nicht mehr zu hören, so daß wir nicht wissen, was sie beschlossen haben.«

»Wir wissen es«, sagte der Buchhändler und bewegte seine feuchten, dicken Lippen wie einen Rüssel.

Ich war unangenehm berührt, daß man mir eine Neuigkeit korrigierte, deren einziger Besitzer ich zu sein glaubte.

»Was wissen wir?« fragte ich.

»Seien Sie nicht böse«, bat Villarroel, der das Gras wachsen hört. »Wenn es so ist, wie Sie sagen, nämlich daß der Reisende stirbt, wenn man ihm das Schöpfrad wegnimmt, hat ihn Don

Juan zum Tode verurteilt. Ich ging zufällig an *Las Margaritas* vorbei und sah im Mondlicht vollkommen deutlich das Schöpfrad, das wie früher den Garten bewässert.«

»Ich habe es auch gesehen«, bestätigte Chazarreta.

»Hand aufs Herz«, murmelte Aldini, »ich sage euch, daß der Reisende nicht gelogen hat. Früher oder später werden wir an der Atombombe zugrunde gehen. Ich sehe keinen Ausweg.«

Wie zu sich selbst sprechend, fragte Badaracco:

»Ihr werdet mir doch nicht sagen wollen, daß die beiden Alten unter sich unsere letzte Hoffnung auslöschen werden?«

»Don Juan will nicht, daß sich seine Stellung in der Welt ändert«, meinte der Galicier. »Es ist ihm lieber, daß diese Welt in die Luft fliegt, als daß die Rettung von anderen kommt. Sehen Sie, das ist auch eine Art, die Menschheit zu lieben.«

»Abscheu vor dem Unbekannten«, bemerkte ich. »Obskurantismus.«

Man sagt, die Furcht belebt den Geist. Tatsächlich schwebte an diesem Abend in der Bar etwas Sonderbares in der Luft, und wir alle steuerten unsere Ideen bei.

»Nur Mut, Freunde, tun wir etwas«, ermahnte uns Badaracco. »Aus Liebe zur Menschheit.«

»Warum empfinden Sie, Señor Badaracco, eine solche Liebe zur Menschheit?« fragte der Galicier.

Badaracco errötete und murmelte:

»Ich weiß nicht. Wir alle wissen es doch.«

»Was wissen wir, Señor Badaracco? Wenn Sie an die Menschen denken, finden Sie sie etwa bewundernswert? Ich finde sie, ganz im Gegenteil, dumm, grausam, schäbig, neidisch«, erklärte Villarroel.

»Wenn es Wahlen gibt«, gab Chazarreta zu, »entblößt sich deine liebe Menschheit sehr rasch und zeigt sich, wie sie ist. Es gewinnt immer der Schlechteste.«

»Die Liebe zur Menschheit ist also eine hohle Phrase?« fragte ich.

»Nein, Herr Lehrer«, antwortete Villarroel. »Nennen wir Liebe zur Menschheit das Mitgefühl mit dem Schmerz des anderen und die Verehrung für die Werke unserer großen Genies, für den *Quijote* des unsterblichen Einhändigen, für die Gemälde von Velázquez und Murillo. In keiner dieser beiden Formen gilt die Liebe als Argument, um das Ende der Welt aufzuschieben. Nur für die Menschen existieren die Werke, und nach dem Ende der Welt – der Tag wird kommen, durch die Bombe oder durch den natürlichen Tod – werden sie keine Rechtfertigung und keinen Sinn mehr haben, glauben Sie mir. Und was das Mitleid betrifft, so kann ihm ein baldiges Ende nur gelegen sein . . . Da niemand auf irgendeine Weise dem Tod entgehen kann, mag er doch bald für alle kommen, denn so wird die Summe des Schmerzes am geringsten sein!«

»Wir verlieren Zeit mit den Spitzfindigkeiten einer rein akademischen Diskussion, und hier nebenan stirbt unsere letzte Hoffnung«, sagte ich mit einer Beredsamkeit, die niemand mehr bewunderte als ich selbst.

»Wir müssen jetzt handeln«, bemerkte Badaracco. »Bald ist es zu spät.«

»Wenn wir in den Lagerplatz eindringen, ärgert sich Don Juan womöglich«, erinnerte uns Di Pinto.

Don Pomponio, der herauskam, ohne daß wir ihn hörten, und uns beinahe umwarf vor Schreck, schlug vor:

»Warum schicken Sie diesen Burschen Don Tadeíto nicht als Vorhut? Das wäre das Klügste.«

»Gut«, stimmte Toledo zu. »Soll Don Tadeíto das Schöpfrad wieder an das Depot anschließen und spionieren, um uns zu berichten, wie es dem Reisenden vom anderen Planeten geht.«

Als ein ganzer Trupp zogen wir in die Nacht hinaus, die ein gleichmütiger Mond erhellte. Beinahe weinend bat Badaracco:

»Seelengröße, meine Freunde. Es spielt keine Rolle, daß wir die eigene Haut riskieren. Auf uns blicken alle Mütter und alle Geschöpfe der Welt.«

Vor dem Lagerplatz drängten wir uns, es gab Manöver und Gegenmanöver, wir rannten hin und her und steckten die Köpfe zusammen. Endlich nahm Badaracco seinen Mut zusammen und stieß Don Tadeíto vorwärts. Mein Schüler kam nach einer endlosen Weile zurück, um zu melden:

»Der Bagrewels ist tot.«

Wir gingen traurig auseinander. Der Buchhändler begleitete mich. Aus einem Grunde, den ich ganz und gar nicht verstehe, tröstete mich seine Gesellschaft.

Vor *Las Margaritas* rief ich, während das Schöpfrad monoton den Garten bewässerte:

»Ich werfe ihm seinen Mangel an Neugier ins Gesicht« – und

fügte mit einem in die Gestirne vertieften Blick hinzu: »Wie viele unendliche Amerikas und Neufundlands verlieren wir in dieser Nacht!«

»Don Juan«, sagte Villarroel, »zog es vor, nach seinem Gesetz eines Menschen mit seinen Grenzen zu leben. Ich bewundere seinen Mut. Wir beide wagen es nicht einmal, hier einzutreten.«

Ich sagte:

»Es ist spät geworden.«

»Es ist spät geworden«, wiederholte er.

Eine Reise oder Der unsterbliche Zauberer

Das Wie oder Warum er uns verzauberte,
weiß niemand.
DON QUIJOTE, II, 22

Es gibt, um den Tod zu erreichen, kein so schnelles Fahrzeug wie die Gewohnheit, das süße Einerlei. Wenn Sie aber Leben und Erinnerungen haben wollen, so reisen Sie. Allerdings, reisen Sie allein. Für zu einfältig halte ich den, der mit seiner Familie auf Abenteuer auszieht. Innerhalb der Republik (wir sind da einer Meinung) *gibt es alles,* aber wenn Sie können, fahren Sie über das Wasser, in ein anderes Land. Wer Mut hat, mache es mir nach; wie ich küsse er vorgestern seine Dicke und die Kinder, und unter dem Vorwand, die Firma schicke ihn, breche er auf ins unendliche Blau ...

Sobald ich an Bord des Routendampfers gegangen war, entdeckte ich eine Balletteuse, Señorita Zucotti, die in Jugendjahren meine Hoffnungen entflammt hatte. Obwohl sie nun weniger schön war – ich schätze, daß ihr Gesicht um ein Viertel breiter geworden ist –, nahm ich mir das Vergnügen vor, sie noch diese Nacht in ihrer Einzelkabine zu besuchen. Wie für Ballettänzerinnen war dann aber die Überfahrt. Der Fluß war aufgewühlt, die Pille gegen Seekrankheit wollte nicht in den Magen hinunter; mehr als einmal beklagte ich mich stöhnend, keinen festen Boden unter den Füßen zu haben, und da ich mich schon einmal wiegte: warum nicht in den Armen der Ballettänzerin oder meiner Dicken? Ich versuchte zu lesen. In meinem Gepäck entdeckte ich außer dem Fehlen von Illustrierten den *Hinkenden Teufel.* Zu was für Listen meine arme Dicke in ihrem Eifer Zuflucht nimmt, etwas für meine Bildung zu tun! Ich brauchte keine Zeile zu lesen, um zu begreifen, daß ich über diesem Juwel der Literatur niemals die ausgelassene Polka vergessen würde, die Fluß und Schiff tanzten. Als ich endlich aufstand – ich weiß nicht, ob ich in der ganzen Nacht auch nur einmal ein Auge zugemacht habe, um zu blinzeln –, weckte ich meine Lebensgeister mit Kaffee und warmer Milch und einem guten Dutzend Hörnchen vom Vortag. Mit weichen Knien betrat ich den Boden Uruguays.

Ich könnte schwören, daß ich dem Taxifahrer auftrug: »Zum

Hotel Cervantes.« Wie oft werde ich wohl mit kummervoller Seele durch das Fenster des Badezimmers, das nach innen geht, in der Morgenfrühe einen einsamen Baum betrachtet haben, eine Pinie, die im Gebäudeviereck des Hotels steht. Sie sehen selbst, ich kenne es. Aber der Starrkopf von einem Taxifahrer setzte mich vor dem Hotel La Alhambra ab. Ich war ihm dankbar für den Irrtum, denn mir gefallen die geräumigen Zimmer des Alhambra mit diesem Luxus von ehedem. Man könnte sagen, daß sich in ihnen ein magisches Abenteuer erleben ließe. Dazu muß ich rasch erklären, daß ich nicht an Zauberer, mit oder ohne spitzen Hut, glaube, wohl aber an die Magie der Welt. Wir begegnen ihr auf Schritt und Tritt: beim Öffnen einer Tür oder mitten in der Nacht, wenn wir aus dem einen Traum auftauchen, um, wach, in einen anderen zu versinken. Dennoch, da das Leben vergeht und ich nicht sterben will, ohne wenigstens einen Zipfel des Übernatürlichen zu sehen, suche ich geeignete Orte auf und reise. Auf Reisen geschieht alles! Ich wandte mich also beherzt an den Herrn an der Rezeption, der mir sagte:

»Es tut mir leid, aber wegen des Kongresses der Hersteller von Marionetten für Bauchredner, Puppenspieler und ähnliche Berufe habe ich nicht ein einziges armseliges Zimmer mehr frei.«

Es blieb mir nichts anderes übrig, als mit meinem Köfferchen über den Platz zu gehen und mir wie ein Fürst das Nogaró zu gönnen, wo man mir, nicht ohne allerlei Machenschaften und mit der größten Gutwilligkeit, ein Doppelzimmer zuwies, weil die vollzählige Truppe des Berliner Balletts im Hotel logierte. Wenn ich im fünften Stock den Gang nach links ging, war mein Zimmer das letzte, das heißt, daß es noch ein Zimmer auf der rechten Seite gab und links die Zwischenwand und die Leere. Ich bat um Zeitungen. So, wie ich sie durchblätterte, ließ ich die Seiten auf den Boden fallen. Durch das Fenster sah ich den Platz, das Denkmal, die Menschen, die Tauben. Plötzlich fühlte ich mich bedrückt. Durch die Fahrt von da unten herauf, das Symbol sinnlosen Eifers? Durch das Zeitungspapier, das unordentlich in meinem Zimmer verstreut lag? Durch die Kälte in den Füßen und in den Schultern? Durch die Müdigkeit der durchwachten Nacht? Tun wir etwas dagegen, sagte ich mir, und ohne über die Ursache des Kummers nachzudenken, verließ ich das Hotel, befand mich auf dem Platz, um neun Uhr morgens, zu früh, um die Büros der Firma, ihrer uruguayischen Zweigstelle, aufzusuchen. Ich schlenderte durch die Straßen der Altstadt, dachte, daß ich nicht zu spät zu Mittag essen, daß ich um Punkt zwölf im Stradella sein wollte. Bei all dem ging ich auf der Schattenseite, und mir wurde wieder kalt. Ich wechselte auf den anderen Gehsteig hinüber, gerade auf der Höhe einer Negerin, die in einem grün gekachelten Hausflur lehnte. Da ich auf meine Gesundheit achte und schüchtern bin, ging ich rasch vorbei. Um zehn suchte ich die Firma auf. Die Leute nahmen mich so freundlich auf, wie es ihre Art ist, bis mich der Chef der Werbeabteilung um zehn Uhr dreizehn verabschiedete. Mein guter Stern wollte es, daß man mir an der Drehtür einen Herrn vorstellte, einen Wichtigtuer, der Baugründe verkauft und mit dem ich mich zwanzig Minuten lang in einem Café sozusagen über die passive Handelsbilanz unterhielt. Ich beschwatzte ihn hinterhältig, und wir vereinbarten, daß er mich am nächsten Morgen um Punkt acht im Hotel abholen sollte, um mich mit dem Auto den ganzen Tag lang Baugründe in Colonia Suiza besichtigen zu lassen. Vor elf war ich wieder auf der Straße, mehr tot als lebendig.

Während ich zusah, wie die Tauben und einige Flittchen, die man für Bettlerinnen hätte halten können, umherschwirrten, ruhte ich mich auf der Plaza Matriz ein wenig auf einer Bank in der Sonne aus. Im Stradella stellte ich mir ein Menü mit Aji-Paprika, Pfeffer, anderen pikanten Gewürzen und Senf, viel Fleisch, Muscheln, Rotwein und Kaffee zusammen. Ich aß wie ein Wolf. Da es noch früh war, wurde ich rasch bedient, und um halb eins hatte ich noch den ganzen Tag vor mir. Um mein Essen besser zu verdauen, trank ich noch mehr Kaffee in der Bar des Nogaró. Dort sah ich zum ersten- und zum letztenmal in meinem Leben zwei hochgewachsene Mädchen des Berliner Balletts: eine mit einem Katzengesicht, ein wenig vulgär und sehr schön, die andere blond, feingliedrig, eine Sylphide mit einer großen, geraden Nase und kleinen, aufrecht stehenden Brüsten.

Obwohl ich beinahe umfiel vor Schläfrigkeit, ging ich nicht nach oben, um meine Siesta zu halten, denn die Erinnerung an die beiden Mädchen war zu lebhaft. In der *Hall,* wo ich eine lange Stunde in einem Wildledersessel sitzen blieb, hatte ich Gelegenheit, eine ganze Anzahl von Brasilianern zu beobachten, die meisten Kinder oder alte Leute und dazu drei oder vier junge Damen mit allem, was dazugehört, um einem den Kopf zu verdrehen. Eine von ihnen, sicherlich verheiratet, blickte in meine Richtung und fragte:

»Wollen wir zusammen Siesta halten?«

Ich fragte mich, ob ich träumte – was sehr wahrscheinlich war, denn die Müdigkeit drückte mir den Schädel zusammen –, als hinter meinem Rücken ein Riesenkerl aus einem Sessel aufstand.

Ich wäre auch hinaufgegangen, um mich hinzulegen, aber in meiner Verfassung, überlegte ich, war es besser, das Blut abzukühlen. Ich riß mich los, um auf diesen gottgesegneten Straßen Luft zu schöpfen, durch die ich schon am Vormittag gegangen war. Aus reiner Neugier wollte ich den grün gekachelten Hausflur noch einmal sehen. Anfangs fand ich ihn nicht, und als ich endlich zufällig auf ihn stieß, fehlte die junge und wohlgestaltete ebenholzschwarze Eva, die, als ich vor Stunden vorbeikam, ihren Spruch murmelte. Ich sage das nicht aus Eitelkeit. Ich ging zur Plaza Matriz. Die Tauben waren noch da, aber kaum Kinder und Schuhputzer. Die Wahrheit ist, daß ich ebenso müde wie ruhelos war. Da ich mich daran erinnerte, daß uns der im Bett so spröde Schlaf gern an öffentlichen Orten überfällt, betrat ich ein drittrangiges Kino, wo man einen schwedischen oder vielmehr deutschen Film gab, der unter der Verkleidung von prachtvollen Aufnahmen und Langerweile eine einzige Aufforderung zur Lüsternheit war. Als ich das Kino verließ, ging ich nur über die Straße, um mich in eine kleine Bar zu setzen. Während ich meinen Maraschinolikör trank und Stücke von einem bemerkenswert scharfen Käse kaute, erschienen an der Theke zwei luxuriös herausgeputzte Dämchen in violetten und blauen Samtkleidern, die hinten unter dem Gürtel hochgerafft und gebunden waren wie ein Theatervorhang. Sie fingen an, mit dem Barmixer zu plaudern und lächelten ihm zu wie große Katzen. Als sie gegangen waren, beglückwünschte ich ihn. Er antwortete:

»Was mir gehört, gehört auch Ihnen, mein Herr.« Mein Gelächter klang hohl, ich wagte nicht, um eine Erklärung zu bitten, und ich kehrte ins Hotel zurück. Kaum war ich eingetreten, als man mich auch schon ins Speisezimmer führte, wo ich sofort das Menü zu mir nahm. Dann schleppte ich mich, so gut ich konnte, im Fahrstuhl in den fünften Stock hinauf. Es schlug noch nicht zehn von der Kathedrale, als mich in der Riesigkeit meines Bettes der Schlaf überkam.

Einige Minuten nach Mitternacht weckten mich Stimmen im Nebenzimmer. Ich unterschied zwei, eine weibliche und eine männliche. Von Anfang an horchte ich nur auf die weibliche, die sehr sanft klang. Ich stellte mir eine zarte, dunkle Frau vor, eine Peruanerin vielleicht. Die Frauen, die ich vorziehe, entsprechen einem anderen Typ, aber diese gefiel mir. Manche werden mich für albern halten, weil ich so von einer Frau spreche, die ich gar nicht sah. Fest steht, daß ich sie mir vollkommen vorstellte. Worüber sprachen sie? Ich weiß es nicht. Es interessiert mich auch nicht. Ich weiß auch nicht, warum ich nicht wieder einschlief. Ich lag wach, als wartete ich auf etwas.

Und, ach, um eins fing es an. Meine ersten Reaktionen waren Unruhe, Unbehagen, der Wunsch zu fliehen. Ich wollte nicht da sein, denn ich darf mich rühmen, nicht die Gewohnheit zu haben, anderen nachzuspionieren. Werden Sie es mir glauben? Ich war verlegen, so als schämte ich mich in einer solchen Lage meiner selbst. Ich sprang aus dem Bett, um mit den Knöcheln an die Wand zu klopfen, vielleicht aus allgemeinem Schamgefühl, vielleicht mit dem boshaften Vergnügen, sie zu unterbrechen. Ich wollte ihnen zurufen: »Barmherzigkeit! Einen Augenblick! Ich gehe ja schon!«, als mir einfiel, daß ich nirgendhin gehen konnte, da das Hotel voll besetzt war. Ich erinnerte mich auch an die Vulgarität unserer Zeitgenossen und sah ein, daß ich mich nur wer weiß was für Verhöhnungen aussetzte.

Ich mußte das Paar vergessen, wenn ich nicht um den Schlaf gebracht werden wollte, was unerträglich war: die vorausgegangene Nacht und ebenso der Tag waren hart gewesen; das Programm des nächsten Tages, das um acht Uhr morgens begann und Colonia Suiza betraf, durfte ich nicht auf die leichte Schulter nehmen. Ich war erschöpft. Ich beschloß vernünftigerweise, wieder ins Bett zu gehen, nicht ohne ein letztes Mal das Ohr an die Wand zu legen. Die so sanfte Peruanerin war rauher geworden. In einem endlosen Satz, in dem es keine Pausen gab und der ein Seufzer war, wiederholte sie: »Ich schwöre dir ich schwöre dir ich schwöre dir ich schwöre dir.« Mit einer sardonischen Grimasse murmelte ich: »Nie wird ein so inniger Schwur so schnell vergessen werden.« Die Angst, man könnte mich gehört haben, lähmte mich. Hatte ich laut gesprochen? Einen Augenblick lang herrschte im Nebenzimmer Stille. Ich möchte jedenfalls behaupten, daß es still war, aber dann ging der

Streit weiter, und schlimmer als zuvor.

Dann bemerkte ich einen seltsamen Umstand: die Peruanerin schrie, seufzte, keuchte, schnaubte – ja, schnaubte wie eine Robbe im Wasserbecken im Zoo –, und ihr galt mein Mitgefühl, niemals ihrem schweigsamen Gefährten, der sich nur von Zeit zu Zeit bemerkbar machte, und dann auf eine widerwärtige Art, wie ein fetter Schwachsinniger, der geifernd im Todeskampf liegt.

Die Lage, wer will das bezweifeln, war überreich an Einzelheiten, die dazu angetan waren, einen zutiefst humanen Menschen in Aufregung zu versetzen. Es war noch ein Glück, als ich witzig wurde: ich nahm mir mit einem verrückten Gelächter den Scherz vor, unter der Tür eine Visitenkarte durchzuschieben, auf der nicht nur mein Vor- und Zuname stand, sondern auch meine Stellung in der Fabrik, und auf die ich schreiben wollte: *Señor, wenn Sie ihrer müde werden – geben Sie sie mir?* Schlimm war es, als ich mich ärgerte. Wenn Sie sich das Ausmaß meines Zorns vorstellen könnten, würden Sie erschrecken. In meiner Wut wünschte ich mir mit düsterem Frohlocken den augenblicklichen Triumph des Kommunismus, ich nannte meinen Nachbarn einen Schurken und wollte ihm die Frau wegnehmen. Ich schluckte meinen Zorn und murmelte: »ich habe doch auch meine Dicke«, was nicht dasselbe und dazu in diesem Augenblick so fern war, daß es sich in eine reine Vermutung verwandelte. Dann verglich ich mich mit der armen Pelusa – aus einem Kinderbuch, das mir meine Dicke genehmigt hatte, mehr oder weniger als Schmuggelware –, ich verglich mich mit der armen Pelusa, als sie vor den hohen Palastmauern ankommt, die für sie aus durchsichtigem Glas sind, das Festgelage betrachtet, ruft und nicht gehört wird. Ich hielt es nicht mehr aus, warf mich ins Bett und zog mir die Decken über, die viel zu dick waren.

Die Anstrengung, Luft zu bekommen, und die Hitze ließen mir so sehr das Blut in den Kopf steigen, daß ich, als ich Licht machte und mich im Spiegel betrachtete, an Röteln oder Masern erkrankt zu sein glaubte, eine Hypothese, die sich zum Glück nicht bewahrheitete.

Ohne die Decken atmete ich frei, aber dafür hörte ich wieder das Paar. Was murmelte jetzt die Peruanerin? Sie seufzte mit ihrer sehr rauhen Stimme: »Ich sterbe ich sterbe ich sterbe ich sterbe.« Beinahe hätte ich ihr zugerufen: »Wenn Sie es nur, bitte, einmal tun wollten!« Ich suchte Zuflucht im *Hinkenden Teufel,* aber ich hörte sie noch. Ich suchte Zuflucht im Schlaf. Ich löschte das Licht, schloß die Augen, versuchte zu meditieren; ich hörte sie immer noch. In gerade dem Augenblick, in dem ich den Nachbarn leise meine Schlaflosigkeit vorhalten wollte, bemerkte ich, daß sie, wie ihr abwechselndes Schnarchen verriet, endlich schliefen. Voll Widerwillen sagte ich mir: »Das müssen animalische Subjekte sein«, um sogleich hinzuzufügen: »Schweine.«

Weit davon, erleichtert zu sein, war ich gereizt über die beinahe vollkommene Stille, die im Nebenzimmer eintrat. Warum soll ich es leugnen? Jetzt vermißte ich diesen so fein abgetönten Lärm. Ich fühlte mich wach und seltsam allein. Ich dachte an meine Dicke, dachte außer mir an die Nachbarin. Ich grübelte. Ich haßte den Mann wieder; durch seine jetzige Ruhe reizte er mich mehr als zuvor.

Ich wollte meiner Passivität ein Ende machen. Wenn ich handeln will, sagte ich mir, will ich zu meinem Vorteil handeln. Ich arbeitete also einen Plan aus, den Mann nach unten zu schicken und in der Zwischenzeit seine Frau zu besuchen. Es war nicht möglich, die Gefahr eines mehr oder minder unangenehmen Skandals auszuschließen, aber die Beute war wohl den Einsatz wert.

Als ich die letzten Einzelheiten meines Plans ausfeilte, hörte ich im anderen Zimmer das gebieterische Rasseln eines Weckers. Ich sah auf meiner Uhr, daß es halb acht war. Bald mußte die übliche Geschäftigkeit der aufstehenden Gäste beginnen. Geistesgegenwärtig stand ich mit den beiden zugleich auf, ohne die Geräusche nebenan außer acht zu lassen, denn ich hatte eine Absicht, die ich nicht aufgeben wollte. Es war kein so wahnwitziger Plan mehr wie der nächtliche, nur ein bescheidener Vorsatz, wie er dem nüchternen Tageslicht entsprach. Ich beeilte mich, gewann einen Vorsprung vor meinen Nachbarn, stellte mich an der Zimmertür auf. Ich gebe zu: der Plan war auf eine absurde Weise verharmlost worden. Er bestand jetzt darin, einen möglichst vorteilhaften Beobachtungsposten zu finden. Mein Ehrgeiz war bescheiden, mein Wille übermächtig. Ich wollte die Peruanerin sehen. Niemand soll sich darüber lustig machen: nur wer wenig erwartet, achtet auf das Unglaubliche. Das ist es, was unleugbar mir widerfuhr.

Ich wartete, wie schon gesagt, in meiner strategischen Position. Ich hörte die Schritte; sie kamen schon mit raschem Getrippel durch den engen Innenkorridor, der vom Schlafzimmer zur Ausgangstür führt. Die Tür ging auf. Was sahen meine verblüfften Augen? Einen winzigen Greis, dürr und grauhaarig, bartlos vor Alter, der tausend Jahre alt sein mußte und vollkommen allein war.

»Kann ich das Zimmer machen?« fragte unvermutet einer dieser Diener, die sich mit einer Bürste unter dem Arm auf den Korridoren aller Hotels herumtreiben.

»Warum nicht?« antwortete der Greis sehr lebhaft, und ich glaubte in seinen funkelnden Augen, die mich einen Augenblick lang musterten, eine Spur von Spott zu entdecken.

Sobald sich der Alte entfernte, sagte ich:

»Erlauben Sie, darf ich vorbeigehen?«

Unter dem Vorwand nachzusehen, wie lange die Wäscherei noch brauchte, um mir ein Hemd zurückzuschicken, das es gar nicht gab, schlich ich in das Zimmer. Während der Alte mit dem Diener ging, untersuchte ich alles. Es gab dort keine Peruanerinnen.

In meinem Zimmer läutete das Telefon. Ich hob ab. Man sagte mir, ein Herr erwarte mich. »Um diese Zeit?« fragte ich ärgerlich. Verzweifelt erinnerte ich mich an den Wichtigtuer mit den Grundstücken in Colonia Suiza. Ich hätte gewollt, daß mich, oder besser ihn, der Erdboden verschlang. Ich hätte Zauberer sein und ihn glauben machen wollen, daß ich ihn begleitete, während ich ihn allein zu seinen Baugründen schickte. Ich fügte mich in mein Schicksal. Als ich den Schlüssel ablieferte, fragte ich:

»Wie heißt der Herr, der in dem Zimmer neben mir wohnt?«

Sie sahen in ihrem Gästebuch nach und antworteten:

»Merlin.«

Der Name kommt mir bekannt vor, aber ich habe den Mann weder vor noch nach diesem Morgen je gesehen.

Von Adolfo Bioy Casares
erschienen im Suhrkamp Verlag

Der Traum der Helden. Roman. Aus dem Spanischen von Joachim A. Frank. 1977. Geb.

Fluchtplan. Roman. Aus dem Spanischen von Joachim A. Frank. 1977. *suhrkamp taschenbuch* Band 378

Tagebuch des Schweinekriegs. Roman. Aus dem Spanischen von Karl August Horst. 1978. *suhrkamp taschenbuch* Band 469

Schlaf in der Sonne. Roman. Aus dem Spanischen von Joachim A. Frank. 1981. *suhrkamp taschenbuch* Band 691

Morels Erfindung. Roman. Mit einem Nachwort von Jorge Luis Borges. Aus dem Spanischen von Karl August Horst. 1983. *suhrkamp taschenbuch* Band 939 (PhB 106)

st 822 Marcel Proust
Sodom und Gomorra
Auf der Suche nach der verlorenen Zeit
Vierter Teil
Deutsch von Eva Rechel-Mertens
2 Bände, zus. 724 Seiten
»Von der Erfahrung Prousts in Deutschland verspreche ich mir Entscheidendes, nicht im Sinne der Nachahmung, sondern in dem des Maßstabes. ... Angesichts des desorientierten Zustandes der deutschen Prosa, wenn nicht der Krisis der Sprache überhaupt, ist Rettendes zu hoffen von der Rezeption eines Dichters, der das Exemplarische vereint mit dem Avancierten.«
Theodor W. Adorno

st 823 Sylvia Beach
Shakespeare and Company
Ein Buchladen in Paris
Aus dem Amerikanischen von Lilly v. Sauter
Mit Abbildungen
248 Seiten
»*Shakespeare and Company* ist kein gelehrtes Buch, es ist ein ganz persönlicher Bericht. In Sylvia Beachs Erinnerungen kommen nahezu alle vor, die in den zwanziger Jahren eine Rolle spielten, und Sylvia Beach zählte sie alle zu ihren Bekannten.« *The New Yorker*

st 824 Erik H. Erikson
Lebensgeschichte und historischer Augenblick
Übersetzt von Thomas Lindquist
296 Seiten
Die Frage, um die es Erikson in diesem Buch geht, lautet: Psychoanalyse – Anpassung oder Freiheit? Erikson plä-

diert für eine Form von Adaption, die den Patienten befähigt, die Realität so zu sehen, wie sie ist, was nicht bedeutet, sie in ihrer Faktizität einfach hinzunehmen. Eriksons »goldene Regel« für seine eigene Praxis ist ein Begriff von Anpassung, der auf Gegenseitigkeit und Anerkennung basiert.

st 825 Volker Erbes
Die blauen Hunde
Erzählung
190 Seiten
Die blauen Hunde erzählt die Geschichte einer Krankheit. Scheinbar unangekündigt trifft sie eine junge Frau. Die Vorgeschichte zeigt, daß die Formen ihres Wahns nicht zufällig sind oder abstrus, sondern bis in die absonderlichen Details biographisch bestimmt. Auch der Erzähler, der ehemalige Freund dieser Frau, wird von dem Wahn, der der Wahn einer Epoche ist, erfaßt. Indem er ihre Geschichte erzählt, entdeckt er betroffen die Rolle, die er darin spielt.

st 826 Phantasma
Polnische Geschichten aus dieser und jener Welt
Herausgegeben und übersetzt von Klaus Staemmler
Phantastische Bibliothek Band 77
282 Seiten
Zwanzig Erzählungen von neunzehn Autoren stellt dieser Band vor, utopische und phantastische Geschichten, heitere und ernste, amüsante und besinnliche; Spekulationen über die Zukunft stehen neben satirischen Seitenhieben auf die wenig vollkommene Gegenwart. Und es gibt auch gar schauerliche, diabolische und unheimliche Geschichten.

st 828 Hermann Lenz
Die Begegnung
Roman
204 Seiten
»Ein wundersames und wunderbares Buch ... ein Roman, der ganz unwichtig tut und doch voll Weisheit ist; der beiläufig erzählt wirkt und doch Existentiellem auf den Grund geht; der in geschichtlicher Zeit spielt und uns die eigene Zeit und unsere eigene Zerrissenheit besser wahrnehmen läßt.« *Deutsche Zeitung*

st 829 Pablo Neruda
Liebesbriefe an Albertina Rosa
Zusammengestellt, eingeführt und mit Anmerkungen versehen
von Sergio Fernández Larraín
Aus dem Spanischen von Curt Meyer-Clason
Mit Abbildungen
338 Seiten
Wer die Memoiren Nerudas gelesen hat, kennt seine Erzählhaltung. Das Schreiben sei für ihn wie das Schuhemachen – und so urpersönlich, sympathisch warm und menschlich ist auch der Ton dieser Briefe. Sie befassen sich mit Zuneigung und alltäglichen Sorgen, mit Hoffnungen und Enttäuschungen.

st 831 Helm Stierlin
Delegation und Familie
Beiträge zum Heidelberger familiendynamischen Konzept
258 Seiten
»Die Beiträge des Bandes verarbeiten eine Fülle von Fallbeispielen und therapeutischen Erfahrungsdaten vor dem Hintergrund der psychoanalytischen Grundannahmen zu einem komplexen System von Hilfestellung für die unterschiedlichsten familiären Konstellationen. Lesenswert für jeden, der an Einsicht in ein komplexes Gefüge von Zusammenhängen interessiert ist.«
Wissenschaftlicher Literaturanzeiger

st 833 J. G. Ballard
Die Tausend Träume von Stellavista
und andere Vermilion-Sands-Stories
Aus dem Englischen von Alfred Scholz
Phantastische Bibliothek Band 79
204 Seiten
Vermilion Sands, ein Wüstenkurort zur Erfüllung der ausgefallensten Träume der gelangweilten Reichen, jetzt Künstlerkolonie für Maler, Literaten, bildende Künstler und Musiker, ist in einem langsamen, aber unaufhaltsamen Verfall begriffen. Dichter drücken lediglich auf die Knöpfe ihrer Computer, die automatisch für sie dichten; tönende Skulpturen wachsen aus dem Boden, und empfindsame Pflanzen reagieren auf die Töne der Musik.

Phantastische Bibliothek in den suhrkamp taschenbüchern

Violetter Umschlag kennzeichnet die Bände der »Phantastischen Bibliothek« innerhalb der *suhrkamp taschenbücher*

Band 1 Stanisław Lem, Nacht und Schimmel. Erzählungen. Aus dem Polnischen von I. Zimmermann-Göllheim. st 356

Band 2 H. P. Lovecraft, Das Ding auf der Schwelle. Unheimliche Geschichten. Deutsch von Rudolf Hermstein. st 357

Band 3 Herbert W. Franke, Ypsilon minus. st 358

Band 4 Blick vom anderen Ufer. Europäische Science-fiction. Herausgegeben von Franz Rottensteiner. st 359

Band 5 Gore Vidal, Messias. Roman. Deutsch von Helga und Peter von Tramin. st 390

Band 6 Ambrose Bierce, Das Spukhaus. Gespenstergeschichten. Deutsch von Gisela Günther, Anneliese Strauß und K. B. Leder. st 365

Band 7 Stanisław Lem, Transfer. Roman. Deutsch von Maria Kurecka. st 324 (vergriffen)

Band 8 H. P. Lovekraft, Der Fall Charles Dexter Ward. Zwei Horrorgeschichten. Aus dem Amerikanischen von Rudolf Hermstein. st. 391

Band 9 Herbert W. Franke, Zarathustra kehrt zurück. st 410

Band 10 Algernon Blackwood, Besuch von Drüben. Gruselgeschichten. Aus dem Englischen von Friedrich Polakovics. st 411

Band 11 Stanisław Lem, Solaris. Roman. Aus dem Polnischen von I. Zimmermann-Göllheim. st 226 (vergriffen)

Band 12 Algernon Blackwood, Das leere Haus. Phantastische Geschichten. Deutsch von Friedrich Polakovics. st 30

Band 13 A. und B. Strugatzki, Die Schnecke am Hang. Aus dem Russischen von H. Földeak. Mit einem Nachwort von Darko Suvin. st. 434

Band 14 Stanisław Lem, Die Untersuchung. Kriminalroman. Aus dem Polnischen von Jens Reuter und Hans Jürgen Mayer. st 435

Band 15 Philip K. Dick, UBIK. Science-fiction-Roman. Aus dem Amerikanischen von Renate Laux. st 440

Band 16 Stanisław Lem, Die Astronauten. Utopischer Roman. Aus dem Polnischen von Rudolf Pabel. st 441

Band 17 Phaïcon 3. Almanach der phantastischen Literatur. Herausgegeben von Rein A. Zondergeld. st 443

Band 18 Stanisław Lem, Die Jagd. Neue Geschichten des Piloten Pirx. Aus dem Polnischen von Roswitha Buschmann, Kurt Kelm, Barbara Sparing. st 302

Band 19 H. P. Lovecraft, Cthulhu. Geistergeschichten. Deutsch von H. C. Artmann. Vorwort von Giorgio Manganelli. st 29

Band 20 Stanisław Lem, Sterntagebücher. Aus dem Polnischen von Caesar Rymarowicz. Mit Zeichnungen des Autors. st 459
Band 21 Polaris 4. Ein Science-fiction-Almanach von Franz Rottensteiner. st 460
Band 22 Das unsichtbare Auge. Eine Sammlung von Phantomen und anderen unheimlichen Erscheinungen. Erzählungen. Herausgegeben von Kalju Kirde. st 477
Band 23 Stefan Grabiński, Das Abstellgleis und andere Erzählungen. Mit einem Nachwort von Stanisław Lem. Aus dem Polnischen von Klaus Staemmler. st 478
Band 24 H. P. Lovecraft, Berge des Wahnsinns. Zwei Horrorgeschichten. Deutsch von Rudolf Hermstein. st 220
Band 25 Stanisław Lem, Memoiren, gefunden in der Badewanne. Aus dem Polnischen von Walter Tiel. Mit einer Einleitung des Autors. st 508
Band 26 Gerd Maximovič, Die Erforschung des Omega-Planeten. Erzählungen. st 509
Band 27 Edgar Allan Poe, Der Fall des Hauses Ascher. Aus dem Amerikanischen von Arno Schmidt und Hans Wollschläger. st 517
Band 28 Algernon Blackwood, Der Griff aus dem Dunkel. Gespenstergeschichten. Deutsch von Friedrich Polakovics. st 518
Band 29 Stanisław Lem, Der futurologische Kongreß. Aus dem Polnischen von I. Zimmermann-Göllheim. st 534
Band 30 Herbert W. Franke, Sirius Transit. Roman. st 535
Band 31 Darko Suvin, Poetik der Science-fiction. Zur Theorie und Geschichte einer literarischen Gattung. Deutsch von Franz Rottensteiner. st 539
Band 32 M. R. James, Der Schatz des Abtes Thomas. Zehn Geistergeschichten. Aus dem Englischen von Friedrich Polakovics. st 540
Band 33 Stanisław Lem, Der Schnupfen. Kriminalroman. Autorisierte Übersetzung aus dem Polnischen von Klaus Staemmler. st 570
Band 34 Franz Rottensteiner (Hrsg.), ›Quarber Merkur‹. Aufsätze zur Science-fiction und Phantastischen Literatur. st 571
Band 35 Herbert W. Franke, Zone Null. Science-fiction-Roman. st 585
Band 36 Über Stanisław Lem. Herausgegeben von Werner Berthel. st 586
Band 37 Wie der Teufel den Professor holte. Science-fiction-Erzählungen aus Polaris 1. st 629
Band 38 Das Mädchen am Abhang. Science-fiction-Erzählungen aus Polaris 2. st 630
Band 39 Der Weltraumfriseur. Science-fiction-Erzählungen aus Polaris 3. st 631
Band 40 Die Büßerinnen aus dem Gnadenkloster. Phantastische Erzählungen aus Phaïcon 2. Herausgegeben und mit einem Vorwort von Rein A. Zondergeld. st 632

Band 41 Herbert W. Franke, Einsteins Erben. Science-fiction-Geschichten. st 603

Band 42 Edward Bulwer Lytton, Das kommende Geschlecht. Aus dem Englischen übersetzt von Michael Walter. st 609

Band 43 H. P. Lovecraft, Die Katzen von Ulthar und andere Erzählungen. Deutsch von Michael Walter. st 625

Band 44 Phaïcon 4. Almanach der phantastischen Literatur. Herausgegeben von Rein A. Zondergeld. st 636

Band 45 Johanna Braun, Günter Braun, Unheimliche Erscheinungsformen auf Omega XI. Utopischer Roman. st 646

Band 46 Bernd Ulbrich, Der unsichtbare Kreis. Utopische Erzählungen. st. 652

Band 47 Stanisław Lem, Imaginäre Größe. Aus dem Polnischen von Caesar Rymarowicz. st 658

Band 48 H. W. Franke, Paradies 3000. Science-fiction-Erzählungen. st 664

Band 49 Arkadi und Boris Strugatzki, Picknick am Wegesrand. Utopische Erzählung. Aus dem Russischen übersetzt von Aljonna Möckel. Mit einem Nachwort von Stanisław Lem. st 670

Band 50 Louis-Sébastien Mercier, Das Jahr 2440. Deutsch von Christian Felix Weiße (1772). Herausgegeben, mit Erläuterungen und einem Nachwort versehen von Herbert Jaumann. st 676

Band 51 Johanna Braun, Günter Braun, Der Fehlfaktor. Utopisch-phantastische Erzählungen. st 687

Band 52 H. P. Lovecraft, Stadt ohne Namen. Gespenstergeschichten. Aus dem Amerikanischen von Charlotte Gräfin von Klinckowstroem. Mit einem Nachwort von Dirk W. Mosig. st 694

Band 53 Leo Szilard, Die Stimme der Delphine. Utopische Science-fiction-Erzählungen. Mit einem Vorwort von Carl Friedrich von Weizsäcker. st 703

Band 54 Polaris 5. Ein Science-fiction-Almanach. Herausgegeben von Franz Rottensteiner. st 713

Band 55 Arthur Machen, Die leuchtende Pyramide und andere Geschichten des Schreckens. Aus dem Englischen von Herbert Preissler. st 720

Band 56 J. G. Ballard, Der ewige Tag und andere Erzählungen. Deutsch von Michael Walter. st 727

Band 57 Stanisław Lem, Mondnacht. Hör- und Fernsehspiele. Aus dem Polnischen übersetzt von Klaus Staemmler, Charlotte Eckert, Jutta Janke und I. Zimmermann-Göllheim. st 729

Band 58 Herbert W. Franke. Schule für Übermenschen. st 730

Band 59 Joseph Sheridan Le Fanu, Der besessene Baronet und andere Geistergeschichten. Deutsch von Friedrich Polakovics. Mit einem Nachwort von Jörg Krichbaum. st 731

Band 60 Philip K. Dick, LSD-Astronauten. Deutsch von Anneliese Strauß. st 732

Band 61 Stanisław Lem, Terminus und andere Geschichten des Piloten Pirx. Aus dem Polnischen von Caesar Rymarowicz. st 740

Band 62 Herbert W. Franke, Keine Spur von Leben. *Hörspiele.* st 741

Band 63 Johanna Braun, Günter Braun, Conviva Ludibundus. Utopischer Roman. st 748

Band 64 William Hope Hodgson, Stimme in der Nacht. Unheimliche Seegeschichten. Deutsch von Wulf Teichmann. st 749

Band 65 Kōbō Abe, Die vierte Zwischeneiszeit. Aus dem Japanischen von S. Schaarschmidt. st 756

Band 66 Die andere Zukunft. Phantastische Erzählungen aus der DDR. Herausgegeben von Franz Rottensteiner. st 757

Band 67 Michael Weisser, SYN-CODE-7. Science-fiction-Roman. st 764

Band 68 C. A. Smith, Saat aus dem Grabe. Phantastische Geschichten. Aus dem Amerikanischen von Friedrich Polakovics. st 765

Band 69 Herbert W. Franke, Tod eines Unsterblichen. Science-fiction-Roman. st 772

Band 70 Philip K. Dick. Mozart für Marsianer. Science-fiction-Roman. Aus dem Amerikanischen von Renate Laux. st 773

Band 71 H. P. Lovecraft, In der Gruft und andere makabre Geschichten. Deutsch von Michael Walter. st 779

Band 72 A. und B. Strugatzki, Montag beginnt am Samstag. Utopisch-phantastischer Roman. Aus dem Russischen von Hermann Buchner. st 780

Band 73 Stanisław Lem, Die Ratte im Labyrinth. Ausgewählt von Franz Rottensteiner. Aus dem Polnischen von Roswitha Buschmann, Caesar Rymarowicz, Jens Reuter und Klaus Staemmler. st 806

Band 74 Johanna Braun, Günter Braun, Der Irrtum des großen Zauberers. Phantastischer Roman. st 807

Band 75 J. G. Ballard, Kristallwelt. Science-fiction-Roman. Deutsch von Margarete Bormann. st 818

Band 76 Peter Schattschneider, Zeitstopp. Science-fiction-Geschichten. st 819

Band 77 Phantasma. Polnische Geschichten aus dieser und jener Welt. Herausgegeben und übersetzt von Klaus Staemmler. st 826

Band 78 Arkadi und Boris Strugatzki, Die gierigen Dinge des Jahrhunderts. Phantastischer Roman. Aus dem Russischen von Heinz Kübart. st 827

Band 79 J. G. Ballard, Die Tausend Träume von Stellavista und andere Vermilion-Sands-Stories. Aus dem Englischen von Alfred Scholz. st 833

Band 80 Brian W. Aldiss, Der unmögliche Stern. Science-fiction-Geschichten. Aus dem Englischen von Rudolf Hermstein. st 834
Band 81 Herbert W. Franke, Transpluto. Science-fiction-Roman. st 841
Band 82 Polaris 6. Ein Science-fiction-Almanach, Herbert W. Franke gewidmet. Herausgegeben von Franz Rottensteiner. st 842
Band 83 Algernon Blackwood, Der Tanz in den Tod. Unheimliche Geschichten. Herausgegeben von Kalju Kirde. Aus dem Englischen von Friedrich Polakovics. st 848
Band 84 L. Sprague de Camp, H. P. Lovecraft. Eine Biographie. Aus dem Amerikanischen von Jörg Krichbaum. st 849 (erscheint nicht)
Band 85 Stanisław Lem, Robotermärchen. Aus dem Polnischen von I. Zimmermann-Göllheim. st 856
Band 86 Phaïcon 5. Almanach der phantastischen Literatur. Herausgegeben von Rein A. Zondergeld. st 857
Band 87 C. A. Smith, Planet der Toten. Phantastische Erzählungen. Aus dem Amerikanischen von Friedrich Polakovics. st 864
Band 88 Jerzy Żuławski, Auf dem Silbermond. Science-fiction-Roman. Aus dem Polnischen von Edda Werfel. st 865
Band 89 Arkadi und Boris Strugatzki, Fluchtversuch. Science-fiction-Roman. Aus dem Russischen von Dieter Pommerenke. st 872
Band 90 Michael Weisser, DIGIT. Science-fiction-Roman. st 873
Band 91 Rein A. Zondergeld, Lexikon der phantastischen Bibliothek. st 880
Band 92 Johanna Braun, Günter Braun, Der Utofant. In der Zukunft aufgefundene Journale aus dem Jahrtausend III. st 881
Band 93 Cordwainer Smith, Herren im All. Science-fiction-Erzählungen. Aus dem Amerikanischen von Rudolf Hermstein. st 888
Band 94 Tod per Zeitungsannonce und andere phantastische Erzählungen aus Rußland. Herausgegeben von Elisabeth Cheauré. Aus dem Russischen von Edda Werfel und anderen. st 889
Band 95 J. G. Ballard, Hallo Amerika! Science-fiction-Roman. Aus dem Englischen von Rudolf Hermstein. st 895
Band 96 J. G. Ballard, Billennium. Science-fiction-Erzählungen. Aus dem Englischen von Alfred Scholz und Michael Walter. st 896
Band 97 Stanisław Lem, Die Stimme des Herrn. Roman. Aus dem Polnischen von Roswitha Buschmann. st 907
Band 98 Thomas Owen, Wohin am Abend? und andere seltsame Geschichten. Deutsch von Rein A. Zondergeld. Mit einem Nachwort des Übersetzers. st 908
Band 99 Martin Roda Becher, An den Grenzen des Staunens. Aufsätze zur phantastischen Literatur. st 915
Band 100 Phantastische Träume. Herausgegeben von Franz Rottensteiner. st 954

Band 101 Jerzy Żuławski, Der Sieger. Ein klassischer Science-fiction-Roman. Aus dem Polnischen von Edda Werfel. st 916

Band 102 Joseph Sheridan Le Fanu, Maler Schalken und andere Geistergeschichten. Deutsch von Friedrich Polakovics. Mit einem Nachwort von Rein A. Zondergeld. st 923

Band 103 J. G. Ballard, Das Katastrophengebiet. Science-fiction-Erzählungen. Aus dem Englischen von Charlotte Franke und Alfred Scholz. st 924

Band 104 Polaris 7. Ein Science-fiction-Almanach. Herausgegeben von Franz Rottensteiner. st 931

Band 105 Lygia Fagundes Telles, Die Struktur der Seifenblase. Unheimliche Erzählungen. Aus dem portugiesischen Brasilianisch von Alfred Opitz. st 932

Band 106 Adolfo Bioy Casares, Morels Erfindung. Phantastischer Roman. Aus dem Spanischen von Karl August Horst. Mit einem Nachwort von J. L. Borges. st 939

Band 107 J. G. Ballard, Der tote Astronaut. Science-fiction-Erzählungen. Aus dem Englischen von Michael Walter. st 940

Band 108 Villiers de l'Isle-Adam, Die Eva der Zukunft. Deutsch von Annette Kolb. Mit einem Nachwort von Peter Gendolla. st 947

Band 109 Johanna Braun, Günter Braun, Das kugeltranszendentale Vorhaben. Phantastischer Roman. st 948

Band 110 Stanisław Lem, Eine Minute der Menschheit. Aus dem Polnischen von Edda Werfel. st 955

Band 111 Arkadi und Boris Strugatzki, Der ferne Regenbogen. Eine utopische Erzählung. Aus dem Russischen von Aljonna Möckel. st 956

Band 112 Josef Nesvadba, Die absolute Maschine. Science-fiction-Erzählungen. Aus dem Tschechischen von Erich Bertleff. st 961

Band 113 Adolfo Bioy Casares, Die fremde Dienerin. Phantastische Erzählungen. Aus dem Spanischen von Joachim A. Frank. st 962

Band 114 Jerzy Żuławski, Die alte Erde. Science-fiction-Roman. Aus dem Polnischen von Edda Werfel. st 968

Band 115 Edward de Capoulet-Junac, Pallas oder die Heimsuchung. Science-fiction-Roman. Deutsch von Willy Thaler. st 969

Band 116 J. G. Ballard, Die Dürre. Science-fiction-Roman. Aus dem Englischen von Maria Gridling. st 975

Band 117 Mihály Babits, Der Storchkalif. Phantastischer Roman. Einzig berechtigte Übertragung aus dem Ungarischen von Stefan J. Klein. st 976

Band 118 Walter de la Mare, Aus der Tiefe. Seltsame Geschichten. Aus dem Englischen von Traude Dienel. st 982

Band 119 Johanna Braun, Günter Braun, Die unhörbaren Töne. Utopisch-phantastische Erzählungen. st 983

Band 120 Erckmann-Chatrian, Das Eulenohr und andere phantastische Erzählungen. Aus dem Französischen von Hilde Linnert. st 989

Band 121 Herbert W. Franke, Die Kälte des Weltraums. Science-fiction-Roman. st 990

Band 122 Stanisław Lem, Phantastik und Futurologie I. Autorisierte Übersetzung aus dem Polnischen von Beate Sorger und Wiktor Szacki. st 996

Band 123 Marianne Gruber, Die gläserne Kugel. Utopischer Roman. st 997

Band 124 Stanisław Lem, Waffensysteme des 21. Jahrhunderts. Aus dem Polnischen von Edda Werfel. st 998

Band 125 Stanisław Lem, Das Katastrophenprinzip. Die kreative Zerstörung in der Natur. Aus dem Polnischen von Friedrich Griese. st 999